指輪の選んだ婚約者 7
騎士の故郷と騒乱の前夜祭

指輪の選んだ婚約者 7

騎士の故郷と騒乱の前夜祭

茉雪ゆえ

illustration 鳥飼やすゆき

CONTENTS

この作品はフィクションです。
実際の人物・団体・事件などには関係ありません。

指輪の選んだ婚約者7

騎士の故郷と騒乱の前夜祭

† はじまり

『まったく、愚かなことをしてくれたものだわ』

窓辺に置かれたひとり掛けの椅子に、美しい女が座していた。

――その姿だけを見ていれば、女はまるで、宵闇に咲く芳《かぐわ》しい白い花のようだ。実際、若き日の彼女は『月下美人の精』やら『魅惑の夜の魔女』やら、美々しい麗句で讃《たた》えられていたという。その笑みと美貌に魂を囚《とら》われた男は数しれず、身を滅ぼした男もいたのだとか。

けれど。

可憐《かれん》な笑声《しょうせい》に続いた言葉は、見た目の美しさを裏切るような侮蔑の響きを持っていた。

この声を聞くと、わたくしは気づくのだ。

――ああ、またこの夢か、と。

初めてこの夢を見たのはこの女が死んでひと月ばかり経《た》った頃で、それから幾度となく女は夢に現れる。これはひょっとすると、本当に呪いであるのかもしれない。

『姐《あね》さまたちは、どうして「魔法」を捨てようなどと、愚かなことを思ったものかしら』

耳障りのよい音のはずの声が歪《ゆが》み、甲高く夢に反響する。

この女が死んでから、時は久しく流れている。目覚めている間に思い出すことなどほとんどないというのに、夢の中の声はまるで昨日まで生きていたかのように鮮明で、色褪《いろあ》せない。女は歌うような調子で声を張り上げ、夢の中のわたくしに言い含める。

『あたくしたちの術が、魔術に劣るなどと、よくも考えたものだわ。だってそうでしょう？　あたくしたちは「大地の力」に選ばれた血筋なのよ。本来の「魔女」は、「旧き森の民《エルフ》」や「山小人《ドワーフ》」とも並ぶ、優れた魔法種族だというのに！　まったく、どうして！』

『いいこと、カーヌス？　「魔法」はね、誰もが使える平凡な「魔術」とは格が違う力なのよ。「魔法」を使えぬ可哀相な者たちが、なんとか似たような力を使おうとして生み出したものが「魔術」なの。つまりね、「魔術」は「魔法」の劣化版なのよ！』

ぼやきながら息をついた女の指先は、よく磨かれた貨幣ほどの大きさの小石を弄《もてあそ》んでいる。世間一般ではもはや使われない、古い時代の魔法種族が伝えたという魔法文字が彫られているそれは、彼女が使う術のための道具だ。

それをひとつ、つまみ上げて宙にかざし、石越しに女は視線を寄越した。

『お前が生まれた時は、あたくしの子がまさかと絶望したものだけれど、さすがはあたくしね。術が使えぬはずのお前が、あたくしたちの「魔法」を使えるようになるだなんて！　母は鼻が高くてよ』

胸をそびやかしてそう言う女の姿に、夢の中のわたくしは『どの口がそれを言うのか』と独りごちる。わたくしを産んだのは確かにこの女らしいのだが、彼女は赤子のわたくしを一度捨てているのだ。

なにしろ、わたくしがこの女と初めて出会ったのは孤児院の面会室。

不気味な術を使うからと他の子どもたちに爪弾《つまはじ》きにされ、痩せこけて薄汚れたわたくしの前に現れた女は、『怪しい術を使う子どもがいると耳にしたから来てみたのだけれど、まさかお前だったなんてねえ！　まあいいわ、ついていらっしゃい。あたくしがお前を魔女にしてあげる』と罪悪感の欠片《かけら》もない顔で笑って見せたのだ。

『いいこと、カーヌス？　あたくしたちは魔女。魔法に選ばれた民よ。魔法は魔術の親。魔法がなければ魔術は生まれなかった。いわば原種であり、原点であり、源流なの。――そう、魔法こそが尊ばれ、崇《あが》められるべきもの！』

――だから自分こそが崇められるべきと信じる、我儘《わがまま》で、身勝手で、傲慢な魔女だった。

けれど、確かに。女の言うことには、一理あったのだ。

わたくしがそう考えた時、女の姿は掻《か》き消え、夢の世界が暗転する。

甲高い声が喚《わめ》く薄暗い部屋が一転すると、視界は燃えるような夕日に染められて緋色《ひいろ》に染まっていた。そして、獣の呻《うめ》き声がわたくしの術の空間の中で響くのだ。この場面は女の死後、見目と力が女に生き写しと言われたわたくしを街から追い出し、あわよくば囲おうとした者たちを、返り討ちにした時のものだ。

不届き者たちの多くは『魔法』を『カビの生えた古臭い術』『怪しく胡散《うさん》臭い、信用ならない術』と蔑みながらも、わたくしと女の持つ術と魔力（そしておそらくは顔貌《かおかたち》にも）に目をつけていた、街の魔術師たちであったらしい。

ふたりを相手にするのは手間だが、ひとりであれば御せると踏んだのだろう。奴らは様々な魔術に抗《あらが》う道具や術を用意しわたくしに迫ったが、魔法に抗うすべは持ち合わせていなかった。

参列者のいない女の葬儀の後、墓地から逃げ出したわたくしを袋小路に追い詰めた彼らは、わたくしが彼らを誘うように行動していたとは露ほども気づかなかったらしい。想像力の足りぬ愚かな彼らはわたくしの用意した領域にまんまと踏み込み、そして『大地に襲われた』のである。

これは、わたくしが女に仕込まれた『大地を浄化する』術を改変したものだった。

地面から吹き出す負の力を受け止めきれずに身を損ない、しかしわたくしの領域から出ることすらできず、もがき、震え、泣き喚きながら許しを請う『理《ことわり》を紐解《ひもと》くことのできる、洗練されて優れた学問による術』を使い、『魔法使いよりよほど優れている』と崇められていた魔術師たちを見た時、わたくしはようやく、魔女の言葉を魂で理解したのだ。

確かに『魔法』は『魔術』より上位にあるもので――我らの受けている扱いは不当なのだ、と。

※

ゆらり、ゆらり。

ゆりかごのように揺れる船室の一角で、束《つか》の間《ま》のまどろみに身を委《ゆだ》ねていたカーヌスは、差し込む陽光に覚醒を促《うなが》されてゆっくりと目をしばたたかせた。

「師よ、お目覚めでしょうか」

「……ええ」

短く答え、カーヌスはゆるやかに伸びをする。すると、真《ま》っ直《す》ぐに伸びた長いぬばたまの黒髪が重々しく、聖者の衣にも似た白いローブの上を滑り落ちてゆく。煩《わずら》わしげに髪を払ったカーヌスの面《おもて》を、幼子の緑の瞳がじっと見上げた。

「おしさま、うーうーいってた」

「……師よ、あなた様の月も恥じ入る美貌には欠片の陰りもございませんが、お疲れなのではございませんか。その――うなされておいででした」

カーヌスの膝《ひざ》によじ登ろうとしたウィリデを抱えあげながら、ルーベルも師を覗《のぞ》き込む。カーヌスはゆるゆると首を振り、足を床につけるとルーベルの腕からウィリデを受け取った。ウィリデがきゃっと歓声を上げるのを、頭を撫《な》でてたしなめる。

「昨晩も遅くまで、明かりを点《とも》しておられたかと」

「仕方のないことです。まだまだ知るべきことは多く、明らかにせねばならぬことは尽きぬほどにあるのですから。――しかし、それもこれも全ては魔法の楽土、虐げられし『魔法使い』の救済、我らの『楽園』のために必要なことなのです」

「ですが……」

「ひとつ調べるごとに楽園が近づいている、そう思えばむしろこの心は躍《おど》り、血は沸き立つよう。疲れてなどいられないのですよ」

カーヌスはそう言って薄《うっす》らと口角をもたげた。ルーベルの赤い瞳に、一筋の影が差し込む。けれどルーベルは小さく首を振り、軽く目を伏せると次の瞬間には、年若い娘たちが一瞬で虜《とりこ》になってしまいそうな、魅惑的な微笑《ほほえ》みを浮かべてみせた。

「では、この愚昧《ぐまい》な弟子が御身を心から心配しておりますことだけ、どうぞお心にお留めください。そしてお身体には十二分にお気をつけください。――あなたの信徒に代わりはおりますが、師に代わる人物はこの世に存在しないのですから。崇める王を持たぬ楽土など、何が楽土でしょう」

ルーベルの言葉に、カーヌスは苦みの混じった仄《ほの》かな笑みを口の端に浮かべ、浅く顎《あご》を引いた。

「ええ、心得て……」

「お師様ー！　そろそろ着きますよー！」

しかし苦笑混じりのカーヌスの言葉は、はつらつとした声に掻き消された。

和《なご》やかな空気を切り裂いてノックもせずに勢いよく扉を開け放ったのは、ルーベルとよく似た見目ながら、はつらつとした生命力に溢《あふ》れた娘、カエルラである。

「カエルラ。せめて扉を叩《たた》きなさい」

「はぁい、お師様ゴメンナサーイ」

カーヌスに乱雑な仕草をたしなめられるが、カエルラは悪びれない。ぺろりと舌を出し、おざなりに頭を下げてみせる。それを見咎《みとが》めたルーベルが、にっこりと冷たい笑みを浮かべた。

「カエルラ、師のお言葉を遮るとは何事ですか。後で行儀作法についてゆっくり話しましょう」

「げっ。……そ、それより！　ほら！　もう見えてますよ！　もう数分で到着ですって!!」

表情こそ笑顔だが、目は笑っていない。兄貴分から静かに立ち上る怒気に顔をひきつらせたカエルラは、慌《あわ》てたように扉の向こうを指差した。

彼女の示す指の先、水面から立ち上る朝もやの向こうに、白銀の街の姿がぼんやりと現れる。白い石造りの美しい街並みは、黄金に輝く朝日を浴びてまるで真珠のように輝いていた。

船室を出た彼らは甲板に並んでそれに魅入り、小さく息を吐く。

「きれい」

「そうですね。魔力の豊かな流れを感じます。力持つ土地であるというのは確かなようだ」

ウィリデがぱちぱちと目をまたたかせる。それにカーヌスは頷《うなず》いて、もやの向こうに浮かび上がる、なだらかな丘をじっと見つめた。

「川の流れや点在する遺跡の位置などから可能性は高いと踏んでいましたが、これだけ力に充《み》ちている土地はなかなかありません。――更にこの街は、古くから有力な領主が治める王都から馬で三日以内の力ある土地、という条件にも見事に当てはまっている」

「……では！」

ぱっとルーベルの表情が輝いた。カーヌスがわずかに目を見張る。

「ええ、恐らくこの地に、神殿図書館の文書に記されていた古《いにしえ》の結界が眠っているでしょう。……そう言えばルーベルは、この辺りの出身でしたか」

「この街ではありませんが、我が一族はこの地方にて長く不遇をかこって参りました」

「ああ、お前は『魔を繰る者』の末裔《まつえい》でしたね」

「はい」

ルーベルの端整な顔立ちがぐにゃりと歪み、赤い瞳がじわりと光る。それは大変不穏な表情だったが、カーヌスの薄い唇は柔らかに弧を描いた。

「お師様、兄様、おしゃべりはその辺りで！　もう着きますよ、アタシたちも並ばなくちゃ」

船べりから身を乗り出して水面と街を眺めていたカエルラが、賑《にぎ》やかになってきた甲板を振り返る。

カーヌスは腕の中のウィリデを抱え直すと、くっきりと見えてきた街並みに目をやった。

「……この地でやることは分かっていますね？」

「まず、古い結界があるかどうか調べる！」

「あると分かればその所在を徹底的に洗い出します」

「あと、けっかいを、うごかす。ってあにじゃがいってた」

カーヌスの問いに、弟子たちが次々に口を開く。よくできましたと頷いて、カーヌスは夢で見た魔女とよく似た、誰もが見惚《みほ》れる蠱惑《こわく》的な笑みを浮かべた。

「お前たちの活躍に期待していますよ」

「お、お任せください！」

「がんばりますっ！」

「がんばる」

師の微笑みに、弟子たちの白い頬がぱっと朱に染まる。

その答えに満足げに頷いて、カーヌスは静かに手を伸べた。

「――さあ、着きますよ」

その言葉が響いたのと丁度同じタイミングで船が一度大きく揺れる。すると、それを合図にしたように、荷を抱えた旅人たちが船室から溢れ出て賑やかにさんざめきながら、桟橋《さんばし》へと伸びるタラップへと列を作った。

そんな人たちに紛《まぎ》れ込めば、不自然なはずの聖職者めいた白い一行もすっかりと溶け込んで違和感の欠片もなくなってしまう。

「参りましょうか」

――そうして、一同は人混みに紛れて船を下り、雑踏に消えていった。

†1　相応しい刺繍

（ああ……なんて素敵なの……！）

星空を模した瑠璃《るり》の天井から、月光を模した光がほろほろと滴《したた》り落ちている。

曇りひとつないクリスタルの輝くシャンデリアの明かりの下で、甘く深く鳴る流麗な弦楽器の音。

その合間をきらびやかに着飾った人々が、水に浮かべられた花のように軽やかに踊り抜けてゆく。

そんな、まばゆいばかりの華麗なフロアをうっとりと見つめながら、アウローラは扇子の陰で、ほう、と甘い吐息をこぼした。

（ああ、ルナ・マーレ様のご衣装の、なんて艶《あで》やかなこと！　裾の刺繍《ししゅう》が素晴らしいわ！）

輝かしい夜会の場でアウローラの目を奪うのは、今日もこれ。

くるくると踊る貴婦人たちのドレスを彩る、華やかな刺繍たちである。

（孔雀《くじゃく》という鳥の色なのだとお伺いしたけれど、角度によって青にも緑にも見えるのね。後ろのドレープを、孔雀の尾に見立てたのだと聞いたけれど……ドレープの縁取りの孔雀のモチーフの刺繍が、本当に素晴らしいわ。そしてキルステン侯夫人、あれは黒鳥がモチーフなのかしら？　黒いレースが、合間に見える緋色《ひいろ》のリボンのおかげでとても華やかで大胆！　……ああ、あの方の刺繍も、あちらの方の扇子の刺繍も見事……！　ううん、さすがは王家の夜会！　目の楽園だわ……！）

背後に黙って立っている夫を振り返ることもなく、アウローラは恍惚《こうこつ》として頬を染める。刺繍に夢中な彼女の姿を夫が蕩《とろ》けるように甘い顔で見下ろしていることにも気づかずに、彼女の緑の瞳は忙《せわ》しなく、フロアを舞う婦人たちの姿を追った。

今夜の夜会は、社交シーズンの締めくくりにウェルバム王家が主催する、『最後の夜会《ソワレ・フィナール》』である。シーズンのラストに相応《ふさわ》しく一年で最も盛大な夜会であり、貴族の女性たちがこぞって衣装に力を入れてくるため、アウローラにとっては『上質の刺繍を大量に観察できる絶好の機会』だった。

しかし。

「……ローラ」

その甘美なひと時は、彼女の耳元に寄せられた唇によって終わりを迎えた。

かつての彼からは考えられない、ひどく甘やかなその仕草に、周囲の女性陣から黄色い悲鳴が上がる。しかし、そんな周囲のざわめきに頓着することなくアウローラは掛けられた声を振り仰いだ。

「フェル様？」

「幸せのひと時を中断させてすまない」

苦渋を滲《にじ》ませそう呟《つぶや》いたのは、アウローラの美貌の夫・フェリクスである。

彼は首を傾《かし》げる妻の腰を抱く腕の向きを変え、右手側にちらりと視線を投げた。その視線を追いかけて扇子の陰から覗《のぞ》き見れば、フェリクスと同じ近衛騎士の礼装をまとった壮年の紳士が腕に夫人を掴《つか》まらせ、こちらに向かってくるところだった。

（ああ、ご挨拶ね……）

残念ながら、じっくり刺繍を眺めている暇はないらしい。アウローラはひっそりと肩を落とした。

「アウクシリア侯爵の弟、アウルス伯爵だ。第二小隊長でアウクシリア副隊長の叔父君にあたる」

「ああ……」

王太子の乳兄弟《ちきょうだい》でもあるという、今日も王太子夫妻の後ろに控えている眼鏡の護衛にさっと目を投げた。力強い足取りで歩み寄る紳士の顔つきは確かに、どことなく彼に似ているようだ。

侯爵家の嫡男《ちゃくなん》と、侯爵の弟。ウェルバム王国では同じくらいの立ち位置とみなされるが、そこは軍人。近衛隊第二小隊の隊長という重職にいる大先輩に、フェリクスの方が頭《こうべ》を垂れる。

「クラヴィス殿、小隊長ご就任、おめでとう」

「おめでとうございます。隊長就任は、史上最年少なのではなくて？　さすがはフェリクス君ねえ。アデリーネ様たちも鼻が高いでしょう」

「身に余る光栄であると感じております」

殊勝に応えるフェリクスの隣でアウローラも合わせて会釈をしながら、内心で小さくぼやいた。

（今日は全然、じっくり刺繍を見ていられないわ。――このご挨拶、これで何人目かしら）

※

「王立第一騎士団近衛騎士隊……、と、特別小隊、隊長⁉」

「ああ」

――時は、夜会の十日ほど前に遡《さかのぼ》る。

夕餉《ゆうげ》の後の語らいも入浴も済み、あとは寝るばかりとなった夫婦の寝室で、アウローラは夫に手渡された書面を見つめ、ぶるりと震えていた。

「このシーズン後、から？」

「そうなる。公に発表となるのは、『最後の夜会』の日の日中の式典でだな」

社交のシーズンももうすぐ終わるというこの時期、昼夜の寒暖差は大きくなり、時には暖炉が必要なほどに冷え込むようになってきた。とは言えここは侯爵家のタウンハウス。部屋は適度に温められ、部屋の主たちが寒さに震えることはない。

しかし、アウローラは己の目をこすり、手の中の紙片を睨《にら》むともう一度震えた。

そこには何度見ても、このように記載があったのだ。

フェリクス・イル・レ＝クラヴィス
聖暦一八七二年の十一の月より
ウェルバム王立第一騎士団近衛騎士隊特別小隊長への異動を命じる

裏返そうが斜めから見ようが上下を回そうが、公式文書用の活字で確かにそう書いてある。

紙面の上には王家と軍の紋章が刻まれ、末尾には王太子と、軍のトップにあたる第一王女の記名もある。紙を明かりにかざせば、軍や政府の正式書面に必ず入っているという偽造防止の魔術紋の透かしもあり、正式な書面であることは疑いようもない。

（この若さで……隊長？）

アウローラはちらり、自分の向かいに腰掛けて寝酒の入った小さなグラスに口をつけている夫を見やった。カーテンの隙間《すきま》から差し込む月の光に照らされた美貌は、相変わらずの冴《さ》えと秀麗さを誇っている。婚姻を経《へ》て、今までの怜悧《れいり》な美しさに落ち着きが加わり、今まで以上に魅力的になったと評判の彼はグラスを傾ける手首の角度さえ端正で、まるで名工の手による彫刻のようだ。

「ローラ？」

ぼんやりと夫に見入ったアウローラを、歩み寄ったフェリクスが覗き込む。紫味を帯びた青玉のような瞳に真正面から見つめられ、アウローラは我に返って誤魔化《ごまか》すように視線を泳がせた。

彼は口の端で小さく笑うと、そっぽを向いたままのアウローラを軽々と持ち上げ、膝《ひざ》に乗せて座り直す。彼女の手から紙面を取り上げると後ろから柔らかく腕を回し、その身体を優しく抱きしめた。

その熱を受け止め、アウローラはいつの間にか無意識に止めていた息を吐き出すと、全身の力を抜いて夫の胸にもたれかかる。薄い寝間着越しの体温が溶け合い、フェリクスもまた息をついた。

「お、おめでとうございます……！　驚きました……！」

「ありがとう」

「……でもその、二十四歳で隊長職に就かれるのは、とても早いですよね？」

その問いかけにフェリクスは大きく頷《うなず》くと、アウローラの頭頂部にこつんと顎《あご》を乗せた。

小隊長と呼ばれる地位は、ウェルバム王国の近衛騎士隊の中ではかなりの上位職だ。何しろ近衛騎士隊は人員が少ないため、隊全体を統括する隊長・副隊長のすぐ下に小隊が所属しているのである。王太子の護衛を務めるセンテンスが第一小隊の副隊長を務めていることは、彼が乳兄弟であるが故の特例で、その他の小隊長や副隊長は皆、ベテランと呼んで差し支えない経験豊かな騎士たちである。最も若い者でも、三十の半ばは越えているのだ。

（その中で『小隊長』、しかも『特別小隊』？　これってとんでもなくすごいことなのでは……！）

赤くなったアウローラの頬を、フェリクスの骨ばった手の甲が優しく撫《な》でる。それにはっと我に返って、彼女は夫の膝から下りると寝間着の裾をつまみ、優雅な礼をしてみせた。

「改めて、ご就任おめでとうございます。この年齢での小隊長就任は大変な名誉、なのでしょう？　フェル様が優れた騎士でいらっしゃると存じております。妻として、誇らしく思います」

（……でもそれって、もしかして、年配の人には厳しい危険な任務があるってことでもある？）

膝を折って頭を下げながらそんなことに思い至って、アウローラはにわかに顔を曇らせた。

「ローラ」

どんよりした空気に気がついたのか、フェリクスの腕がアウローラを再び持ち上げ、くるりと回す。膝の上で向かい合うように座らされ、アウローラは慌《あわ》てて笑顔を取り繕った。

しかし、コツンとフェリクスの額《ひたい》が合わせられ、偽りは許さないと言わんばかりの青い瞳が真《ま》っ直《す》ぐにアウローラの心を射抜く。

「……そう、心細い顔をしないでくれ」

アウローラは目をそらして夫の肩口にすり寄った。ぐずる子供をなだめるように、フェリクスの唇が額、こめかみ、鼻筋、唇へと次から次へ降ってくる。

「確かに、小隊長となるには私の年齢では少々不足だ。何かあるのではと貴女《あなた》が不安に思う気持ちも分かる。私も聞いた時は耳を疑った。……だが、残念ながら妥当な人選だと将軍閣下方に太鼓判を押されてしまったので、仕方なくお受けしたのだ」

「妥当、なのですか？」

アウローラは思わず身を起こした。身を離されたフェリクスはどこか残念そうに、アウローラと視線を合わせる。言葉の代わりに眼差《まなざ》しで続きを促《うなが》せば、フェリクスは小さく息を吐いた。

「聞けば貴女も納得するだろう。……殿下方が私をこの地位に据えたのは、近衛に属する魔法騎士の中で、『魔法』に関する事件の経験が最も豊富な者が私だったからだ」

「ま……魔法？」

「詳しいことは夜会の日にでも折を見て、殿下御自らご説明くださるそうだ。――ローラに力を借りたいこともあると仰《おっしゃ》っていたが……」

「……わ、わたくしに？」

アウローラの耳に、聞き捨てならない言葉が届く。

（わ、わたしの力……って刺繍、よね？　と、『塔』に入れ、とか、言わないわよ、ね⁉）

一体あの殿下は何を言い出すのだろう。

ひと時前とは全く違う緊張に、アウローラの頬がひくりとひきつった。

※

……そんなわけで。

人事が正式に発表されたこの日、アウローラとフェリクスは夜会に顔を出すなり、あちらこちらから山ほどの挨拶や祝福を受けることとなったのだった。

「いやあ、この若さで近衛の隊長職とは！　素晴らしいことですなあ」

「『銀月の騎士』の二つ名は、伊達ではないようだ」

「本当に。まさしく『今を時めく』とはこのことですわねえ」

「クラヴィス家の未来も安泰ですなあ」

（ううん、引きどころがわからない……！）

アウローラは途方に暮れた。

アウルス伯の挨拶以降も次から次へと人がやってくるのだ。どうやら皆、話しかける隙を窺《うかが》っていたらしく、一歩歩けば話し掛けられ二歩戻れば声を掛けられと、息をつく暇もない。

ふたりの身分はそれなりに高いため、いつもであれば話し掛けてくる人は限られているのだが、今日ばかりは祝福にかこつけて挨拶に寄ってくるのである。相手はあくまでお祝いの体《てい》であるため、断るのもまた難しい。

婚約をきっかけに社交にも取り組むようになったふたりではあるものの、一年や二年で急に社交が得意になるわけもない。歴戦の猛者《もさ》たるアデリーネやルナ・マーレのような振る舞いはとてもできず、当たり障りのない返答と愛想笑いを浮かべることしかできない。

「それにしてもお若いことだ。私が現役だった頃は、四十を越えずに隊長に就任するなど王族でもなければありえなかったものだが」

「私が現役だった頃も同じようなものですよ。——殿下は様々なことを急進的に進めておられますからなあ。いやはや、この老いぼれめには些《いささ》か眩《まぶ》しすぎるというものでして」

「それが今時、世の流れというものなのでしょうが……」

若夫婦が笑顔を引きつらせて黙り込んでしまっていることにも気がつかず、いつしか周囲の語らいは温度と音量を上げてゆく。夜が更けて酒が進んだこともあるのだろう、挨拶にと寄ってきた人々のひそひそと囁《ささや》くようなさざめきは、いつしか大音声になっていた。

（ああもう、腹立たしいったら！　……いいえ駄目よアウローラ、貴婦人とは腹の底が煮えたぎっている時でも、極上の笑みを浮かべることができるものってルナ・マーレ様が仰っていたじゃない！笑顔よ、笑顔！）

己にそう言い聞かせ、扇子の裏で必死に表情を取り繕っても限界というものがある。

しかし、ため息を噛《か》み殺しながら扇子の陰でわずかに眉をひそめたその時、アウローラは微《かす》かなざわめきと時が止まったような静けさという、相反するふたつの状況が自分たちを取り巻いていることに気がついた。

そのただならぬ雰囲気に思わずフェリクスを見上げれば、彼は居住まいを正して己の背後を振り返っている。つられてそちらを向いたアウローラは、あっと息を呑《の》んで扇を畳んだ。

そこには、美しい紫色の衣装を身にまとった真珠色の貴婦人が、泰然とした姿で立っていた。

ざわめきと静けさの両方を引き連れて現れたその人は、アウローラとフェリクスに向かって小さく片目をつぶって見せると、にやりと歪《ゆが》んだ口元に人差し指をそっと当ててから口を開いた。

「――みなさま、楽しそうね？」

その言葉が響いた途端、場は水を打ったように静かになった。

「一体どんなお話をしていたのかしら」

続く言葉は穏やかで、けれど、有無を言わさぬ強さがある。

夜会の空気が変わっていたことに気づかぬまま、些か不敬なことをしゃべり続けていた者たちは、届いた声にぎょっと背を震わせ、慌てて礼を取った。

「今晩は、クラヴィス夫妻。お久しぶりね。――みなさま、わたくしともおしゃべりしてもらえるかしら？」

そう言っておしゃべり雀《すずめ》たちを黙らせたのは、王太子妃・リブライエルその人である。

※

「いやー、見たかい？　あの時の彼らの顔を！　あんなに見事な『しまった！』という顔は、なかなか見られるものじゃないよ」

「それはそれは。俺もその場に残っていればよかったかな」

大広間にほど近い、王太子夫妻の控室にて。

カウチに悠々と腰掛け、アウローラとフェリクスに向かって「いらっしゃい」とぞんざいに手を振る王太子に、リブライエルは肩をすくめた。

「今を時めくクラヴィス家に取り入ってなんとか甘い汁を吸おうと思ったのだろうけど、いくらお酒が入っていてもあのおしゃべりではなあ。口は身を滅ぼす、雄弁は銀沈黙は金、しゃべる術士よりしゃべらぬ術士……今後も凋落《ちょうらく》は避けられないんじゃないかな。――さ、君たちも座ってよ」

そう言うと、リブライエルは自分も隣の長椅子に腰を下ろす。男らしいほどの仕草で足を組んだ彼女のドレスが大きく翻《ひるがえ》り、アウローラはごくりと喉を鳴らした。

（妃殿下のドレス、なんて素晴らしい紫色！　モチーフは『葡萄《ぶどう》』ね。富と繁栄、多産の象徴だからかしら。伝統的なモチーフをモダンで大胆な図案にアレンジしていて素敵！　袖と胸元の曲線は蔓《つる》、袖と裾のグリーンのフリルは葉のイメージかしら。カボッションのビーズは朝露かな。ううん、さすがは王室御用達。デザインも素材も刺繍の出来栄えも、見事としか言いようがない！）

目に飛び込んできたドレスの裾に瞳を爛々《らんらん》と輝かせたアウローラに、周囲の目が注がれる。

「ふふ、アウローラさんは相変わらずだねえ。でも今日はなかなか堪能《たんのう》できなかったでしょう？」

「楽しませてやることができず不甲斐《ふがい》ない思いを致しました。今こうして妃殿下の刺繍を堪能させてやることができ、心の底より感謝申し上げます」

「あ、感謝するのそっち？」

「君も相変わらずだねえ」

王太子夫妻が笑い出す。

その笑い声を耳にして、頭上で交わされていた夫と彼らの会話にようやく気がついたアウローラは、慌てて非礼をわびた。

「すみません、不躾《ぶしつけ》に……！　その、この葡萄の刺繍があまりに美しくて……」

冷や汗をかきながら、アウローラは改めて頭を垂れた。気さくで明るい口調と姿に勘違いしそうになるが、彼らはこの国で二番目に高貴な夫婦である。友人のように振る舞うことを許されたとしても、礼を欠いていい相手ではない。

しかしリブライエルはふふふと嬉《うれ》しげな笑みを浮かべ、ドレスの裾を広げてみせた。

「ありがとう。今回は『アベル・ハインツ』に頼んだんだ。最近、伝統的な図案を現代的にアレンジするのが得意なデザイナーが入ったらしくてね。――ところで、アウローラさんのドレスもすごいよね？　まるで舶来の『螺鈿《らでん》』のようじゃないか。うちの侍女たちも女官たちも、何なら挨拶に来たご婦人方も、見事なものだって絶賛していたよ」

リブライエルのドレスは王太子妃が身にまとうに相応しい一品だが、今日のアウローラのまとうドレスもまた、侯爵家の若夫人らしい見事な品である。リブライエルの言葉にアウローラははにかみ、「ありがとうございます」と微笑んだ。

「畏《おそ》れ入ります。今回のドレスはバラデュールのプリュイ女史が『大海国《グラン・マーレ》』で見つけた、東の国から渡って来たという貝細工の鏡がモチーフなのだそうです。虹のような光沢が大変美しかったとか。ひょっとするとその鏡は妃殿下の仰る『らでん』だったのかもしれません」

「その可能性は高いね。とてもすてきだよ」

「……さて！」

女性陣の会話が一段落したのを見て取って、王太子はパンと手を叩《たた》いた。途端に場の空気が凝《こご》り、周囲に厚い膜のような気配が降ってくる。王太子お得意の防音の魔術だ。

「そろそろ今日の目的を果たそうか。――まずは昇進おめでとう、フェリクス。これからの君の働きに期待している」

膝の上で手を組んでにこやかにそう告げた王太子の気配は、いつもの掴みどころのないのらりくらりとしたものではなく、抗《あらが》いがたい、王族特有の圧をもっていた。フェリクスは音もなく立ち上がると敬礼し、アウローラも思わず立ち上がってドレスの裾を引き頭を垂れる。

「面《おもて》を上げよ。――さあ、ふたりとも改めて座ってくれ。今日、ここへ連れて来てもらったのは、フェリクスが新しく長となる部隊について俺から話をしたかったからだ。突然の就任に夫人も心配に思っているだろうしね」

そう口火を切った王太子は「まずはこの部隊についてだけど」と言葉を続けた。

「今回の特別小隊の編成は俺が将軍である姉上に打診して成ったものだ。任務は、日常的には通常の近衛隊として勤務しつつ俺が城外に出る場合に特別に護衛の任務を負うこと、となっている。陛下が外出嫌いなせいもあって、俺は歴代王太子の中でも外出の多い王子だから、専任部隊があってもそこまで不自然ではないだろうとね」

王太子の言葉に、アウローラは頷いた。

現国王は争いを嫌う、穏やかな性質の人間である。しかしそれは政治家としては良し悪《あ》しで、言い換えれば日和見《ひよりみ》主義の優柔不断ということでもあった。彼の白黒どちらともつかない態度が却《かえ》って派閥間の争いを生んでしまったことも少なくなく、ついには王女の派閥と王子の派閥が立太子を争うようになるに至って、王は自身を『政治に向かない』と認識したらしい。争いがなんとか収まって、王子が立太子すると、王は政務を理由に城に籠もりがちとなってしまった。王太子があちらこちらへ身軽に出向くのは、それを補うためという一面もあるのだった。

これはウェルバムの貴族ばかりか、一般市民の間にさえよく知られた話である。

「もちろんこれは『表向きの理由』だ。今のところ、護衛は既存の部隊で足りている」

軽く肩をすくめ、王太子は口の端をもたげた。

「フェリクスに聞いたかな。――この部隊設立の本当の理由は、『魔法によって起きる事件に対処すること』だ」

「はい、そう聞いております」

アウローラはごくりと喉を鳴らし、真剣な面差しでそう答えた。

魔法――それは、魔力を持つ者が学べばある程度身につく『魔術』とは違う、『その術が生まれるように生まれつかなければ使えない』力だ。古くは人ならざる種族——旧き森の民《エルフ》や精霊、山小人《ドワーフ》や湖精《ウィリ》が使ったとされる偉大な力だったが、彼らの多くがいなくなったあと、誰もが便利に学べる『魔術』が広まったためにすっかり廃《すた》れてしまい、今ではほとんど残っていない。

「きっかけはもちろん、この前の『アルカ・ネムス』での事件だ。あれを看過してはいけないと、俺の勘が警告するんだよ。——魔術師の勘ってやつは侮りがたいものでね」

王太子の言葉に、フェリクスが黙って頷く。魔術師並の力を持ち、更に占術を趣味とする彼には、よく分かる話なのかもしれない。

「彼らはまた事件を起こすだろう。そうでなくても、触発されて魔法に手を出す事件が出てくる可能性がある。俺はそれらに対抗するためには、『魔法』に対する知識と経験を持つ組織が必要だと考えた。それで作ったのが、この特別小隊だ。そして——これは最終的な目標だが、この部隊を足がかりに、『魔法』に関わる事件から民を守ることのできる機関を設立したいと考えている。……ある意味これが、この部隊の『本当の任務』だな」

王太子は足を組み替え、両手を広げた。

「それに、近衛の部隊なら俺と姉上の一存で新設できるし、俺の身近にいても不自然ではないだろう？　何しろ、俺が知っている範囲で一番『魔法』——『古代魔術』に詳しい魔術師は、俺自身だ」

確かに、とアウローラは内心頷いた。

王太子は国の最高学府である通称『学園』の卒業生である。そこでの彼の専攻は、学問としてはあまり人気のない『古代魔術』と呼ばれる分野だったそうだ（魔術学で一番人気なのは、新しい魔術を開発する分野だからね、と同じ『学園』の卒業生であるアウローラの兄は言っていた）。卒業時にはいくつかの古代魔術の復元を研究テーマとしていたという。

「フェリクスを部隊長に就けたのも同じような理由だ。『魔法』に関する事件に関わった経験を持ち、当面最も危険と思《おぼ》しき、あの魔法原理主義者とも言うべき者たちの顔を知っている。魔術への造詣《ぞうけい》が深く、更には『占術』という、魔法に最も近い学問と呼ばれる術にも詳しい。……そんな近衛騎士は他にいないからね」

（そう言われると、フェル様以上の適任者はいないように思えてしまうわ……）

一連の説明に、アウローラは奥歯を噛み締めた。『魔法』に相対することは明らかに危険な任務であり、夫が危険に晒《さら》されることをよしとはしたくないのがアウローラの本音ではある。けれど王太子の説明を聞いてしまえば確かに、フェリクスは適任だろうと感じてしまうのだ。

「部隊の設立目的と、フェリクスをトップに据えた理由は以上だよ。何か質問はあるかい？」

王太子の言葉にアウローラは小さく首を振る。なかなかに危険な任務を帯びた部隊であるということも、フェリクスが部隊長であることの妥当性も理解はしたが、王太子という立場の人にこれほど丁寧に説明された今、アウローラに反論できることなど何もなかった。

（……それに、そもそも『騎士』とは、危険なお仕事だったわ）

膝の上で扇子をきゅっと握りしめ、アウローラは内心独りごちる。

ウェルバム王国における『騎士』という地位は、大海国などで大貴族の子息が名乗るという一種の爵位としての『騎士』とは異なり、兵士の上級職――つまり実務に携わる軍人である。職域は団や隊によって異なるが、王族を守り、国境を守り、街を守り、人々を守り、魔獣を退治し――と、実際に武器や魔術を振るう『職業』だ。

相対するものが魔獣であれ魔法使いであれ、日々危険と隣り合わせであることは間違いない。

（……納得できても、心配であることには変わりないけれど）

ございません。そう答えたアウローラの複雑そのものの表情に、王太子は小さく苦笑する。彼は小さく咳払《せきばら》いをすると、「さて！」と明るい声を上げてぱしんとひとつ手を叩いた。

「ここからが今日のふたつ目の本題なのだけど――夫人にお願いしたいことがあるんだ」

そう告げて、王太子がカウチの上で居住まいを正す。

王族が一介の貴族夫人の前で姿勢を正したことに、アウローラは息を呑んだ。呆気《あっけ》にとられる彼女の前で王太子は、かつてないほどに真剣な表情を見せた。

「この部隊のために『原始の魔女』たるクラヴィス夫人の力を――刺繍の力を貸してほしい」

頭こそ下げないものの、それはほとんど懇願のような声色だった。アウローラが思わず夫を振り返ると、アウローラの腰を抱いて会話の行く末を見守っていたフェリクスも浅く頷く。

「私からも頼みたい。――ローラの刺繍に、私たちは何度も助けられている。テオドルスは貴女が刺繍を施した寝具のお陰で命を繋《つな》いだし、義兄上《あにうえ》も貴女のストールがあったからこそ、テオドルスを救うことができた。アルカ・ネムスでも貴女の刺繍によって、木の根を操る魔法から私たちは助け出された。――魔術的に見ればローラの力はとても微弱だが、魔法的には非常に効果が高いことを私は身を以《もっ》て知っている。貴女の刺繍を隊服に刺してもらえれば、皆の命を守ることに繋がるだろう」

フェリクスの大きな手のひらが、いつの間にか力の入ってしまっていたアウローラの拳をそっと包む。アウローラが潤む瞳で見上げれば、フェリクスは目元を優しく和《やわ》らげた。

「それに、貴女の力を身近に感じて戦えば、私は常以上の力を発揮できることだろう」

アウローラは目を瞬かせ、浅く息を吐く。鼻の先がつん、として視界がほんのわずかに滲んだ。熱いものが胸にこみ上げて、まぶたが熱くなる。

(そうか……わたしの刺繍は、フェル様たちの助けになるかもしれないんだ)

ぱちぱちと瞬いて瞳に宿った熱を散らしつつ、アウローラはじんわり、その思いに浸った。

武力を持たず、魔力もさほどないアウローラには、フェリクスの身を守ることはできない。社交の場面で彼を支えることや、彼の身の回りなど内向きのことに対処することはできるけれど、仕事で身を危険に晒す夫についていてはただ心配することしかできなかった。

フェリクスが弱いとは決して思わない。けれど、その背を見送る時はいつも心の隅に彼を心配する気持ちがあって、それは小さくなることがあっても決して消えはしないのだ。

夫が新しい部隊の長になったと聞いて、素直に喜べなかったのはそのためである。

(——だけど、わたしにもできることがあった。ただ心配して待つだけじゃない、わたしの刺繍でフェル様たちを守れるかもしれないんだ……！)

アウローラの胸が、ふつふつと熱くなる。

いつしかアウローラは長椅子から立ち上がり、まるで誓いを述べる騎士のように、王太子の前に膝をついていた。その緑の瞳は燃えるよう、光をまとう緑柱石のように輝いている。

そして彼女は、目を丸くする王太子夫妻と夫の前で力強く、こう宣《のたま》ったのだった。

「——そのお役目、全身全霊で取り組ませていただきます！」

※

――と、そう、力強く宣言はしたものの。

（ううん、一体、どんな刺繍が相応しいのかしら？）

夜会の晩の宣言から、数日後。

タウンハウスに設《しつら》えられた若夫人のための書斎にて、淡いライラック色の椅子に沈み込みながら、アウローラは膝の上に乗せた分厚いファイルを覗き込んではため息を吐いていた。

特別小隊のための刺繍の図案をどうすべきか、今ひとつよいものが思いつかないのだ。

（図案は色々あるけど……、『魔法』を遮る、なんて丁度いい意味のある模様なんてないし、近衛騎士が身に着けていても違和感のない図案でないといけないわよね？　それに、すでに隊服には刺繍が入っているものね。あの葉っぱの並ぶ意匠は生命を守護する意味があったはずだから、それとかぶってもいけないわ）

ファイルに束ねられているのは、アウローラが少女時代からコツコツと集めてきた、様々な刺繍の図案である。貴族の少女にとっては必須であるハンカチーフに刺すイニシアルの図案から、デビュタントのためのドレスの縁を彩る華麗なバラ模様、ポルタ領に古くから伝わる図案や魔術師のための魔術紋、果ては赤子の誕生を祝うおくるみのための図案やポルタの娘たちが好む小鳥の図案まで、あらゆる図案がスクラップされた、アウローラにとっては至宝のようなものだ。

（あと、刺繍を入れる位置も問題だわ。殿下からは位置のご指定はなかったし、フェル様は『隊服』としか言わなかったけれど、どこに刺すのがよいのかしら。本音で言えば皆様の隊服全面にびっしりと、それこそ隙間もないくらいに刺繍を刺したいものだけれどそんな時間はとてもないし、やろうとしても隊服を縫製している仕立て屋との連携が必要だものね……。現実的なところとしては、タイに刺繍を入れるくらいかしら）

丁寧に整えられた爪の指先で、アウローラはぺらぺらとファイルの紙を繰る。

（タイの刺繍って、結構目立つものなのよね。下手な図案は入れられないわ。――『護《まも》り』に関するらしい図案はこれとか……これとか）

ファイルの留め具を外し、アウローラはいくつかの図案をライティングデスクの上に並べた。

守りの模様としてよくあるのは、隊服にすでに施されているような、植物を模すものが多い。特に多いのは『蔦《つた》』や『茨《いばら》』といった壁を力強く覆《おお》い尽くす蔓の植物で、これらは古くから騎士の鎧《よろい》やマントにも施されてきた由緒のあるデザインだ。野茨の花の添えられた優美なものから茨の棘《とげ》を強調した雄々しく荒々しい模様まで、パターンも様々にある。

次いでよく見るのは、鎖の模様である。かつて騎士が鎧の下に身に着けていた鎖帷子《くさりかたびら》から『護り』のイメージを持つようになったということの模様は、今でも騎士や兵士のベルトやタイの縁取りとして一般的で、こちらも無骨なものから華やかなものまで色々な図案があるらしい。

そして少々変わり種なのは、動物を模したものである。子供の身を守る図案として山間《やまあい》の村などで受け継がれてきたもので、力ある動物や身を守る力を持った動物の姿――狼《おおかみ》や猛禽類《もうきんるい》、亀やハリネズミといった現実の生き物から、高い戦闘力を持つというグリフォンや鎧のような鱗《うろこ》を持つと言われる竜などの幻想生物まで――を様々に図案化している。どこか愛嬌《あいきょう》のあるデフォルメが施されたものもあり、思わずくすりと笑ってしまうようなものも多い。

（あとは……、魔術的な意味での守護の紋様か）

アウローラは隣のファイルへと手を伸ばし、そちらからも図案をいくつか抜き出した。それらは故郷の騎士団や魔術師たちが衣装に施していたという模様で、魔術陣を模様として描き下ろしたものであるという。もっともアウローラは魔術師ではないので、その図案の正確性や実際どのような効果があるのかは今ひとつ分かっていない。

（魔術の模様を使うなら、魔術師にちゃんと監修してもらう方がいいのかしら。――ああでも、魔術では太刀打《たちう》ちできないからこそそのという話だったのだから、魔術紋では駄目なのかも）

鼻の上にしわを寄せ、アウローラはむう、ともう一度唸《うな》った。図案の端をピンと弾《はじ》いてため息とともに卓上に並べるが、やはりどれも今ひとつピンと来ない。

そうして次から次へと『それらしい』図案を並べていくせいで、アデリーネが嫁のために手配したという美しい内装の書斎は今や、繁忙期の仕立て屋の資料室にも似た荒れ模様である。

「――失礼致します。若奥様、お伝えいただいたご衣装はこちらに並べてようございますか」

「ああ、ありがとう。その長椅子の上で大丈夫よ」

掛けられた声に顔をもたげれば、首と肩がコキリと鳴った。アウローラは顔をしかめて肩をトントンと叩きつつ、無駄のない動作で衣類を並べていく使用人たちの背を眺めた。

彼女たちによってライティングデスクの傍らに置かれた寝椅子の上――執務室では仮眠に使うらしい――に次から次へと並べられていくのは、アウローラがラエトゥス家で臨時乳母《うば》をしていた時や、旅先のアルカ・ネムスで身に着けていた、『魔法に効果があった』実績のある衣類である。

並べられた衣装に視線をやって、アウローラはまた唸った。

（ううーん。特別、『護り』の刺繍を入れたりはしてないのよね……）

旅のドレスやガウンには、旅の無事を祈る刺繍が施されてはいるものの、ラエトゥス家で臨時の乳母をしていた時のガウンやドレスには、せいぜい蔓草の模様が入っている程度である。特別、己の身を守るようなことを考えた図案にはなっていない。

（……つまり、刺繍をする時にちゃんと願いを込めれば、図案は何でもいいのかしら？　でも、『森の祝福』の模様は回復効果が高いとメッサーラ様が仰っていた気がするし、図案と刺繍とで相乗効果が見込める可能性が高いのよね）

正解のないことであるだけに、考えれば考えるほど悩みの迷宮に囚《とら》われてしまう。

「……あー、駄目だわ。一旦気分転換に、なにか刺繍を刺そう！」

叫ぶように声を上げ、アウローラは立ち上がって力いっぱい伸びをした。

深く息を吸い込めば、細く開いた窓から吹き込んできた秋の涼やかな風が胸いっぱいに充《み》ちる。肺が洗われるような心地がして、アウローラはゆっくりとその息を吐き出した。

（図案について悩みすぎて、この数日は針を持っていないもの。煮詰まるのも当然といえば当然よね。――今までだったら『最後の夜会』の後はすぐにポルタに戻って、『豊穣祭《ほうじょうさい》』のための刺繍に明け暮れていたっけなあ）

肺を充たした秋風に故郷のことを思い出し、アウローラは小さく笑みを浮かべた。

ポルタ領最大の祝祭である『豊穣祭』は社交シーズンが終わってすぐの季節に開催されるのだが、辺境たるポルタまではかなりの距離があるため、領主一家は夜会の二、三日後には王都を発《た》つのだ。そして、領地に戻ればまもなく、その準備に取り掛かるのである。

（そういえば、精霊行列の衣装は一昨年新調したのだっけ。――そうだ、精霊衣装の図案の資料、もらえないか兄さまに連絡してみようかしら？）

そんなことを考えつつ、アウローラは書斎に持ち込んでいた刺繍道具の入った籠から、針と糸と刺繍枠を取り出した。ほとんど無意識に針に糸を通し、枠に貼られた布へと針を刺す。布に薄く描き写されているのは、もはや目をつぶっていても刺せそうなフェリクスのモノグラムである。

（……ああ、このひと針ひと針できていく感じ！　や、やっぱり好きだわあ……！）

すいすいと針を動かしながら、アウローラがうっとりと顔を緩ませたその時、コンコンと軽やかな音を立てて戸が鳴った。ややあって室内に現れたのは、アウローラの専属侍女のクレアと、フェリクスの乳兄弟にして夫妻の専属護衛を務めているエリアス・イル・レ＝マイヤーである。

「若奥様、王宮から手紙が届いております」

「王宮から！」

執事よろしく銀盆を掲げたクレアにアウローラは飛びついた。盆の上に載っているのは、王家の紋章の入った柔らかな鳥の子色の厚手の封筒である。淡い紫色の封蝋《ふうろう》には、親書であることを示す王太子妃の印がくっきりと押されていた。

「若奥様！　お行儀が悪すぎますよ！」

「王家の書簡を糸切り鋏《ばさみ》で開けるとは……」

クレアの叱責とエリアスの嘆きもなんのその。封書を糸切り鋏でチョキチョキと開けたアウローラは、二つ折りになっていた書面を開くと次の瞬間、ぐっと拳を握り天に突き上げた。

その表情は太陽の如《ごと》くに輝いている。

「わ、若奥様……？」

勝鬨《かちどき》をあげる騎士のようなやたらと凛々《りり》しい主の奇行に、クレアが顔を強張らせる。

しかしアウローラは侍女の戸惑いには頓着せず、輝かしい笑みのまま己の侍女を振り返った。

「出かけるわ」

「い、今からですか⁉　どちらに⁉」

「――王宮大図書館の、『特別書庫』よ！」

そう叫んだアウローラが天にかざして見せたのは、王太子妃リブライエル直筆の、『王宮大図書館特別書庫閲覧許可証』だった。

※

「待ってたよー」

「まあ、リブライエル様」

大慌てで身なりを整えたアウローラが侍女と護衛を引き連れて王宮へと参上すると、大図書館に向かう途中の渡り廊下で、夜会以来のリブライエルが待ち構えていた。どうして今日来ると分かったのだろうと驚きにぽかんと口を開いたアウローラに、リブライエルは眼鏡の奥の瞳を細めてニンマリ笑ってみせる。

「刺繍に関することだから、居ても立っても居られずにすぐ来るんじゃないかと思ってね」

まったくもってその通りだったアウローラは、頬を染めて視線を泳がせた。

――王宮大図書館特別書庫。

アウローラが閲覧許可を与えられたその書庫はその名の通り、魔術と学問の国であるウェルバム王国が誇る王宮付属の大図書館の奥にある、特別な許可を持つ者のみが閲覧を許される書庫である。建国以来の王家の記録や伝説級の著名な魔術師の直筆本、最古級の魔術書の写本や古《いにしえ》に王族によって行われていた儀式の手順本など、貴重な書物ばかりが収められていることで知られており、年に三度の特別公開日には国内外の学者たちで溢《あふ》れかえるのが王宮の風物詩だ。

学者でも魔術師でもないアウローラがこの書庫を訪れたのはもちろん、刺繍の図案のためである。

ここには『魔術』と『魔法』の違いがはっきりしなかった時代の術士の手による書物がいくつも伝わっているのだと、かつて魔術史を専攻していた兄から聞いたことがあったのである。

その時代の書物にならば、なにか『魔法』に対抗するためのヒントがあるかもしれない。アウローラはそう考え、王太子妃であるリブライエルに、閲覧許可を貰《もら》えないか相談していたのだった。

「この度はご手配、ありがとうございました」

こほんと一度喉を鳴らし、アウローラは心からの感謝の思いを込めて貴婦人の礼をした。リブライエルはこの上ない笑顔を浮かべ、「わたしにとってもいい口実になるから気にしないでよ」と声を弾ませる。

魔女王子なる魔術馬鹿な夫を持つこの妃殿下もまた、読書狂ともいうべき一面を持っている。特別書庫に入れるならば、その機会は逃したくないということらしい。

「――妃殿下、お時間はさほどございませんよ。晩餐《ばんさん》までに着替えが必要なことをお忘れなきよう」

そのまましゃべり出しそうなリブライエルを、後ろから静かについてきていたラインベルク伯爵夫人・マリアがたしなめる。侍女頭兼教育係を兼ねる彼女の言にリブライエルは眉を垂れたが、小さく咳払いをすると気を取り直し、アウローラたちを大図書館へと誘《いざな》った。


「――メモリア様？」

「やあ、リブライエル妃。クラヴィス夫人もごきげんよう」

司書の先導を受けながら、大量の書物が整然と並ぶ、古いインクと革と膠《にかわ》の匂いのする巨大な書架の森を抜け、辿《たど》り着いた特別書庫の閲覧室には珍しい先客がいた。

癖のあるやや明るいブルネットを紫のリボンでひとつに結わえ、男性のように出した額と凛々しい紫眼が理知的な、黒檀《こくたん》の杖《つえ》と白い軍服のまばゆい男装の麗人――第一王女・メモリアである。書庫にあるにしては妙に上等な革張りの椅子に座る彼女の背後にはいつものように、魔術師のローブを深くかぶり、更に顔の半分を仮面で隠した男・メッサーラが言葉もなく、影のように立っていた。

司書が慌てて深く頭を下げ、リブライエルとアウローラもドレスの裾を引き腰を折る。一斉に礼を受けた当人は、鷹揚《おうよう》な微笑《ほほえ》みを見せて一同の顔を上げさせた。

（ううん、メモリア様はさすが王族……、制服の刺繍のランクが違うわ……）

ちらりと視界に飛び込んでくる白い軍服の袖口や襟ぐりの刺繍に、アウローラは小さくため息をこぼす。メモリアのまとう隊服は、儀仗兵《ぎじょうへい》の役割も持つ近衛騎士隊の第一小隊の第一班が着ている、白地に金糸の騎士服と基本は同じだが、生命を守護するという葉の連なる刺繍の部分が、美しい蔓バラやアラベスク文様に置き換えられているようだ。所々には金のビーズなども縫い込まれ、絵物語に出てくる王子様のような風情を醸し出している。

（近衛騎士の制服はアベル・ハインツが請け負っているのだったわね……。この手の金糸刺繍の技術は、やっぱり群を抜いているわね……）

アウローラ本人はさり気なく見ているつもりだが、傍《はた》から見れば明らかに夢中になっている。その様にメモリアは小さく吹き出したが、アウローラがきょとんと目を瞬かせると、喉を鳴らして笑いを噛み殺した。

「と、ところで、クラヴィス夫人。先日は大変に結構なものをありがとう。日々ありがたく使わせてもらっているよ」

殺しきれなかった笑いを漏らしつつ、メモリアは目尻に浮かんだ水滴を拭《ぬぐ》うと、上着の裾をぺろりとめくった。男装とはいえ貴婦人らしからぬ仕草にエリアスやメッサーラは氷のように硬直したが、アウローラはそこに見えたものに「あっ」と小さな声をこぼした。

彼女のトラウザーズのベルトのところにちらりと見えたのは、アルカ・ネムスの『森の祝福』の刺繍を施して献上した、アウローラのストールだったのだ。

メモリアは弟とよく似た表情を浮かべてにやりと笑うと、上着の裾を戻してパンパンと叩いた。

「今まで何をしても足の痛みは消えず、もはやその痛みがあることが常態となっていたのだが、不思議なことにこれを巻いていると足の痛みが和らぐのだ。メッサーラが持ってきてくれた時には、驚嘆したぞ。お陰でよく眠れるようになった。――大変素晴らしいものを、本当にありがとう」

「も、もったいないお言葉です」

まばゆい笑みを浮かべるメモリアは美青年にしか見えない。アウローラは上ずった声で返事をし、おずおずと目をさまよわせた。

「しかし、効果を抜きにしても実に見事な腕前だな。私の侍女たちも感心していた。今日のドレスの刺繍も貴女が刺したのか？　とても可憐《かれん》だね」

「全てではありませんが、襟元の模様はわたくしが手慰みに刺したものでございます」

アウローラはそう答え、己のジャケットの裾をつまんだ。

オリーブのようなグリーンの衣装の襟元には、チョコレート色の糸とキャラメル色のリボンでぐるりと、秋の木々の葉と山ぶどう、黄金のマギの実の刺繍を施している。アウローラが故郷の秋を思い出しながら刺した、鮮やかな作だ。

「アウローラさんの刺繍は素晴らしいですわよねえ。わたくしも婚礼前にストールをいただいたことがあるのですけれど、身に着けていると気持ちが落ち着くので愛用しております」

「ああ、分かるよ。まるで温石《おんじゃく》のような、じんわりそこから温まるようなホッとする何かがある」

「き、恐縮です……」

猫をかぶった王太子妃と第一王女という、高貴な女性ふたりに目の前で己の刺繍を讃《たた》えられ、アウローラは真っ赤になる。そんな彼女を横目に、ふたりはうふふと笑みを口の端に乗せ言葉を更に続けようとしたが、メモリアの背後からコホンと控えめな咳払いの音が届いて口を閉ざした。音の主は、メモリアの背後に立つメッサーラである。

メモリアはハッと目を瞬かせ、照れたように頭を掻《か》いた。

「ああすまない、本人に感想を述べられることが嬉しく、つい話し込んでしまった。ふたりは書庫に用があったのだろう？　邪魔をしたな。――今日は如何《いか》用だ？　ひょっとして、新部隊のための刺繍の図案を探しに来たのかい？」

興味津々《しんしん》で「テクスタスから聞いたよ」と続けるメモリアの表情は、王太子のそれとよく似ている。

アウローラはリブライエルに目配せし、彼女が頷いたのを確認すると口を開いた。

「はい。王太子殿下にご依頼をいただいて図案を考えていたのですが、よいものが思いつかず……。こちらの書庫には古い時代の魔術に関する書籍もあると兄に聞き、参考になるものがあるのではないかと考えまして、妃殿下に閲覧のご許可をいただいたのです」

「なるほどな。――実は私たちもテクスタスの依頼で、アルカ・ネムスのような遺跡のある土地が他にないかを調べに来たんだよ」

まあ、と目を見開いたアウローラにメッサーラが書見台を指し示す。そこにはいかにも古い、がっちりと金属で守られた革張りの書籍がいくつか鎮座していた。

「私は腐っても第一王女だ。この書庫に立ち入ることに許可も必要ないから、上手いこと使われているよ。――とは言え、まあ私はおまけだ。実際の調べ物はメッサーラがやっている」

私は魔術には明るくないからとメモリアは笑い、後ろに立つメッサーラを振り返った。

「……そのような土地はありそうなのですか？」

興味関心を抑えきれない声色で、リブライエルがメッサーラの方を向く。深くかぶったローブはそのままに、メッサーラは浅く頷いた。

「ございます。あそこに積まれているのは三百年ほど前の魔術師が古い遺跡を訪ね歩いた記録の直筆本と、国内の魔術的な民話を集めた物語集の手書き本ですが、どちらにも『里を守る魔法』に関する遺跡の話がいくつか掲載されています。特に、北部に多いですね」

「北部……そう言えば、ポルタにも『旧き森の民』の遺跡がありましたが」

（それも、結構な数があった気がするわ）

アウローラは小首を傾げた。辺境たるポルタ領はその領地の半分近くが『魔の森』と呼ばれる森である。どうやら土地の持つ魔力が濃いらしく、魔力を持つ獣が多いことで知られているが、かつては『旧き森の民』が暮らしていたらしく、その遺跡がいくつも残っているのだ。

「北は魔獣も多いですのに、『旧き森の民』の遺跡はどうして北部に多いのかしら？　南の方が魔獣も少なく、暮らしやすそうに思いますけれど」

「一説に因《よ》るとね」

「ひゃっ」

いないはずの人の声が書庫に響き、アウローラの肩が跳ねる。走り出した心臓をなだめるように胸元を押さえて振り返れば、書庫の入り口に、癖のある黒髪に紫の瞳の王族と眼鏡の護衛の姿があり、その後ろに至極見慣れた——はずの、月光を紡いだ銀糸の髪と水に濡《ぬ》らした青玉の瞳を持つ麗しの騎士・フェリクスが、氷の彫像のように静かに立っていた。

凍てつく瞳と視線が合えば、それはまるで春の雪解けのように、ゆるりと和らいで細められる。仕事中の夫の姿と寄越された流し目にアウローラは思わず目をつぶった。

（ぐ……か、かっこいい……だめだめ、駄目よアウローラ、落ち着きなさい！）

アウローラはそう己に言い聞かせながら、己の頬をむにむにと揉《も》む。

とは言え、家で見る柔らかな気配をまとう夫とは違う、仕事中の硬質な姿もまた素晴らしい。名工の手による彫刻のような美貌とすらりと高い背、しなやかな手足。それを包み込む濃紺に銀糸の刺繍の制服は、彼のためにデザインされたのだと錯覚してしまうほどに似合っている。

そんな姿で流し目を寄越されて、よろめかない妻がいるだろうか。

(はあ……、外で妻を誘惑しないでください、って言っておかなくちゃ！)

ひとりぐっと拳を握ったアウローラに、メモリアは目を丸くして王太子はくつくつと笑う。

「ところで、殿下は何故こちらに？」

「リブラたちが来ていると聞いたから。図案を探しているんだろう？」

己の妻の問いかけに、今日の公務は終わったからさと王太子は答えた。メモリアはやれやれと肩をすくめ、口の端を歪める。

「お前は本当に、腰の軽い」

「姉上、俺の取り柄なんてそのくらいですよ。……ところで、北部に遺跡が多いわけだけれど」

王太子の言葉にアウローラも我に返る。フェリクスもいつもの無表情に戻り、護衛らしい鋭い気配を身にまとった。王太子は我が物顔で一同の前を横切ると、メモリアの向かいに置かれた一人がけのソファに腰を下ろし、足を組んだ。

「北部に『魔法的』な遺跡が多いのは、それらの遺跡が『旧き森の民』の『大移動』のルート上にあることが多いからだと言われている」

「『大移動』……？」

アウローラがオウム返しに呟けば、王太子はうんと頷く。

「建国以前、今の王都の辺りは『旧き森の民』が住まう土地だったと言われている。当時は今よりも土地に魔力が充ちていて、彼らはその力を借りて暮らしていたのだそうだ——地図はあるかな？」

王太子の声に、少し離れたところに立ち尽くしていた司書が動き出す。

ほどなく持ち込まれた地図をフェリクスが掲げ持つ。王太子はソファから立ち上がり、生徒に説明をする教師のように、どこからか取り出した指示棒で地図の上の王都の位置をトントンと叩いた。

「水は土地の魔力を運ぶから、『旧き森の民』にとって聖なる山だったビブリオ山脈や『魔の森』から流れる川の水が滞留するこの湖は、この辺りでは一番魔力の濃い土地だったのだろうね。随分と古い時代から彼らはこの地に住んでいたようだ」

指揮棒の先がなぞって湖に辿り着く。その畔《ほとり》にある街こそが、水の豊かなヴィタエ湖の懐《ふところ》に抱かれた、麗しの王都だ。

「魔力に溢れたこの土地に、ある時、迫害を受けた魔力を持つ人々が白真珠海の方から逃げてきた。彼女たちは『旧き森の民』と契約を交わし、湖の中島に住み着いた。――これが、我が国の起源だ」

「そういえば、この部屋の天井画がまさにその物語ですね」

アウローラが天井を見上げ、釣られるように一同も上を向く。書庫の上部には、王宮の大広間の壁画を描いた画家の手による『始まりの魔女』と『知の神』の逸話が描かれているのだ。

美しい紫の瞳をした力ある魔女だった『始まりの魔女』はこの地に逃れた当初、力こそあるものの学はなく、闇雲に巨大な力を振るうことしかできなかったという。そんな彼女に学問と魔術を教えたのが、緑の目の美丈夫であった『知の神』だと言われている。知の神による学問の手ほどきを受けた魔女は他に並ぶもののない知恵を身につけ、女王の地位を戴くに至るのだ。

この一連の場面は王宮の書庫に限らず、国内の様々な学術機関や図書館の壁を彩っている定番の絵柄で、国民の誰もが知る『おとぎ話』でもあった。

「近年の研究では『始まりの魔女』は、力を持つことで追われた人々を率いてきたどこかの部族の長で、『知の神』はこの地に暮らしていた『旧き森の民』の中でも知識のある、特権階級の人物だったのではないかと考えられているそうですね」

メッサーラの言葉に王太子は頷く。

「そうそう！　それを示すと思われる壁画が神殿の地下から見つかって――」

「殿下ー、脱線しておられますよー」

表情を輝かせ、嬉々《きき》として語り始めた王太子を、後ろに立つセンテンスがたしなめる。王太子は「おっと」と己の額を叩いて、話の軌道を修正した。

「どこまで話したっけ」

「『始まりの魔女』様が中島に住み着いたところまでですね」

「ああ、そうだった。――ええと、『旧き森の民』たちと始まりの魔女は契約を交わしてそれぞれに暮らしていたけれど、時代が下ると『旧き森の民』たちは、この地を離れることにしたらしい。理由ははっきりとは分かっていないけれど、ある遺跡の壁画には『大地の力が弱まった』ことが一因だと記されている。もっとも、それらの土地は今でも、人間にとっては十二分に力ある土地なのだけれどね。――大地に力がなければ『旧き森の民』は暮らせないらしい。それで彼らは力持つ土地を求め、湖から川沿いに北上した」

説明を再開した王太子の指示棒が、改めて川をなぞる。

「川沿いに移動していったのは、大人数での移動が楽だったからだろう。北上した彼らは分散し、アルカ・ネムスのような魔力の濃い土地に住み着いたようだ。しかしそういった土地も、南の方から緩やかに力を失っていったらしい。彼らは追い立てられるように北上を続け、遂には『魔術大国《マグナ・マギア》』へと姿を消した。――この彼らの旅を、古代魔術史用語で『大移動』と呼ぶんだ」

「その『大移動』と遺跡の分布が重なる、というわけですね」

「そういうこと」

（ということは、北部の歴史についての本を探せば、『魔法』に関する何かが見つかるかしら？）

メッサーラが手を打ち、王太子が頷く。ふたりの会話を聞きながら、アウローラは書見台の上に置かれている開かれたままの古い書物を覗き込んだ。『三百年ほど前の魔術師が古い遺跡を訪ね歩いた記録の直筆本』とやらには、上手いのやら下手なのやら分からない絶妙な線画で遺跡の外観が描かれ、癖のある文字で様々に説明が添えられている。

（あ、壁画の描き写しもある。……これは、『森の祝福』かしら？）

開かれていたのは丁度、アルカ・ネムスの遺跡のページであったらしい。少々歪んではいるものの見覚えのある壁画の絵に興味を惹《ひ》かれ、アウローラは顔を上げた。

「王女殿下、こちらのご本は見せていただいても……？」

「ああ、重要な部分はメッサーラが複写しているはずだからな。――めくっても構わんな？」

「どうぞご自由に」

メモリアに問われたメッサーラも言葉少なく頷いて、手元にある紙の束を翳《かざ》してみせた。束はちょっとした冊子ほども厚みがあり、国内にある古い魔術の遺跡は少なくないことが窺える。

「ありがとうございます」

許可を得たアウローラは司書から閲覧用の絹の手袋を受け取ると、革に包まれた古書をそっとめくってみた。古い時代の羊皮紙の匂いが立ち上り、錆色《さびいろ》のインクの文字がどこまでも繋がっている。

「……あら？」

そうしてぺらりぺらりといくつかページをめくった後、アウローラはふと、小さな声を上げた。

「どうした」

しばしの自由行動を許可されたらしいフェリクスがアウローラの肩越しに本を覗き込む。そこには『星見の丘』という名称とともに、見覚えのある霊廟《れいびょう》と、石の並んだ遺跡が描かれていた。

「『星見の丘』って、アルゲンタム城の裏の丘のことですよね？」

「そのようだな」

アウローラはまじまじと、そのページを眺めた。

「霊廟にはお詣《まい》りしましたけど、このような遺跡がありましたっけ？」

石柱の並ぶ遺跡の挿絵を指差してアウローラは首を傾げた。なかなか立派な遺跡と見えるが、見た記憶がない。挿絵にちらりと目をやって、フェリクスはコホンと小さく咳払いをした。

「――これは恐らく、霊廟の地下にあるものだろう。石が並んでいるだけで、女性が見て楽しめるようなものではないから無理に連れ回すなと、母と姉に言われていたのだ」

苦虫を噛み潰したような表情を見せたフェリクスに、アウローラも苦笑する。確かに絵を見る限りはただ大きな石が並んでいるだけのようで、華やかさは皆無だ。その上霊廟――要するにお墓の地下だというのだから、華やかで美しいものを好むあのふたりには、あまり興味のないものなのだろう。

「これはなんの遺跡なのか伝わっているのでしょうか？」

「妖精の生まれる場だとか妖精の守護陣だとか伝説が残っているが、地元の学者曰《いわ》く、古代の天文台ではないかということだ」

「そういえば、あの丘にはクラヴィス家の守護妖精がいたね。白くてかわいい猫ちゃんだった」

「妖精に護られた街か。なんともメルヘンな響きだな」

（ステラのことだわ。……ステラ、元気にしているかしら？）

王太子夫妻の会話に、アウローラは守護妖精を名乗る白猫妖精の姿を思い出す。

最近己の空間でのみ人化（精神年齢が反映されるのか、五歳ほどの幼い少女の姿である）ができるようになったという、精霊になりかけの妖精であるが、クラヴィス家を守ろうという意識は非常に高く、嫁入り前のアウローラも『新しいクラヴィス家のお嫁さん』として『妖精の試練』を課され、大変な思いをした。もっとも、今となってはよい思い出である。

「絵物語の妖精は『メルヘン』ですが、現実の妖精は大変ないたずら好きで毎年少なくない被害が出ています。見た目も様々で、愛らしいとは程遠いこともあります」

「そうなのか。妖精とは蝶《ちょう》や蜻蛉《とんぼ》の羽根を持った小人の姿をしたものかと思っていたが」

「それは演劇の影響だよ。妖精役はたいてい、若い女優だから綺麗《きれい》で可愛い感じになるよね」

王太子がそう返せば、なるほどとメモリアが頷いた。デビューを果たしたばかりの可憐な少女たちが妖精の羽根と衣装を身にまとい主演の後ろで群舞を踊るのは、よくある舞台の一幕である。

「テクスタスも妖精を見たのかい？」

「見た見た。なんとこの春は妖精が大量発生していてね！　『妖精の街』の名に恥じない妖精の群れがわんさといたよ。土地との相性がよっぽどいいんだろうね。――クラヴィス家があそこに封《ほう》じられたのはあの地を護るためだったはずだけれど、初代夫婦も妖精と相性がよかったのかもしれないな。確か初代は、歴代神官騎士の中でも最も力あるものだったと記録されていたけれど、ひょっとして奥方も力ある魔女だったのかな？」

「当家には、当時の『お抱え魔女』の中で最も占術が得意な娘だったと伝わって――」

王太子の問いにそう答えたフェリクスは、ふと何かを思い出したようにぴたりと動きを止めた。

「どうした、フェリクス」

「――初代の妻についての記述が残されているのは、実家にある初代の日誌なのですが、そこに『神官騎士たちが外法《げほう》の呪《まじな》い師と戦った』という記述があったことを、ふと思い出しまして」

「げほうのまじないし？」

「詳しく！」

不思議そうに瞬くアウローラの向こうで王太子がソファから飛び上がり、フェリクスににじり寄る。アウローラはびくりと震えて夫の腕に取りすがり、フェリクスは思わず一歩後ずさったが、水を得た魚のようとはまさにこのこと、王太子は瞳を生き生きと輝かせる。

「だってクラヴィスの初代――確か、フランツ・クラヴィスと言ったか、彼の生きた時代には魔術師という職業はすでにあったはずだ。しかし魔術師と書かれていないということは、魔術とは違う術の系統を使う集団だった可能性が高い。そうだろ？」

「つまり、『外法の呪い師』は『魔法使い』的な人々だった、と言うことでしょうか？」

「おそらくそうでしょう」

アウローラの問いを、メッサーラが静かに肯定する。

彼らの反応にフェリクスは浅く頷き、アウローラに視線を投げた。

その視線の意味をはかりかねて、アウローラは首を傾ける。

「フェル様？」

「初代たち神官騎士は彼らを退けたが、その際に魔女たちの助力を受けていたと記されていた。呪い師に対抗するため、騎士の装備に魔女の術を授けてもらったそうだ。古い時代のこうした術は、魔女に伝わる紋様として、武具に刻まれていることが多い」

フェリクスの言わんとすることに思い至り、アウローラはごくりと喉を鳴らした。

「それはひょっとすると、まさに今、わたくしが求めているものなのでは……？」

「その可能性はある」

肯定に、目眩《めまい》にも似た高揚が襲い来る。アウローラは胸元で拳をきゅっと握り、唇を震わせた。

「そ、その装備はまだ残されているのでしょうか？」

「初代に関する品は、実家の倉庫に保管されていたような記憶があるが……」

アウローラの目の前が、ぱっと開けた。

騎士が魔法使いと思しき敵と戦った際に身に着けた、魔女の術の施された装備。衣類か防具かはたまた武器か、術が何に施されているのかは分からないが、そこにはきっと、魔女が騎士のために力を尽くした何らかの陣や紋様があるはずである。

魔女の紋様に限らず、そうした術の意匠にはそれそのものに意味がある。時代を越えてもその意味はそうそう変わらぬはずだ。

（その紋様をアレンジすれば、刺繍の効果も大きくなるのじゃないかしら……？　何が何でも、現物を見てこなくちゃ……！）

決意を胸に顔を上げ、アウローラはふと気づく。

魔女の術が残されているのは王都ではなく、アルゲンタムの街にある、クラヴィス家のカントリーハウスだ。そこに向かうということは、つまり。

「フェル様」

「どうした？」

みなぎる決意に目元をきりりと吊《つ》り上げた妻に、フェリクスが目を丸くする。非常に珍しいきょとんとした表情を見せた夫をアウローラは真っ直ぐに見上げた。

「……少しの間おひとりにしてしまうことを、許してくださいます？」

「許したくはないが……何故だ？」

妻の言葉に眉根を寄せたフェリクスにアウローラはぐっとにじり寄り、そっと囁いた。

「――どうかわたくしに、その装備を探しに行かせてくださいませ」

†2　魔法の子

「結論から告げましょう。古代、この地に結界が張られていたことは間違いありません」

アルゲンタムの商業地区の一角にある、目立たぬ外観の小さな館にて。

かつて豪商が妾《めかけ》を囲うために用意したというその館は、外観こそ地味ながら内装は凝《こ》りに凝った豪《ごう》奢《しゃ》の極みを尽くしている。そんな、聖職者めいた装いにはどうにもそぐわぬ屋敷の一室で、華美な長椅子にゆったりと身をもたせ掛けながら、カーヌスは厳《おごそ》かに告げた。

「やはりですか……！」

カーヌスの座す長椅子の向かいに陣取ったルーベルが、感嘆の声を漏らす。

「ええ。街をしばらく歩いてみましたが、古い街並みの区域の道端に幾つか、恐らく古代には標《しるべ》だったと思われる石が遺《のこ》されていました。風化がひどく、表面に刻まれていたと思われる印などは読み取れなくなっていましたが、標の形と印の刻まれていたと思《おぼ》しき位置がわたくしの一族が使う術に酷似しています。結界があったと見てまず間違いないでしょう」

そう言うと、カーヌスは己のローブの懐《ふところ》から、手のひらほどの大きさに折りたたまれた紙片を取り出した。ゆったりとした動作で広げられたそれは、アルゲンタムの地図のようだ。

「残っている石を辿《たど》ってみると、ちょうど『旧市街』を囲むように並んでいるようです」

クラヴィス領都・アルゲンタムは、北西のビブリオ山脈から流れ来る『ビブリオ川』と、ポルタ領の北に広がる『魔の森』から流れ来る『マギア川』が合流する地点に広がる大きな街だ。マギア川の上流たる『魔術大国《マグナ・マギア》』と、南下した先に広がる王都とを繋《つな》ぐ流通の拠点として古くから栄えてきた『古都』である。

カーヌスの指は地図上で、古くからある街区と川の境に弧を描いた。

「つまり、その中心点に……」

「結界の『核』がある可能性が高いでしょう」

「かく？」

地図を覗《のぞ》き込む師たちの横で一人遊びに勤《いそ》しんでいたウィリデがきょとんと目を瞬かせ、首を傾《かし》げる。カーヌスは静かに振り返り、床に綺麗《きれい》に並べられたどんぐりを見て苦笑を浮かべた。

「『核』というのは、大掛かりな魔法や魔術を使う際に、触媒とするもののことです。古《いにしえ》の魔女や森の民であっても、人ひとりが扱える力の大きさには限界があります。更に人間ともなれば、その規模などたかが知れている。ですから古来、大きな術を使う時には、力を貯めたり補強したりする必要があるのです。そのための道具や陣を『核』と呼びます。――アルカ・ネムスの遺跡では遺跡の中央に描かれた魔術陣そのものが核の役目を持っていましたね」

「……にんげんが、つかえるまほうはおおきくないから、まほうじんとかで、つよくする？」

「お前は賢い子ですね」

ウィリデの返しに目を見開き、カーヌスは幼子の柔らかな髪をくしゃりと撫《な》でた。くすぐったそうにきゃっきゃと歓声を上げたウィリデの横で、ルーベルがひとり首肯《しゅこう》する。

「さすがは魔法に選ばれし『森の民』の先祖返りというべきでしょうか。ウィリデは魔法的なものに対する直感的な理解が実に優れていますね。――どちらにせよ、すぐにでもその地の調査に向かいましょう！」

「逸《はや》る気持ちは分かりますが、焦りは禁物ですよ。――御覧なさい」

しかしカーヌスはどこか渋い顔をして、ぐるりと地図の上で円を描いた。その円の中央が指し示す場所に気づき、ルーベルも顔をしかめる。

「なんと厄介な。核があると思しき地点は領主の屋敷の裏ですか」

「そのようですね。わたくしの術をもってすれば、領主の庭に忍び込むことは容易《たやす》いでしょうが」

カーヌスの言葉に、ルーベルはゆるゆると首を振る。

「ですが師よ、我が一族の祖はあの領主の祖先に敗北を喫し、この街を追われたと伝わっています。魔法が魔術に負けるなどあってはならないことですが、相性が悪かったようなのです」

その血を引くものが治める地である。ルーベルはぎりぎりと奥歯を噛《か》み締め、アルゲンタムの地図を仇《かたき》のように睨《にら》みつけた。

「領主の祖は『神官騎士』という地位にあった者だったと伝わっています。おそらくは我らのような術に対する強固な封じがあるのではないかと――」

「ルーベル」

拳を握り、うつむくルーベルの肩を、カーヌスがそっと叩《たた》く。

「始める前から弱気など、お前らしくもありませんね。お前は『魔を繰る者』の末裔《まつえい》として、その魔眼の力を世に知らしめる使命を帯びているのでしょう？」

「師よ……」

「お前のその力は先祖返りの如《ごと》き強力なものです。それに、当時はまだ『魔法』が世界に生きていて、対抗するすべを持つ人間も少なからずいたという記録がありますが、今この世に生きる魔術師たちは『魔法』を侮り、その対抗手段を失ったものがほとんどです。お前の先祖が敗北したからと言って、お前が敗北するとは限らないのですよ」

慈母の如き柔らかな笑みがルーベルに注がれる。ルーベルは赤い瞳を雨に濡れた紅玉のように潤ませて、肩に添えられた師の手を取るとそこに額《ぬか》ずいた。

「わたしが愚かでした。わたしには祖の無念を晴らし、師の楽園を手に入れるという使命がありましたのに」

「分かればよいのです。お前は優れた魔法使いなのですから、恐れることはありません。――わたくしのために、力を捧《ささ》げなさい」

「――師よ……！」

白く長いまつげが伏せられ、ルーベルの頬を白露のような涙が滴《したた》った。彼は椅子を下りると床に額を打ちつけて、感極まって咽《むせ》び泣く。

その時、コンコンコンと賑《にぎ》やかしく、部屋の戸が叩かれた。

「失礼しまーす！　お師様ー、王都から魔鳩便《まはとびん》ですよー。……ってうっわ、どうしたんですかこれ」

賑やかなノックと威勢のよい声の主はもちろん、ルーベルの妹弟子たるカエルラである。

軽快な足取りで室内に入ってきたカエルラは、床にうずくまる兄弟子を見ると不気味なものを見たかのように一歩後ずさり、困惑に顔を歪《ゆが》めた。

「ルーベルは問題ありません。何やら感極まっているようです」

「あー、いつもの発作ですか。――はい、お師様」

あっさりと納得を示し、カエルラは師に小さな紙片を差し出すと、壁際の長椅子に腰を下ろした。そのすぐ脇の小卓に並べられた焼き菓子に、にんまり嬉《うれ》しげな笑みを浮かべる。

「すっごい、こんなお菓子が出てくるアジトとか、初めてじゃないですかー？」

「……館の主は貴族にも縁のあるそれなりの商人だそうです。豊かなのでしょうね」

「お貴族サマとかダイッキライですけど、いつでもお菓子が食べられるとかは羨ましいですよねー」

口の端についた焼き菓子の欠片《かけら》をぺろりと舐《な》め取り、カエルラはうそぶく。それからふと思い出してぱちんと両手を合わせた。

「あ、そうだお師様！　魔鳩を受け取る時に、このアジトの提供者からイヤな知らせがありました」

「いやな知らせ？」

カーヌスがおっとりと繰り返す。カエルラは首を縦に振り、顔をしかめて唇を尖《とが》らせた。

「なんとも厄介なことに、一昨日から例のオクガタサマが領主の館に来てるらしいんです」

「──あの刺繍《ししゅう》の夫人ですか」

カーヌスの表情もわずかに曇る。

「……そう言えばこの地は、かの夫人の夫の故郷でしたね」

「そうですけどー。あのダンナサマは近衛騎士で王宮を離れられないから、オクガタサマも滅多にここには帰ってこないって聞いてたんですけど、なんかエンユーカイ？　の準備手伝いとかなんとか」

「えんゆーかいってなに」

「アタシも知らないー。たぶんお貴族サマの優雅なお遊びかなんかじゃない？」

「園遊会とは、客を呼んで庭で開かれる催しのことですよ。──クラヴィス家の秋の園遊会は、この地の有力者であれば貴族でなくとも招待されることで有名です」

床に伏していたルーベルが蘇《よみがえ》り、カエルラの隣に腰を下ろす。乱れた衣類と髪を整えながら、ルーベルは唇を噛み締めた。

「手伝いは建前で、我らの邪魔をすべく現れたという可能性もありますね」

「あのダンナサマがそういう手を回したって可能性はあるよね」

「――早急に結界の『核』について調べなければ」

何やら思いつめた表情で長椅子から立ち上がったルーベルは、魔鳩便で届いた小さな紙片を眺めながら顎《あご》を撫《な》でていたカーヌスの前に、聖人の前にかしずく信徒のような大げさな動作でひざまずく。

「師よ！　この地での調査、不肖の弟子・ルーベルにお任せくださいませんでしょうか！　必ずや近日の内に結界の核へ辿り着き、先祖の無念に報いてみせます！」

「兄様……」

「あにじゃ……」

演技がかった突然の動作に、カエルラとウィリデがぎょっと目を剥《む》く。カーヌスは凪《な》いだ瞳のままに、ルーベルを見下ろした。

「――そうですね。いい機会です。調査のみと言わず、この地の結界に関してはお前に任せましょう」

「ええっ⁉　お師様⁉　本気ですか⁉」

ルーベルの表情が日差しを受けた新雪のようにまばゆく輝いた。しかし、その言を耳にしたカエルラは、呆然《ぼうぜん》と口を開け目を丸くする。

「もしこの地に結界があるなら、かなり重要なもののはずだって仰《おっしゃ》ってたじゃないですかっ」

「もちろん大変重要なものです。もしもこの地の結界が作動すれば、この地は間違いなく我が楽園の礎《いしずえ》となるでしょう」

カーヌスは翼を広げる天の使者のように、ゆったりと両手を広げた。

「ここは古から力持つ土地です。そんな土地を手にできたなら、わたくしたち魔法使いの力はいや増し、魔術に鉄槌《てっつい》を下すこともできましょう」

「だったら、やっぱり、お師様が先導してくださった方が確実だと思いますけど……」

カエルラの言葉に、カーヌスはふっと表情を和《やわ》らげた。

「案ずることはありません。ルーベルは素晴らしい魔法使いに育ちました。その上、彼の持つ『魔眼』はこの地で力を奮っていた一族のもの。恐らく他のどの場所よりこの地との相性はよいはずです。それにカエルラ、ルーベルにはお前がいます。ふたりが揃《そろ》ってできぬことはそうないでしょう」

「……まあ、そうですけど！」

叱られることの方が多いカーヌスの言葉に、カエルラは思わず胸をそびやかす。そんな弟子の姿にカーヌスは、誰もがうっとりと見惚《みほ》れるような清らかな笑みを浮かべてみせた。

「お前たちふたりは、素晴らしい魔法使いですよ。――ふたりの成長を、わたくしに見せてください」

「お師様……」

そこまで言われてしまえば、反論などできようはずもない。カエルラは口を引き結ぶと、兄貴分同様、師匠の前に膝《ひざ》をついた。

「――不肖カエルラ、兄弟子のため力を尽くすことを、師にお誓いします」

「ええ、期待していますよ」

誰もがうっとりと見惚れ、崇《あが》めたくなるような笑みを浮かべたカーヌスに、カエルラの頬がぽっぽと赤くなった。

「ところで、わたしにお任せいただいている間、師は何処《どこ》におわす予定でしょうか？」

話が落ち着いたのを見て取って、ルーベルは長椅子に腰を下ろす。カエルラがつまんでいた菓子に手を伸ばし、割ってウィリデにも半分与えながら、彼はぐるりと室内を見渡した。

「この隠れ家はなかなかの居心地ではありますが、いかんせん商人の屋敷です。魔力的、学術的な居心地はそうよくないと思うのですが」

絹張りの壁紙や長椅子、金彩の施された陶磁器や美々しい金の額に収められた絵画、大輪の花の飾られた壺や陶器の人形などが所狭しと飾られた贅《ぜい》の極みを尽くした部屋は、金銭的価値こそ凄まじいものの、知的好奇心をくすぐられるような要素は全くない。

「せめて書架の本が価値あるものならよいのに、装飾ばかり凝ったつまらぬ戯曲本ばかりですし」

「恐らくこの屋敷を与えられた妾が、芝居好きだったのでしょう。――そうですね、わたくしは一度、王都に向かおうかと思います」

「王都にですか？」

「ええ。……今の魔鳩便で、『旧《ふる》き土地』の地誌に古い結界の痕跡がないかどうかを調べていた王都の協力者から、気がかりな情報を得ました。叶《かな》うことならばわたくしはそれを精査してみたい」

カーヌスはちらりと紙面に視線を落とした。魔鳩が運ぶ、成人男性の手のひらの半分ほどの大きさの薄い紙片には、針の先で書いたような小さな文字がびっしりと記されている。

「――王都に古い時代、結界が張られていたことは有名ですね」

「王都全体を覆《おお》っていたっていう、初代魔女王の結界のことですか？　子供だましのおとぎ話の？」

カエルラが肩をすくめる。

子どもたちが絵本で読み聞かせられる初代の女王の神話では、女王が夫の神と力を合わせ、街全体を覆う巨大な結界を築いて国を立ち上げるのが最後の場面なのだ。広大な王都全体を覆うまばゆいばかりの美しい結界は、その後数百年に渡って国を護《まも》ったと言い伝えられている。

「さすがに王都全体を覆う結界ってのは法螺《ほら》でしょうけど、知っていますよ」

「……カエルラ、今でこそ王都は国の都に相応《ふさわ》しい大きな街ですが、『始まりの魔女』の時代には、少し大きな集落という程度の規模だったはずです。アルカ・ネムスとさほど変わらなかった可能性が高いのですよ。それならば、結界が実在したとて何の不思議があるでしょう」

「あ」

ぽろり、カエルラの手から焼き菓子が落ちる。床に着く前に見事な動きでウィリデがキャッチして、ぱくりとその口に放り込んだ。

「そ、そうか……そうですね……！」

「そして、国の始まりは、湖に浮かぶ小さな島――今の神殿島から始まったと言われています。あの地は『始まりの魔女』と呼ばれた女王が選んだだけのことはある、大変に魔力の濃い地です。その力の強さはアルカ・ネムスやこの街も、比較にならないほど」

「――まさか、その結界の痕跡が見つかったのですか？　結界が解かれた際に跡形もなく消し去られ、今では何の痕跡も残っていないというのが定説でしたが……!?」

「――ええ、そのようです。どうやら神殿の、非公開区域にあるらしいと」

カーヌスは重々しく頷《うなず》き、薄い紙片を再びじっと見つめた。

「もしもその結界が――その地が手に入るなら――」

うっそりと、薄い唇の両端がもたげられ。

夢見るように細められたカーヌスの瞳は炯々と、黄金の色に輝いていた。

※

「まあ、ご覧くださいまし若奥様！　なんて美しい眺めでしょう」

と、ひとりの貴婦人が歓声をあげれば。

「さすがは侯爵様のお屋敷、これほど素晴らしいお庭は見たことがございませんわ」

と誰かが追従《ついしょう》し。

「秋バラも本当に美しくて、まるで妖精が遊んでいるかのようですね」

と誰かが続けるも。

「本当に素敵。ああ、これを表現するなら糸の色番号はいくつがいいかしら……そう言えば先日王都の仕立て屋から貰《もら》ったラ・コロール・ドゥ・メールの糸に、驚くほど美しい琥珀色《こはくいろ》のものがあったような……、ううん、でもこの景色は一色で表現できるような単純なものではないわね。オレンジから金まで幅広く使っても、表現できるか分からない美しさよ」

「……さすがです若奥様」

と誰かが返して、さざめくような笑いが広がった。

――素晴らしい秋晴れに恵まれたこの日、クラヴィス家のカントリーハウスの広々とした庭では、クラヴィス侯爵夫人主催の『紅葉を楽しむ園遊会』が開催されていた。

時はまさに、秋真っ盛り。空は高く青くどこまでも澄み渡り、庭園の木々は赤に黄に、鮮やかに色づいている。そこに見事な秋バラと、ちょっとした魔術で華麗に飾り付けられた大小様々の天幕が色を添えて、世界は宝石箱の中のような美しさだ。

けれど、抜けるような青い空の下、侯爵家の人間として差配を振るいつつ客たちをもてなしていたアウローラは、会話を弾ませ笑いさざめく人々と鮮やかな秋色の庭園を眺めながら、憂いの横顔で小さく息をついた。

（わたしは初代様の装備を探しにきたのに。どうしてこんなことになっているのかしら？）

特別書庫での邂逅《かいこう》の数日後、フェリクスの許可を得たアウローラは、オフシーズンを領地で過ごす義両親とともに、調査のための資料を携えてクラヴィス領の都であるアルゲンタムにやってきた。

しかし、溢《あふ》れるやる気とは裏腹に、アルゲンタムでの調査の進み具合は芳《かんば》しくなかった。

なにしろ、春先まではまだ『お客様』であったアウローラも今ではすっかり『領主家の一員』である。それも、次期侯爵の妻という大変重要な地位なのだ。

いつもは王都にいる若夫人が領地にやってくるとなれば、地元の夫人たちが張り切らないはずがない。結果、アウローラの日々には当然のように様々な社交行事が積み重なって、思うように時間を取ることができなかった。

（もちろん、侯爵家の嫡男《ちゃくなん》の嫁として、こうした行事が絶対に外せないことも、こういう場で地元の人たちと顔を繋《つな》ぐことがとてもとても大切だということも、分かってはいるのだけど。一刻も早く図案を考えたいのに……）

新米夫人のアウローラにとって、訪問客の名前や立ち位置を覚えることは、ひと仕事だ。催事の手配や日々の差配の合間にある自由なはずの時間のほとんどが、そうした『準備』に消えてしまった。

（もっとわたしが社交的で、こうしたことを手早くささっとこなせたなら、調査との両立もできたのかしら……）

アウローラは今一度、ため息を吐いた。

（はあ。ひとりで来ると決めたのはわたしだけれど、せめてフェル様がご一緒だったらなあ……）

社交の場で後ろに立ってくれる人のいない心細さと、結婚以来久々の一人寝の夜の寂しさも追い打ちを掛け、彼女の心はどんより沈んだ。爽やかなはずの秋風が、胸の隙間《すきま》をひゅうひゅうと抜けてゆく。

「にゃん」

「……あら、ステラ」

そうして落ち込んでいたせいだろうか。

同世代の夫人たちとの歓談に少しばかり疲れ、お菓子の並ぶテーブルの前で腰を下ろしていたアウローラの視界に、ひょっこりと白い猫が現れた。テーブルの足元を抜けてやってきた白猫は、『元気だして』とでも言いたげにアウローラの膝にぴょんと飛び乗り、「にゃうん」と鳴く。

その愛らしい仕草に、アウローラの表情もふんわり緩んだ。

「お久しぶりねえ。今日までどこにいたの？」

「にゃうーん」

神々しいほどに白くつややかな毛並みと、星空を閉じ込めたような青の瞳が極めて美しいこの猫は、本当のところは猫ではない。あまりにも猫らしい仕草故に、普段は屋敷で飼われている他の猫と一緒くたにされているが、彼女こそがクラヴィス家の守護妖精、ステラである。

「あ、だめよステラ、テーブルの上に乗ってはだめ。猫ちゃんには駄目なお菓子もあるのよ？」

自由な生き物である猫そのままに、卓上を我が物顔で闊歩《かっぽ》するステラを膝の上に下ろし、アウローラは「めっ」と瞳を覗き込んだ。猫そのものではないステラは不満げに鳴く。

「……うにゃあう」

「妖精だから食べても大丈夫なのかしら？　妖精にはクッキーとミルクを供えたりするけれど」

アウローラは首を傾げたが、ステラはお菓子に興味があったわけではなかったらしい。アウローラの膝の上で丸くなり、ひとつ大きくあくびをすると、目の前に入り込んだ袖口のリボンをたしたしと叩き始めた。

「ああ、もう、だめよ、リボンが解《ほど》けちゃうったら」

「うにゃぁん」

「リボンが欲しいの？　だったらちゃんと首につけてあげるから、引っ張るのはやめて――」

「あら、どうしたのアウローラさん？」

耳に届いた声に、アウローラは慌《あわ》ててステラを膝から下ろし、椅子から立ち上がった。

声の方を振り返れば、そこには銀の髪を美しく結い上げて紫色の秋バラとサファイアで飾り付けた麗しの貴婦人、侯爵夫人・アデリーネが、彼女と同年代の婦人たちを引き連れて微笑《ほほえ》んでいた。

（いけない、社交の場で猫と遊んでいただなんて、態度が悪かったわ）

アウローラは慌ててしゃきりと背を伸ばす。

「まあ、ステラもいたのね」

「うにゃあーん」

「――ごめんなさい、ちょっと休憩しておりました」

「一通りのご挨拶はもう終わったのでしょう？　少しくらい休憩したって構いはしないわ」

扇をひらひらと優美に舞わせ、アデリーネはアウローラが腰掛けていたテーブルの椅子に腰を下ろすと、アウローラも座るようにと扇を動かした。神妙な顔をして椅子に座れば、ステラがすかさず膝に登ってくる。咎《とが》めるべくアウローラが目を吊《つ》り上げれば、アデリーネはそれを制してころころと笑った。

「ふふ、ステラはアウローラさんがお気に入りなのね。うちのお嫁さんとしては素晴らしいことだわ。――そうそう、わたくしたち、先ほどの若い子たちとのおしゃべりを見ていたのよ。貴女《あなた》、本当に刺繍が好きなのねえ」

（あ、あれを聞かれていたの……⁉）

アウローラは思わず身構えたが、アデリーネは楽しげに口の端をキュッともたげて微笑んだ。

「ああ、いいのよ。相手が王族とか公爵家の人間だったら問題だけれど、今日はそんな雲の上の方はおられないものね。……それよりね、あれを聞いていたみなさんと、アウローラさんの刺繍のお話になったの。そしたらみんな興味があるというものだから、連れてきちゃった」

社交界の華らしい華やかな笑みを浮かべ、アデリーネが後ろを振り返る。それにつられて彼女の背後へと目を向けたアウローラは、笑みを貼り付けたまま背筋を震わせた。

（ひゃあ、『街の重鎮』って雰囲気の方ばかりだわ……！）

にこやかな笑みを浮かべて居並ぶ女性たちは皆、アデリーネと同じくらいか、もしくはもう少し上の年齢とみえる堂々たるご婦人たちである。

彼女たちは、クラヴィス領に拠点を持つ商会の会長の妻や、騎士団の上位騎士の妻、古くからこの地に籍を置く名家の夫人など、クラヴィス領の社交界の縮図のような錚々《そうそう》たる面々なのだった。

爵位の有無に関わらず、重ねてきた月日の分だけの威厳や風格を持ち合わせている貴婦人たちだ。

（以前にご挨拶させていただいた方がほとんどだけれど……、ううーん、先ほどまで周りにいたお嬢さんたちとは、ちょっと格が違うわね……）

しかし、その夫人たちより身分が高いことになっているアウローラは、気圧《けお》されるわけにはいかない。彼女は努めておっとりとした笑みを浮かべ、「そうでしたか」と頷くにとどめた。

「皆、この街を支えてくれている人たちなのだけれど、まずは代表者を紹介するわね」

アデリーネがくるりと後ろを向く。そこにはアデリーネより少しばかり年嵩《としかさ》と見えるふくよかな身体《からだ》つきの壮年の婦人が、おっとりと微笑んで立っていた。丁寧に手入れされていると見える肌や髪、訪問着の生地も縫製も見事なもので、裕福な家の婦人であることは一目瞭然である。

「彼女はクラヴィス商協会の会長夫人のエッダ・アンカーよ。……式の時に挨拶したかしらね？　エッダ、この子がうちの愚息のお嫁さんのアウローラさんよ。刺繍が大の得意なの」

紹介された夫人はアデリーネの二倍ほどの横幅の身体を揺すり、アウローラに向かって腰を折る。癖のある暗いブルネットに青い瞳、桃のような丸い頬。少女の頃はさぞ愛らしかっただろう面影はあるものの、今は貫禄《かんろく》と迫力のある商人の妻だ。

「はい、お式の際にご挨拶させていただきました。若奥様、お久しぶりにございます。クラヴィス商協会会長ギード・アンカーの妻、エッダでございます」

「ええ、お久しぶりです。本日は当家へようこそいらっしゃいました」

（商協会会長夫人……！）

当たり障りのない挨拶を返しながら、アウローラは内心で身構える。

商協会とは、大陸のこの辺りで作られている商人たちの寄り合い組織である。たいていは大きな街ごとにひとつあり、その周辺で商売をする際の基本のルールを取り決めたり、商人たちの間を取り持ったり、市や祭りを開催したりと、商売に関する様々なことを取り仕切っている。

規模の小さいところではご近所会のようなものだが、アルゲンタムのような都市部では、領地全体の経済活動に強い影響力を持つ存在だ。過去には領主以上の権力を持った商人が現れたこともあるそうで、商協会と争った貴族が領地を失うようなことさえあったという。

領主家と言えど商協会の機嫌を損ねるのは得策ではなく、しかし領主家の人間としては下手に出るのもよろしからず。新人奥様であるアウローラにとっては、最も匙《さじ》加減の難しい客人だった。

しかし、恐れていても始まらない。

アウローラはルナ・マーレ直伝の社交界用の笑みを作って、ゆるりと目を細めてみせた。

「――しかし若奥様、本当に見事なご衣装でございますね。こちらの刺繍が若奥様のお手によるものと言うのは真《まこと》でしょうか？」

「ええ、全てではないけれど、襟元の刺繍はわたくしが自分で刺したものよ」

アウローラはそう答え、くるりとその場で回ってみせた。

この園遊会でアウローラが着ているのは、王都から持ってきた外出着のひとつだ。

メゾン・バラデュールのエマ・プリュイ女史のデザインによるもので、繊細なストライプの織り込まれた淡いクリーム色の地に、秋バラをイメージした濃淡二種のロースピンクのフリルを縫い付け、同じ色の大きなリボンで腰の後ろをまとめた優雅なスタイルである。

大きなリボンの真ん中には、バラの花のように丸めたフリルで表現された葡萄《ぶどう》の房と葉が、蔓《つる》を模したグリーンのリボンとともに枝垂《しだ》れており（夜会で王太子妃が葡萄のモチーフを身に着けていたことから葡萄のモチーフが流行《はや》り始めているのだ）、昨今流行りの『自然の美』を取り入れた、若々しくも優美な一着だ。

そして、上着の襟元やドレスの裾を彩るのは、アウローラが手掛けた刺繍である。つやつやと丸く磨かれた紫水晶と緑水晶の粒で葡萄の房を、光沢の美しいシルクサテンのリボンで葡萄の蔓と葉を縫いとっている様は、まるで絵画のようだ。

それらの刺繍と、王都最新の形であるバッスルスタイルとが相まったこのドレスは間違いなく、園遊会の会場の中で最も『今どき』なデザインだった。

アウローラの言葉にアンカー夫人は目を見開き、ドレスを眺めるとしみじみ「本当に素晴らしいお手です」と呟《つぶや》いた。

「職人も驚く手技でございますね」

「そう言っていただけると嬉しいわ」

貴族的な笑みを浮かべたアウローラに、アンカー夫人はつぶらな瞳を細めた。

「――実はこの春から、若奥様の刺繍の腕が大変見事であると、お式に参加させていただいた者たちの間で話題になっておりました。そして本日お召しのご衣装の刺繍を見させていただきまして、それが真実であるとわたくしは確信致しました。……そこで、若奥様にひとつお願いがございます」

「お願い？」

一体何を言うのかとアウローラは内心で顔をしかめた。けれど、ちらりと目配せした義母アデリーネの表情には、ゆったりとした笑みが浮かんでいる。

アデリーネを取り巻いていた女性が彼女を通さずにアウローラに何かを持ってくるということはないだろう。おそらく、彼女にはすでに話が通っているのだ。であれば、それがクラヴィス家や領地に不都合のある内容ではないはず。

「わたくしが力になれること？　怖いお話でなければ嬉しいのだけれど」

アウローラがそう答えれば、アンカー夫人はにっこり、迫力のある笑みを見せた。

「若奥様のお力であれば造作もないことかと思います。――一度で構いません、慈善活動として当協会が開催しておりまする刺繍教室の講師をお願いできないでしょうか」

※

慈善活動。

それは、持てるものの義務である。

対価を受領しない、つまるところ施しであるが、神殿による慈善院の設立や王家による基金の設立、各領主による孤児院の運営といった大きなものから、魔術師や学者が定期的に開催する無料の青空教室や、売上を寄付に当てる慈善市、市民による神殿への不用品の寄付まで、内容は幅広い。

　貴族夫人のみならず、裕福な家柄の女性であれば子どもの頃から参加していることが当たり前で、慈善市で販売するための刺繍のひとつやふたつ、刺したことがあるのが普通である。アウローラももちろん、伯爵夫人に向かない母親に代わって祖母とともに、ポルタの孤児院へ寄付をしたり慈善市を開催したりと幾度となく関わってきた。

　もちろん、クラヴィス領に暮らす裕福な夫人たちも日々様々な慈善活動を展開している。商人たちが売れ残り品や型落ち品を出品する慈善市などは大人気で、わざわざそのために他所《よそ》からやってくる人々までいるほどなのだそうだ。

　そんな中、アウローラに依頼があった「刺繍教室」は、孤児院にいる幼い少女たちが手に職をつけられるようにと何代か前の商協会会長夫人が始めた慈善活動だった。自身が刺繍を得意としたという彼女は刺繍の教え方も上手だったようで、彼女の弟子たちは皆、素晴らしい刺繍を刺すようになった。商協会による職人の育成と囲い込みという側面もあり、娘たちのほとんどはアルゲンタムの仕立て屋のお針子になったが、中には王都の仕立て屋に就職したほどの腕前に至った娘もいたという。

　その流れは今もなお受け継がれており、商協会婦人会に属する仕立て屋の夫人を中心として、刺繍の得意な夫人たちが代わる代わる子どもたちに刺繍を指導し続けているのだそうだ。

　そこに領主家の人間が指導者として加われば、慈善活動に更なる箔《はく》がつく。それが王都でも話題の刺繍を刺す夫人であればなおのことだ。

「最終的には、若奥様のお名前をお借りしてブランディングできればと考えております」

子どもたちへの指導と素材提供は慈善活動だが、そこから金銭を生み出すチャンスがあるのならば逃さない。中堅の商家で親の商売を手伝いながら育ったというアンカー夫人の瞳はギラギラと輝いていた。

余談だが、ルナ・マーレとアデリーネはふたりとも刺繍が大変に不得手であるため、何度か打診はあったものの講師をしたことはないのだという。

「旦那様のために頑張って馬の模様を刺したら、呪いの藁《わら》人形と間違われたくらいの腕前よ！」

とアデリーネはなぜか胸を張っていたが、ルナ・マーレも似たようなもので、バラを刺したら紙くずに見えるのだとぼやいていたそうだ。

「……というわけで、とりあえず一度、講師をやってみることになりました」

『なるほど、慈善活動か』

静寂の夜。

小さな魔術灯の光がひとつ、ほろりと溢れるばかりの薄暗い寝室で厚手の毛布に包《くる》まって、アウローラは手元へと話しかけていた。彼女が毛布の中に引き込んでいるのは、夫婦の瞳の色に合わせた絹の房が結び付けられた、淡く青く輝く小さな手鏡――婚約者時代、フェリクスがアウローラとの遠距離恋愛に耐えかねて魔術師と共同開発した、『小型通信鏡』である。

「孤児院で刺繍を教えることはポルタでもやっていましたから喜んでお受けしたのですけれど、今日は――今日も、その準備に追われて、初代様の調査が全然進まなかったんです」

「……フェル様は今、お仕事が終わったところですか？」

『――ああ。あと数日で異動だからな。引き継ぎも大詰めだ』

ほの明るく光る鏡面に映るのはもちろん、青の瞳に銀の髪の涼やかな美貌の男、フェリクスである。

彼はわずかの時間も惜しいとばかりに、すでに随分と遅い時刻だと言うのに隊服のまま、通信鏡へ向かっているようだった。

「お疲れさまです。それじゃあ、今日は短く終わらせた方がいいですね」

『いや、それでは私の明日の活力が失われてしまう。できるだけ長くローラの声を聞いていたい』

「わたくしはフェル様にゆっくり休んでいただきたいのですけれど……」

『こうして貴女と話しているだけで、私は回復するのだが』

「絶対に気のせいですからね、それ。せめてお着替えなさって、寛《くつろ》いでくださいまし！」

『……分かった、着替えながら聞くから』

アウローラが頬を膨らませれば、フェリクスはそんなことを言って降参の仕草をしてみせた。鏡面から顔が見えなくなり、ごそごそと着替えるような音が聞こえてくる。

（……自分で言っておいてなんだけど、顔が見えないの、寂しいな）

見られていないことをいいことに、アウローラはそっと鏡面を指でなぞる。

「調査、全然進んでいなくてごめんなさい」

『焦って無理はしないでほしい』

ぽつり、聞こえないかもしれないと思いつつも呟いた言葉には、即座に返答があった。

「でも、今日明日にも危険があるかもしれないではないですか。早く、フェル様たちの助けになれるようなものを見つけたいのです」

自分のいないところでフェリクスの身が危険に晒《さら》されるかもしれない。それも、自分が手助けできたかもしれないことが間に合えば、回避できたかもしれないことで。そうなればどれだけ後悔してもしたりないだろう。想像するだに恐ろしい。

「わたくしの力は微力ですけれど、お力になれるのなら全力を注ぎたいのです」

『……ローラ』

じんわり浮かんだ涙を拭《ぬぐ》い、アウローラは口をへの字にする。しかし、鏡面の前にフェリクスが戻ってくる気配を感じて慌てて笑みを浮かべた。

だが、フェリクスにはお見通しだったらしい。目尻の湿りを目ざとく見つけ、フェリクスは鏡面の向こうで眉間にシワを刻んで吐息のような囁《ささや》きを漏らした。

『……貴女をひとりで泣かせるとは、私は本当に不甲斐《ふがい》ない男だな』

「そんなことは！　お忙しいのにこんな遅くに時間を作ってくださっているじゃありませんか」

『だが鏡面越しでは貴女を抱きしめることも口づけることも叶わない』

「……確かにそれは、そうですけれど」

こうしてひとり毛布に潜っていると、シーツの冷たさが身にしみる。疲れた時、落ち込んだ時、寝台の上で寄り添って眠る熱がないことが、こんなに寂しいものだとは思わなかった。

（ああ、会いたいなあ……）

鏡面に頬を擦《す》り寄せ、アウローラは吐息を漏らした。

「早く調査を終えて、帰りたいです。――まずは明日の刺繍教室ですけれど」

『子どもたちを相手に刺繍の講師をするローラはさぞ愛らしいのだろうな。それを見られぬこの身が歯がゆくてならない』

想像したのだろうか、鏡の向こうでフェリクスが小さく微笑んだ。アウローラもつられて笑みをこぼす。その時、鏡面の向こうから小さく、日付の変わる鐘の音が聞こえた。

（ああ、もう鐘が鳴っちゃった……）

王都の零時の鐘が鳴るまで。ふたりの通信はいつしかそれがルールになっていた。アウローラは残念な気持ちを隠さず、しょんぼりと眉を垂れる。

「鐘、鳴ってしまいましたね」

『ああ。もうこんな時間か』

「遅くにごめんなさい」

『遅くなったのはこちらの都合だ。――ではおやすみ、ローラ。くれぐれも無理はしないように』

「おやすみなさい、フェル様。フェル様もご無理はなさいませんように」

ふたりは鏡面越しに唇を重ね合う。そしてそれを鍵とするかのように、鏡面は静かに光を消してただの鏡に戻った。

（……駄目だなー、声を聞くと却《かえ》って会いたくなっちゃう）

自分の唇の痕を拭って、アウローラはぽすんと寝台に沈む。そして、フェリクスの余韻が消えぬうちに眠りにつこうと目を閉じた。

優しい声を脳裏で反芻《はんすう》しながら、アウローラは眠りに落ちてゆく。

――鏡面の向こうでいつもと違う寝台に転がったフェリクスが「……もうすぐ会える」と呟いたことは、もちろん知らぬことだった。

※

「……まあ、随分立派な建物ね」

そんなわけで。

王都を離れた頃に比べて随分と冷え込むようになったその朝、アウローラはクレアとエリアスを引き連れて、アルゲンタムで最も大きい孤児院へと向かった。孤児院は街の外れ、川を見下ろす丘の上に建つ分厚い石造りの建物で、孤児院という言葉から想像されるそれよりも、どことなく無骨な印象である。

「こちらはかつて、クラヴィス騎士団の寮として使われておりました。百年ほど前、騎士団がアルゲンタム城の付近へ移動したのですが、その後、当時の侯爵様が孤児院として改装なさったのだそうです」

「ああ、それで建物が全体的に大ぶりなのね」

「はい、施設は基本的に騎士のサイズで作られております。子どもには何もかもが少し大きいのですが、子どもたちが暴れてもびくともしない丈夫な作りであるのは利点かと」

苦笑とともにアウローラたちを先導するのは、この孤児院に勤める初老の職員である。

「まあ、わんぱくさんがいるのね」

「歴代必ずひとりかふたりは、やんちゃ坊主がおりますね。……ああ、この傷を付けた子はとびきりわんぱくではありましたが、身体を動かすことには光るものがありました。今は騎士団に所属しておりますよ」

思い出したのだろう、懐かしげに目を細めて職員が指差した方を見れば、壁に何やら大きな傷が付いていた。どうやら、『歴代のやんちゃ坊主』の誰かが付けた傷であるらしい。

「いま、こちらには子どもがどのぐらいいるの？」

「いまは十六名おります。女の子が十人、男の子が六人です」

「今日の参加者はどのぐらいかしら」

「今日は五歳から十歳までの女の子に限定しましたから、五人です。十一歳以上の子は午前中は学校ですので。お針子はお屋敷のメイドと同じくらい、子どもたちの憧れの職業ですから、どの子もやる気充分ですよ」

「あらあら、ご期待に添えるとよいのだけど」

そんな話をしながら、アウローラは奥へと歩みを進めた。

建物の手前側は事務所になっているのか綺麗に片付けられて整然としていたが、奥へ向かうに連れ少しずつ、ラクガキ跡や壁に貼られた絵、床の傷など、子どもたちの暮らしの痕跡が目につくようになってくる。

「不便や不都合は起きていない？　何かあればお義父様《とうさま》にご相談しておくわ」

「いえいえそんな！　国の補助金もきちんと出ておりますし、侯爵閣下にもいつも潤沢なご予算をいただいております。強《し》いて言えば、図書室に本を入れるための予算を来年は少し多めに申請させていただきたいというくらいでしょうか」

「不便がないならもちろんいいのよ。本のことは伝えておくわ」

「ありがとうございます。……本日の教室はこちらになります」

そう言って職員が足を止めたのは、渡り廊下を渡った先の扉の前だった。本来呼び鈴があるはずの金具から、子どもの手によると思われる可愛らしいペンキ文字で『アルゲンタム孤児院』と書かれた板がぶら下げられている。

「この扉の向こうは子どもたちの居住区です。開けてすぐの広間は、かつては寮のロビーだった場所を談話室に改修した部屋でして、こうしてお客様を迎える行事などの際に利用しております」

職員が扉を叩き「入りますよ」と声を掛ければ、中から「はーい」と少女たちの声が響く。開いた扉の向こうには、五歳ほどから十歳までの少女たちが緊張の面差しで椅子に腰掛けていた。身体も衣類も清潔にしているようで、健康状態も発育もそう悪くなく、子どもたちの頬は丸く薄紅に色づいておりみな元気そうである。

『こんにちは！　ようこそアルゲンタム孤児院へ！』

外部の人間への挨拶のルールなのだろうか。少女たちは、職員に次いで入ってきたアウローラの姿に目を輝かせ、一斉に声を震わせた。アウローラはにこりと微笑んで、ドレスの裾をちょんとつまむと「こんにちは」と返した。

「おひめさま……？」

アウローラの仕草が絵本の姫君のように見えたのだろうか。一番小さな女の子がぽつりと呟き、びっくりしたように目を丸くする。

そんな幼子の頭をぐりぐりと撫で、職員は声を上げた。

「はい、みんな静かに！　刺繍の授業の時間ですよ。今日の刺繍の先生はなんと、領主様のお家のアウローラ様です。領主様の息子さんの奥方様ですよ」

職員の紹介に、少女たちはわっと歓声を上げた。

「領主さまの息子さん、ってフェリクスさまですか⁉」

「わたしフェリクスさま、おまつりでみたことある！　すごくかっこいいひと！」

「いまのおひめさまのおじぎ、もういっかいやってください！」

「そう、そのフェリクス様の奥さんよ。——みなさんはじめまして。わたくしはアウローラ・エル・ラ＝クラヴィスといいます。よろしくね」

アウローラは社交用ではない笑顔を浮かべると、子どもたちの手本になるように改めて貴族夫人の礼をしてみせた。ふわりとドレスの裾（とは言えこの日のアウローラのドレスは、王宮侍女時代の前掛けのあるドレスをベースに装飾を減らして作り直した、貴族の夫人にしては動きやすくシンプルなものだ）が広がって、少女たちはほうと吐息を漏らす。

「やっぱりおひめさまだ……」

そう呟いた一番小さい女の子の前にしゃがみ込み、アウローラは自身で刺繍を施したドレスの裾をつまみ上げた。そこには黄色や白、そして紫の野に咲く花々が咲き誇る様がぐるりと刺繍され、花畑のような美しさである。

「ドレスがお姫様みたいに見える？」

「うん、アウローラさま、ドレスすごくきれい！」

女の子はパッと満面の笑みを浮かべて、アウローラのドレスの裾に手を伸ばした。好きなように触らせてやりながら、アウローラはその素直な感嘆に自身も満面の笑みになり、とっておきの秘密を口にするように、「実はね」と小声で囁《ささや》いた。

「このドレスの刺繍はね、わたくしが刺したのよ」

「えっ！」

ぽかん、少女の口が丸く大きく開かれる。

「このストールも、わたくしが自分で模様を考えて、刺繍したの」

「もようも⁉　すごい！」

更に重ねて囁けば、もはや幼女の興奮は止まらない。「どうしたの？」と寄ってきた年上の少女たちに、「アウローラさますごい、これつくったのアウローラさまなんだって！」と幼女は声を張り上げた。途端、少女たちの歓声が弾《はじ》ける。

「ええっ！　すごい！　職人さんみたい！」

「貴族の奥様ってこんなに刺繍できなくちゃだめなの……⁉　あたしにはむり……」

「アウローラさま、ヴィヴィエのおばあちゃんぐらい上手な気がする」

いつしかアウローラのストールは彼女の手を離れ、少女たちの手に落ちていた。

こちらはフェリクスと出会う前の年の秋、豊穣祭《ほうじょうさい》のチャリティーオークションに出品するために刺したストールの練習台だったもので、豊穣祭のための精霊紋様を若い女性向けにアレンジした、なかなかに手のこんだ作品だ。

「わたしも自分でこういうの、できるようになりますか⁉」

今度は一番年上と見える少女が、息せき切ってアウローラにそう尋ねる。床にしゃがみ込んだまま、アウローラはその少女に向き直った。

「あなたは、刺繍が好き？」

「すき！　ハンカチが高く売れる！」

正直な言葉に、アウローラは小さく吹き出す。

だが、孤児院の子どもたちが自分のお小遣いを確保しようと思ったら、刺繍による付加価値は非常に重要なものなのだろう。アウローラは少女の頭を撫で、そうねと頷いた。

「じゃあ、練習しましょう。練習したらほとんどの人は上手になるし、上手になったら今よりもっと高く売れるはずよ」

「がんばります！」

「……あの、図案のつくりかたも、おしえてもらえますか？」

「もちろん」

おずおずと尋ねてきた少女にも微笑んで、アウローラは王太子がいつもするようにパンパンと手を叩いた。拍手の音が空間を切り裂くと少女たちは一斉に口をつぐみ、アウローラに向き直る。

アウローラはクレアに目配せをし、彼女の持っていた大きな籠の蓋をぱかりと開けた。

「さ、みんな、そろそろ刺繍を始めましょう。見本をたくさん持ってきたのよ」

そう言って籠から取り出したのは、種々様々な刺繍糸と練習に向いた厚手の布、針や枠といった刺繍の道具の数々と、そしてアウローラがここ数日で作った数多《あまた》のサンプラーである。

少女の憧れの薔薇《ばら》のモチーフからブーケに小鳥、アラベスク文様まで。次から次に現れるサンプラーに少女たちは三度歓声を上げ、こうして刺繍教室は始まったのだった。


「アウローラさま、これ、わかんない、です」

「ああ、これはね、こうやって……こうするの」

「アウローラさまー、なんか糸がぎゅーってしちゃう」

「糸を引っ張りすぎなのだと思うわ。ほら、こうして……このくらいでいいの」

「わあ、アウローラさまのちょうちょ、きれーい！」

「ありがとう。……あら？」

少女たちと肩を並べて刺繍の指導をしていたアウローラは、ふと視線を感じて顔を上げた。

しかし、ぐるりと首を巡らせてみても、周囲で刺繍に勤しむ少女たちはそれぞれ自分の刺繍に夢中だ。アウローラの持ち込んだサンプラーや実演してみせた刺繍を片手に、黙々と針を動かしている。こちらを見ている子供はいない。

では護衛たちかと振り返ってみるも、クレアはアウローラ同様に少女たちの刺繍を手伝っているし、エリアスは窓や扉を鋭い目で確認しているばかりである。

「気のせいかしら」

「アウローラさまどうしたの？」

「ああ、なんでもないのよ」

隣に座る少女に首を傾げられ、アウローラは頭を振って刺繍に戻った。そうするとまた、どこかから視線が向けられているのを感じる。

（どこかから子どもが覗いているのかしら。わたしが顔を上げると隠れてしまうとか？）

アウローラは刺繍から顔を上げずに、視線だけを周囲に投げてみた。すると、先ほど入ってきた扉が細く開いていることに気がつく。その隙間から覗くのは黒い前髪と、淡い水色の大きな瞳だ。どうやら少女たちとそう変わらぬ年頃の少年が、こっそりとこちらを覗いているようだった。

（あたりだわ！　刺繍に興味があるのかしら？）

男性の職人はいるのだが、刺繍に興味を持つ男の子はなかなか珍しい。アウローラは思わず微笑んで、少年を手招きした。

「貴方《あなた》も刺繍に興味があるの？　それならこっちにいらっしゃいな」

けれど、アウローラと目のあった少年はびくりと震え、ふるふると首を振ると人に遭遇してしまった野生動物のような勢いで扉の陰に引っ込んだ。しかしやはり気になるのだろう、陰から顔を半分だけ覗かせて、アウローラを見ている。

「そんなところで見ていないで、こちらにいらっしゃいよ」

アウローラは再び声を掛けたが、少年はまたぶんぶんと首を振って扉の向こうに消えてしまった。

「恥ずかしがり屋さんなのかしら？」

その姿を追いかけるべくアウローラが立ち上がろうとすると、隣の少女がくん、とアウローラのドレスの袖を引っ張った。不思議に思って見下ろせば、少女はどこか怯《おび》えたような表情で、ぶんぶんと力いっぱい首を振る。

「……どうしたの？」

「あ、あのこは、よばないほうがいいです」

「まあ、どうして？」

アウローラは目を丸くしてそう問いかけたが、幼い少女は首を振るばかりで答えない。困惑するアウローラに、向かいに座っていた年上の少女が口を挟んだ。

「ええと、アウローラ様、あの子は男の子だから、刺繍には興味ないと思います」

「あら、そんなことはないわ。王都の仕立て屋には、男性の刺繍職人もいるのよ。王太子妃様のドレスの刺繍を担当した男性もいたし……。わたくしも舞踏会のためのドレスの刺繍をお願いしたことがあるけれど、さすがは一流のお店の技術者だったわ」

「でも……」

アウローラの言葉を聞いた、『男の子だから』と言った少女は、言葉を探すようにもごもごと口ごもった。おそらく性別が理由なのではなく、ここには呼びたくない理由があるのだろう。

さて、なんと聞いたものか。

「アウローラさま、あのこは、へんなじゅつをつかうんです。だから、よばないほうがいいです」

「……変な術？」

考え込んだアウローラが納得していないのを見て取ったのだろう。

隣に座った小さな少女は瞳に決意を宿して、口を開いた。するとそれに追従するように、周囲に集《つど》っていた少女たちが、次から次へとしゃべり始めた。

「そのう、あの子の絵、変なんです」

「あのね、あのこのえ、なくの」

「きっと、おばけがうごかしているのよ！」

「それで、おちびのマリーがないちゃったの！」

「え、ええ？」

夏の朝、小鳥が森で一斉にさえずるような勢いに、アウローラは目を白黒させる。どういうことかと部屋の隅に待機していた孤児院の職員へと目を向けると、彼女は眉を八の字にして、掠《かす》れたような小声で答えた。

「その、あの子は絵が上手で、よく人を描くんです。でもその絵が……ひとりでに、涙を流したり血を流したりするのです」

「絵が？」

アウローラはぱちくりと目を瞬かせた。

絵が動く魔術というものは存在する。絵画の裏に魔術陣を仕込んだり額縁に呪文を刻んだりすることで絵の一部を動かすものだ。絵心の他に魔術の才と、『どこをどう動かしてみせるか』というセンスも要求されるなかなかに奥が深い世界だそうで、コレクターもいるらしい。

「魔術ではないの？」

魔術であればそう珍しいものではない。簡単な術ではないというが、才ある子どもであれば使うこともできるだろう。そう思い問いかけたが、職員はふるふると首を横に振った。

「親が魔術師ということもありませんし、呪文や魔術陣の知識はないそうで。ただ、描いた絵が動くんです。……それで、他の子どもたちからはちょっと怖がられていまして」

「特別な道具を使っているわけではないのね？」

「はい。他の子どもたちが使っているのと同じ木炭と画帳です」

（魔術ではないのに、描いた絵が涙を流すということ？　つまりそれは、魔力が無意識のうちに込もることで何かが起きているということなのではないかしら。……わたしの刺繍みたいに）

確かに、魔術でもなんでもないのに絵が動けば子どもには怖かろう。ゴーストかなにか、人ならざるものの仕業だと思うかもしれない。大人でもぎょっとするはずだ。

しかしアウローラには、物に無自覚に魔力が込もって何かが起きてしまうという事象に、心当たりがありすぎるほどにある。

「あの、特にその絵が悪さをするとか、害があるとか、そういうことはないんです。……ただ、他の子どもたちはちょっと怖がっておりまして」

そう口にした職員の顔色もよいとは言えない。おそらく職員たちですら、少年の絵を薄気味悪いと思っているのだろう。

気まずいような空気が流れ、それを敏感に感じ取った子どもたちも押し黙ってしまった。

（――もしかしたら『原始の魔女』みたいな力なのかもしれないし、あの子に話を聞いてみよう。……雰囲気もちょっと、よくないし）

アウローラは胸の奥で小さく決意し、それから場の空気を変えようとにっこり笑って手を叩いた。

そして、場違いなほどに明るい声を出す。

「わたくし、そういう術に心当たりがあるかもしれないわ。あの子とお話しして来るわね！」

※

（……いた！）

エリアスを連れて談話室を出たアウローラは、廊下に並ぶ部屋をひとつずつ覗いてまわり、五番目の部屋で彼を見つけた。

そこは寮時代にはリネン室だったと思しき、両脇に大きな棚の備え付けられた狭い部屋だった。かつては清潔なリネンやタオルが詰め込まれていたであろう棚には今、様々な木箱や紙箱、掃除用具やボロ布が押し込まれている。どうやら物置として使われているらしい。

他の子どもたちから逃げ隠れていたのだろうか、彼はその部屋の突き当たりの壁に背中をもたせかけ、画帳に木炭を走らせているところだった。

（……すごく寒いし、埃《ほこり》っぽいわ。小さい子がいるのにいい環境じゃないと思うんだけど）

倉庫なので当然だが、暖房はないし埃っぽく、カビの匂いまでする。アウローラは顔をしかめたが、少年は慣れているのか一心不乱に手を動かしている。

「――こんにちは」

アウローラは努めて穏やかに小さく静かな声色で話しかけたが、少年はびくりと全身を震わせて画帳と木炭を取り落とした。ばさばさと広がったそれを慌てて拾い集めるとぎゅっと抱きかかえ、己の身を守ろうとするかのように、頭を抱えて小さく丸くなる。

人に手を上げられたことのない令嬢育ちのアウローラには、少年の仕草の意味は分からなかったが、その怯えきった姿にはひどく胸が痛んだ。

「お絵かきの邪魔をしてごめんなさいね」

アウローラは少年と視線を合わせるようにしゃがみ込んで距離を詰めた。少年はまたびくりと震えたが、声に叱責の色がないことが分かったのだろう、腕の隙間からちらりとこちらを向いた。

「わたくしの名前はアウローラ。貴方のお名前を聞いてもいい？」

膝の上で頬杖《ほおづえ》をつき、アウローラは微笑みを浮かべる。少年はおろおろと視線をさまよわせ、アウローラから少し離れて立っているエリアスを見て、それからアウローラを見た。ふたりの表情に怒りの色がないのを見て取ったのか、安堵《あんど》するように小さく息を吐く。

「………レオ」

「まあ、格好いい名前ね！　獅子《しし》という意味かしら？」

レオはこくりと頷き、おずおずと座り直す。アウローラもほっとして口元を緩めると、レオの隣に並んで背をもたせ掛けた。

「……ねぇ、その画帳を見せてもらってもいい？」

しかし続けてアウローラの口にした言葉に、レオはぎょっと目を見開いた。まるでアクアマリンのような澄んだ青色の美しい瞳が、皿のように丸くなっている。

「無理にとは言わないわ。ただ、貴方の絵は動くのよって教えてもらったから」

見てみたいのだけど、駄目かな？　そう首を傾げれば、レオはぎゅっと口を引き結び、苦悩の色を見せた。アウローラはじっと待つ。

画帳を無理に奪おうとしなかったことがよかったのだろうか。レオはしばらく眉間にしわを寄せていたが、しばらくの沈黙の末に恐る恐る、アウローラに画帳を渡した。

「ありがとう。見せてもらうわね」

アウローラは受け取った画帳の表紙を優しく撫でた。木炭でこそ汚れているが、子どもの持ち物にしては折れや汚れは少なく、大切に扱われているようだ。

エリアスも画帳を覗き込む。指先で軽く触れた後、視線で『大丈夫です』と告げてきた。特におかしな魔術は感じないらしい。

アウローラは小さく頷き、緊張しきってこちらを窺《うかが》っている少年に笑いかけると画帳の表紙をめくった。そして。

「ま、まあ……！」

めくったそこに現れた絵にアウローラは顔を輝かせ、心の底からの感嘆の声を上げた。

そこに描かれていたのは、アウローラの横顔だったのだ。短時間で描いたためだろう、線は荒く、ざっと形を捉えたという程度ではあったが、少女たちに刺繍の指導をしている時の横顔と思われるそれはあまりにもアウローラの姿そっくりそのままで、幼い子どもの絵とはとても思えない見事なものだった。しかも、一体どういう術なのか、針を持つ手元がきらきらと光っている。

「貴方、ものすごく絵が上手なのね！　ほら、エリアス見て頂戴！　素晴らしい腕ではなくて？」

「……ええ、驚きました。この年頃の子どもの絵とは思えません。まるで生きているようだ」

アウローラに促《うなが》されたエリアスは、最初こそ怪訝《けげん》な表情を浮かべていたが、開かれた画帳を覗き込むと眼鏡の奥の瞳をぱちぱちと瞬かせて素直に驚きの声を上げた。

叱られるとでも思っていたのだろうか、アウローラたちから顔をそむけて震えていたレオはアウローラの言葉にぽかんと口を開けた。

「他の絵を見てもいい？」

アウローラの問いに、レオはこくんと頷いた。アウローラは嬉々《きき》としてページをめくる。そして、衝撃に息を呑《の》んだ。

そこに描かれていたのは、黒炭一色とは信じられないほどの生々しい現場だった。白い紙面の中で、馬車の車輪を枕にひとりの女が地に横たわり、頭部から鮮血をこぼしていたのだ。その『血』はなんと、少女たちが口々に言ったように画面上を動いていたのである。

女の頭部から滴った血液は彼女の形のよい鼻や口の端を伝わって流れ落ち、大地に広がっている。そして女の表情は、たった今事切れたのだろう、苦悶《くもん》と涙に歪んでいた。

それは、触れればまだぬくもりを感じるのではないかとすら思わせるほど真に迫った、凄惨《せいさん》な事故の現場だった。

「これは……」

言葉を失《な》くしたアウローラに不審を覚えたのか、覗き込んだエリアスもまた絶句する。黙り込んだふたりの大人に怯えたように、レオはまた小さく縮こまった。

「レオ」

アウローラはそっとレオに寄り添い、その名を呼んだ。呼ばれたレオは涙目でアウローラを見上げる。

「あのね、この女の人は、どうして血を流しているの？」

「……馬車にひかれて、しんじゃったから」

「レオは、それを見ていたの？」

「いっしょに買いものに行ったから」

「……この女の人は、レオのお母様？」

レオは無言で頷いた。

（……記憶の中の一場面を描いているということ？）

アウローラは眉間にしわを寄せ、画帳をもう一ページめくってみた。

現れた紙面にはどことなくレオと似た顔立ちの、怒りの表情をした男の絵が描かれている。しかしその表情に似合わず、男の目からは滝のような涙が流れていた。

「……この男の人は、どうして泣いているの？」

「……わかんない。かいたらなきだした」

「この人は、レオの知り合い？」

「これは父さん。おれをなぐって、帰ってこなくなった」

（これは……）

レオの力を恐れた父親は蒸発し、レオと暮らした母親は死に。そうしてレオは孤児院に来たのだろう。それに気がついたアウローラの鼻の奥がツンと痛んで、目頭はしびれるように熱くなった。鼻をすする音が聞こえて振り返れば、エリアスも奥歯を噛み締めている。

アウローラは膝の上の画帳を閉じた。潤んだ目を誤魔化《ごまか》すように微笑むと、画帳を差し出しながらことさらのんびりとした声を出す。

「見せてくれてありがとう、レオ。ほんとうに上手ねえ。まるで生きているみたいだったわ。……そう言えば、さっき覗きに来ていたのは、刺繍が気になったからかしら？」

「ししゅうはきれいだと思うけど、絵をかくほうがすき。さっき見に行ったのは……母さんがししゅうのしょく人だったから」

レオは画帳を受け取りながら、懐かしくなったのだと呟いてうつむいてしまった。

「……そういえばレオは、魔術を習ったことはある？」

「ない」

「絵を描く時に使う魔術も？」

「そんなま術があるの？」

「ええ……、絵の中の女の人が微笑むとか、絵の中の小鳥が飛ぶとか、じっと見ているとメッセージが現れるとか、時間によって色が変わるとか……そういう魔術の掛けられた絵を見たことがあるわ。レオはそういう魔術は知らないのね？」

「そんなま術があるんだ……！　……でも、おれの絵は、そういうすてきなま術じゃないです」

アウローラの知る魔術の話に、レオの頬はぱっと赤くなり瞳がキラキラ輝き始める。そのきらめきはあまりにも純粋で、嘘を言っているようにはとても見えなかった。

（……やっぱりこの力はわたしの力と同じ、『原始の魔女』的な力なんじゃないかしら？　わたしの気持ちで刺繍に魔力が宿るように、この子の気持ちが絵に表れているのかも……）

『原始の魔女』は、無意識下で魔力を用いて魔術とは違う術を使ってしまう者だ。願いや想い、祈りといった人の感情に付随して発動することが多く、古には『祝福』などと呼ばれることもあったという。彼の力はまさしくその力なのではないか。

アウローラはそう考えたが、同時にそのやるせなさに唇を噛み締めた。もしもその考えの通りであるならば、絵が流す涙はレオの涙であり、その血はレオの心から流れているものに違いないからだ。

それなのに、その絵が人から恐れられてしまう。それはどれほど彼の心を傷つけただろう。

（――わたしの『原始の魔女』の力は『祝福』だなんて言われて、みんなに好意的に受け入れてもらえる力だった。これってものすごく幸運で、とても幸せなことだったのかもしれない）

考え込んだ彼女を尻目に再び画帳を開き木炭を持ったレオを眺めながら、アウローラは想像を巡らせた。

（わたしの刺繍に込もる魔力が、レオみたいな発露をするものだったらどうなっただろう。苛立《いらだ》ちのままに刺繍した蔓バラがうごめいたり、悲しい気分で刺した花が枯れたりするの。……不気味だ、不吉だなんて言われて怖がられたのかもしれない。誰にも受け入れてもらえなくて、お祖母さまにやめなさいと叱られて、泣く泣く刺繍をやめたかも。……想像するだけで辛《つら》いわ）

考えるだけで泣きそうになってアウローラは小さく身震いした。己の大好きなものが人に疎《うと》まれ、その力を恐れられて悪意を向けられる。それはどれほど辛く悲しいことだろう。

（……ああ、そうか）

不意にひらめくものがあって、アウローラは背を伸ばした。

（『魔法使い』の多くが、この子みたいな辛い思いをしているのだとしたら、彼らが世間を憎むのも当然なのかもしれない）

気味悪がられ、爪弾きにされ、殴られ、恐れられ。

日々がそんな有様であったなら、自分たちの居場所を求める気持ちも分からなくはない。

同じ思いをするものを助け、分かりあえる者たちだけで構成されたコミュニティーがあったなら、それは彼らにとって『楽園』と言えるだろう。

（――でも、そのために問答無用で他の人を傷つけるのは、やっぱりなんだか違う気がするわ）

一体、どうしたらいいのだろう。

アウローラが考え込んでいる間、狭い部屋にはレオの木炭の動く微《かす》かな音だけが響いていた。アウローラは腕を組み換え、より深い思考の中へ沈もうとしたが、まるで狙ったかのようなタイミングで、堅く閉められている窓ガラスの向こうから、ごーんごーんと鐘楼《しょうろう》の鐘の音が聞こえてきた。

「……若奥様、昼の鐘です。これ以上お身体を冷やすといけませんし、そろそろお帰りのお時間です」

「もうそんな時間？」

鐘の音に、己の懐中時計を確認したエリアスがアウローラに囁く。アウローラは腕を解き、浅くため息を吐いた。解決策などひとつも浮かばず、己の無力を嘆くばかりだ。

(せめて目の前のこの子を助けたいけれど、わたしの一存では決められないし……そうだ)

アウローラは己の髪を編み上げていたリボンをひとつ解いた。たまごクリームの色をしたアウローラの髪に映える、緑色のサテンのリボンだ。ポルタ時代に、夫に付いて隣国に行くために退職する侍女に贈ろうと手配したリボンの余り物だが、深い緑が美しいと気に入って嫁ぎ先まで持ってきたもので、アウローラ手製の『旅立つ者の無事を祈る言葉』が刺繍してある。

道中の無事と異国での暮らしの安寧《あんねい》を祈って刺したものだ。少しくらいは、レオの日々を守る効果があるかもしれない。

「絵を見せてくれてありがとう、レオ。お礼にこのリボンをあげるわ。わたくしが刺繍したのよ」

「……いいの？」

つややかに光るリボンが高価なものだと分かるのだろう。レオは慌てて両手を上着にこすりつけて手のひらの木炭を落とすと、まるで宝物でも受け取るかのように、両手を恭《うやうや》しく差し出した。

アウローラはその手ごと包み込むようにして、その手にリボンを握らせる。少しかさついた、けれど小さくて柔らかな、温かい手だ。

(戻ったらすぐ、お義母様《かあ》たちに相談してみよう。……なんとかできるまでせめて、この子の身が護られますように)

「……ありがとう」

祈る気持ちが伝わったのだろうか。薄《うっす》らと笑みを見せたレオをアウローラはぎゅっと抱きしめる。

レオは顔を真っ赤にしてうつむいたが、嫌がりはしなかった。

※

黄金と茜《あかね》の合間にある秋の西日が、孤児院の庭に注いでいた。

冷え冷えとした空気の中で、世界が琥珀とぶどう酒の合間の色に染まる黄昏時《たそがれどき》、レオは孤児院の庭の片隅、植木の陰に潜り込んで手首に巻いたリボンをじっと見つめていた。この日の昼時、孤児院を訪れた『りょうしゅさまのおうちのわかおくさま』がくれたこのリボンは、レオの今までの人生で一番きれいな持ち物だ。

つやつやの緑の地は、夏の葉っぱのようなきれいな色だし、そこに刺繡された白い糸の文字も美しい。それが夕日に当たって金色に輝くところなど、まるで話に聞く『宝石』のようだ。

(……このリボンは、かくしておこう)

こんなにきれいなリボンなのだ。女の子たちに見つかったら、取り上げられてしまうだろう。

はっとしたレオはいそいそと、大事なリボンを上着のポケットに仕舞った。この上着はレオが孤児院に預けられた時に着ていた彼の父親の持ち物なので、他の人は着ないのだ。そうでなくとも、レオは孤児院で怖がられていて、レオの着た服を着たがる子どもはいない。

この上着のポケットならば誰にも気づかれないし、木炭で汚れる心配もない。

(……きれいなおひめさまだったなあ。メガネの騎士の人も、ほめてくれた)

彼の描く絵が不思議と動くようになってしまってから、母親以外の人に優しくしてもらったことは久しぶりだった。

(……動く絵をほめてもらったのも、はじめてだ)

へへ、とレオはこっそり笑顔を浮かべる。自然な笑みが浮かんだのは、孤児院に引き取られてからは久しぶりのことだった。

もともと、レオは絵が上手な子どもとして近所の人に受け入れられていた。ところが、彼の祖母が亡くなり、寂しい気持ちで彼女の思い出の絵を描くようになってから、レオの絵は動くようになってしまった。微笑んでいる祖母の絵が涙を流すようになったのだ。

はじめは誰もが魔術だろうと言い、そうでないと知ると奇妙な表情になって、動く祖母の絵を見ると、おばけでも見たような顔をした。

父親は彼の絵を恐れ、母親は彼が絵を描くと悲しい顔をするようになり。昔は絵を褒めてくれた人もたくさんいたのに、動くようになってしまってからは、上手だと褒めてくれる人はいなくなってしまったのだ。両親がいなくなり、預けられた孤児院でも、それは変わらなかった。

（でも、すべての人がそうじゃないんだ。動く絵でも、ほめてくれる人はいるんだ）

レオは画帳を開いて膝に乗せた。日没まではもう少しだけ時間がある。

（……もう一度、かいてみようかな？）

レオは目を閉じ、眼裏《まなうら》に蘇る人の横顔を思い出してみた。

お姫様らしい真っ白な肌、太陽を受けて光る麦の穂みたいな金色の髪、優しく細められていた雨上がりの森のような緑の瞳――

「こんにちは」

その時、突然背中から声が掛かり、レオは背を跳ね上げた。この庭の隅の植木の陰にレオ以外の人が現れたことは一度もないのだ。職員どころか庭師さえ、こんな庭の隅には滅多に来なかった。

あまりの驚きに心臓がばくばくと毬《まり》のように弾む。

「街で噂《うわさ》を聞いて、おそらくそうだろうと思ってはいましたが……、実に素晴らしい」

「あ……」

恐る恐るレオが振り返ると、白い髪に赤い瞳のひどく整った顔立ちの青年が立っていた。

いつの間に拾ったのか、レオが驚いた時に落としたらしい画帳をパラパラとめくっている。

（絵、勝手に見られた……！）

レオが慌てて男の手から画帳を取り返そうとすると、男はにんまり、口の端を歪めて画帳を頭上に持ち上げた。背の低いレオでは飛び上がっても全く届かない高さだ。

「いい、実にいい。この女と男の絵など世の理不尽が詰まっている！　素晴らしいですよ、少年！」

男は何が嬉しいのか、レオの描いた死せる母親の絵を開き、陽の光に翳《かざ》した。赤黒い夕日が当たると、流れ落ちる血が禍々《まがまが》しさを増し、ひどく惨《むご》たらしく映る。

「か、かえして……！」

「おや、これは失礼を」

レオは意を決して男の手元に飛びついた。男は奇妙なほどすんなりと画帳を返したが、そのまま流れるようにレオの手首を握る。そしてレオの小さな身体を引き寄せた。

「……っ！」

「まあまあ、そう邪険にしないで。わたしは君をこの地獄から救い出すためここへ来たのですよ」

「じごく……？」

「そう。ここは君にとって、悪夢のような場所のはずだ」

そう囁くと、男は奇妙に甘い笑みを浮かべてレオの瞳を覗き込んだ。

その瞬間。ぞわりと何かが全身を駆け抜けて、レオの背中に鳥肌が立った。そのおぞましい気配は無遠慮に、レオの皮膚を食い破って内に侵入しようとする。

（こいつ、あぶないやつだ……！）

――悪い魔術師に連れ去られてしまうから、夕方以降はひとりで歩いてはいけないよ。

ひとさらいが出るから、裏通りをひとりで歩いてはいけないよ。

どこか遠くに売られて、二度と戻ってこられなくなるからね。

不気味な『赤目の魔法使い』が街中の子どもたちを連れて行ってしまったお話があるんだよ――

母親とともに暮らしていた頃、気をつけるように言われた『かどわかし』の話を思い出し、レオは暴れようとした。しかし、何かの魔術にかかってしまったようで、どうしてかその目をそらせない。

硬直するレオを見て、男の笑みは一層の甘さを増した。血のように赤い瞳が奇妙に光る。

「分かりますよ。君はとても辛い思いをしたでしょう。君の能力を、才能を理解せずに恐れる愚かな人々に、悲しい想いをさせられたはず。違いますか？」

（……ちがわないけど、でも、さっきのおひめさまみたいなひともいるんだ）

「自分の力はおかしなものではないのに、誰に劣るものではないのに、認められず、許されず。不要なものだと、気味の悪いものだと、恐ろしいものだと、邪険にされて疎まれる。……そんな、くやしい思いをしたでしょう？」

（たしかにしたけど。でも……）

レオの心は抗《あらが》おうとしたが、男の声は、まるで『魔薬』のようだ。レオの耳からじわじわと身体の中に入り込み、思考をぼんやりと歪めていく。

「どうして、なんで、と思ったでしょう？」

（たしかに、思った……）

繰り返し言葉を注がれて、レオの頭はぼんやりと、そうかもしれないと考え始める。

レオの瞳がとろんと夢見るようになったところで、男はその美しい顔を歪めて口の端を上げた。

「君がもし、この世を呪うなら、この手をお取りなさい。――暖かい寝床も、美味《おい》しい食事も与えましょう。素晴らしい師も得られます。誰にも馬鹿にさせません」

（ほんとうに……？）

「――さあ、わたしの手をお取りなさい」

男の白い、まるで貴婦人のようなほっそりとした手が、レオの前にするりと差し出される。

レオが夢うつつで男の手に己の手を重ねようとした、その時。

突然、レオの胸元がレオを叱咤《しった》するようにふわりと温かくなった。そしてそれに呼応するように、後ろの藪《やぶ》から飛び出してきた白い獣が、疾風のような勢いで男の顔面に飛びかかったのだ。

「フシャアーーーー！」

「うわあ⁉」

がりがり、ばりっ。

「ね、ねこっ⁉」

レオははっと我に返り、驚きに目を見張った。見れば男の整った顔面に張り付いた白い猫が、バリバリと爪を研いでいるではないか。

「なっ、痛っ……⁉　ぎゃあ⁉」

「フシャーアー‼」

猫とはこれほどの音量を出せるものなのか。

ほとんど咆哮《ほうこう》といえる大音声が響き渡るとそれに呼応するように、周囲の木々や藪の間から、光りきらめく不思議な生き物が一斉に飛び出してきた。

蝶の姿をしたもの、子犬の姿をしたもの、小さな人の姿をしたものに、子鬼の姿をしたもの。あらゆる姿の『光る生き物』は白猫の援護をするように男に飛びかかり、レオの目の前はビカビカと光る小山のようになった。

「な、なにこれ……」

「っ、ど、どうしてこれほど、妖精が⁉　まさかこれが、『妖精の街』と呼ばれる所以《ゆえん》……⁉」

「フシャーーーーアーーーーー！」

「ぎゃああ！」

これがトドメだと言わんばかり、猫の鋭い爪が男の赤い瞳を狙う。

瞳を潰されてはたまらない。

男はほうほうの体《てい》で妖精の小山から脱出すると、レオを振り返りもせずに庭の向こうへと消えていった。白猫は小さくシャアと鳴き、逃げる男の後ろ姿に後ろ足で土を掛け、ふふんと鳴いた。

「……あ、ありがとう」

男の姿が見えなくなると、レオはへなへなと尻もちをついた。地面に落ちた画帳に手を伸ばせば、その指先はぶるぶると小さく痙攣《けいれん》するように震えている。今更ながらに襲いくる恐怖に、レオは全身をガタガタと震わせた。

「こ、こわかった……」

じわりと目尻に涙が浮かべば、いつの間にやら目の前にやってきた白い猫がレオの膝にぴょんと飛び乗った。じわりと伝わる熱は失った母親の温かさを思い起こさせて、レオはその猫をぎゅっと抱きしめる。

「……な、なんだったんだろう」

「うにゃん」

「あれが、かどわかし、ってやつなのかな……？」

「にゃあん」

「お、おれみたいなやくたたずのぶきみな子ども、つれていっても、仕方ないのにね」

「にゃあん！」

「あ、いてっ」

白い猫は不満げな顔をして、かぷりとレオの手に噛み付く。もちろん甘噛みではあるが、レオはきゅっと眉根を寄せて白猫を抱く力を緩める。

抱擁《ほうよう》から解き放たれた白猫はぺろりとレオの頬を舐めると、「忘れなさいな」と言わんばかりの顔をして、高く鋭く、一声鳴いた。

「なぁぁぁあああうん」

「うわあ」

レオの目が暗がりの猫のように丸くなる。

白猫の鳴き声に呼応するように、集まってきた淡く光る不思議な生き物たちがぴかぴかと光ったのだ。それらは白猫の前に一列に並ぶように連なると、ちかりと一度強く光って、空に向かって消えていく。アウローラが見れば『夜会での主催への挨拶のようだ』と思ったことだろう。

しかし、『夜会』に思い至るはずもないレオは、目の前に広がる光の河をただただ美しいものとして捉え、目を見開いて一心に見入った。

空のような澄んだ青、リラの花を思わせる淡い紫、温かみのある黄色に、はっとするほど艶《あで》やかな赤。翡翠《ひすい》のような柔らかな緑があれば、エメラルドのようなまばゆい緑もある。

様々な色の光がきらめいて、孤児院の寂れた庭先はまるで祭りランタンのよう。暮れ始めた空に輝き出した星々へと繋《つな》がって、星空の川を作り出す。

「……ああ、かきたい、な」

幻想的な光景に、レオはぽつりと呟く。
身体の震えは、いつの間にか治まっていた。

†3　神官騎士の遺産

「え？　お義父《とう》様もお義母《かあ》様も、お出かけになっていらっしゃるの？」

――ステラが孤児院でヒーローとなる数時間前のこと。

孤児院から戻ったアウローラは服を改めるとすぐに、レオのことを相談しようと義両親の元へ向かった。しかし執事のマーヴィス曰《いわ》く、ふたりは急な用事で外出したと言うではないか。

「何かあったのかしら？　朝食の時には、たまには一日ゆっくり過ごすつもりだと仰《おっしゃ》っていたのに。――でもいらっしゃらないのでは仕方がないわね、刺繍《ししゅう》でもして待つわ。部屋にいますから、お義父様たちがお戻りになられたら教えて頂戴」

「……お待ちください、若奥様」

いないのでは仕方がないが、意気込んで帰ってきたのに肩透かしである。

アウローラは肩を落として自室へ戻ろうとしたがマーヴィスはそれを引き止め、名状しがたい表情でこほんとひとつ喉を鳴らした。

「閣下も奥様も、今朝の時点では確かにそのように仰っておいででした。ですが、若奥様が孤児院に向かわれた後、王都から急ぎのお手紙が届きまして、それをご覧になると急遽《きゅうきょ》お出かけになられたのです」

「急遽？」

「なんでも、賓客《ひんきゃく》がいらっしゃると」

「賓客……」

いつもは冷静で明朗な口調のマーヴィスだが、今日は喉になにかが詰まったようなしゃべり方である。何やら嫌な予感がして、アウローラはオウム返しに聞き返した。

マーヴィスはこくりと頷《うなず》いて、「急遽、賓客、でございます」と繰り返す。

クラヴィス家は侯爵家だ。国内北方には公爵家がないため、実質北方の筆頭領主でもある。そんなクラヴィス家が『賓客』という扱いにする客人は非常に限られている。そして、その限られた客人たちの中で最も『急遽』――要するにフットワークが軽い人と言えば。

アウローラの脳裏をさっと、濃い紫色の瞳が片目をつぶって去ってゆく。

「まさか……」

「こちらを若奥様にもご覧いただくようにと、お出かけ前に奥方様が仰《おお》せでした」

一体どこから出したのか、マーヴィスが恭《うやうや》しく銀の盆を捧《ささ》げ持つ。そこには先日王都で見たものと非常によく似た、鳥の子色の紙で作られた厚手で上質な封筒が鎮座していた。

アウローラは銀盆の上に手をかざし、引っ込め、また手をかざし……と三回ほど繰り返してからようやく、意を決して封書を手にとった。封書はすでに開けられていたが、そこに貼り付けられていた封蝋《ふうろう》は金粉混じりの濃い紫だ。

ウェルバム王国内でこの色の封蝋が許される人は、いまはたった三人しかいない。

国王と、第一王女と、そして。

（や、やっぱりー……）

思わず崩れ落ちそうになりながら、アウローラはその封書の封蝋を睨《にら》みつけた。そこにくっきりと存在を主張するように押されていたのは、王太子の紋章である。

「王太子殿下、さすがに腰が軽やかすぎるのじゃないかしら……」

「……不肖、このマーヴィスめも同じように考えております。しかし、陛下がほとんど行幸《ぎょうこう》をなさいませんので、致し方ない面もあるのかと。なお、此度《こたび》は北方の視察を兼ねておられるとのことで、代行の魔術師様ではなく、ご本人がお出《い》でになるそうです」

執事の言葉を聞きながら、アウローラは便箋をつまみ上げる。

王家の紋章と王太子の名のモノグラムが透かし入れられている便箋はたった一枚で、そこには非常に端的に、休暇のついでに雪の季節の前に北方の視察に向かうと決まった旨が記されていた。王太子妃は伴わず、クラヴィスを拠点に何箇所か見て回り、雪が降り始めれば王都に戻って南部の視察に向かう予定なのだという。

「こんなに頻繁《ひんぱん》にいらっしゃって大丈夫なのかしら」

「王太子殿下は魔術好きと内外に知られておられますし、若旦那様にとっては幼馴染のような方ですから。北方には妃殿下のご実家もありますし、魔術関連の遺跡も多くございますので、そのついでに昔なじみの屋敷に顔を出されているのだと言えばそこまで不自然でもなかろう、と閣下は仰《おっしゃ》っておいでで」

本当に大丈夫なのかとアウローラは顔をしかめたが、拒否権などあるわけもない。

（今はやるしかないのだわ。幸いにして今なら、春先に得たノウハウがある。妃殿下がご一緒でないのなら夜会もないでしょうし、何とかなるはずよ。……刺繍のための調査がまた遠のいてしまうけれど！　楽しみのための刺繍さえ、最近ご無沙汰だけど……！）

しかしこれも、いやこれこそが侯爵家の嫁の務めだ。

アウローラは深く息を吐き出すと、銀盆に封書を戻して頬を一度ぱちんと叩《たた》いた。そうして気合を入れれば、その表情も若夫人の顔つきになる。

「分かりました、わたくしも腹を括《くく》りましょう」

「急なことなので、迎えは不要である旨のご連絡はいただいておりますが」

「そう言われても、用意をしないわけにはいかないものね。幸いにして殿下のお好みは存じておりますもの、微力なれども力になれるかと思いますわ」

「頼りにさせていただきます」

そうして意識を切り替えたアウローラに、マーヴィスが恭々しく頭《こうべ》を垂れた。

「まずはお義母様がどこまでご指示をされてお出かけになられたかの確認ね。マーヴィス、ゼルマとグンターを呼んでもらえるかしら？　場所は……そうね、小食堂にしましょう。わたくしもすぐに向かうわ。他にもお義母様から指示をいただいている者がいたら声を掛けてきて頂戴」

「かしこまりました」

「あとは……そうね、屋敷の警備の担当はどなた？　義叔父《おじ》様でよいのかしら」

「そちらに関してはわたくしめからすでに指示をさせていただいております」

「助かるわ。では任せます」

次々に指示を飛ばしながら、アウローラは小食堂へと長い廊下を歩き始める。

「――若奥様、お待ちを」

しかし、小食堂へと向かって歩き出してすぐに、エリアスがアウローラを制した。

「どうしたの？」

「玄関の方からなにか聞こえませんか」

アウローラとマーヴィスは目を丸くしたが、何かを察知したらしきエリアスの目は鋭く尖《とが》る。彼はもうひとりの護衛に何やら指示を出すと、廊下の先を確認しに向かった。

「……確かになんだか騒がしいわね？」

「そうですね……？」

アウローラと後ろに控えていたクレアは揃《そろ》って首を傾《かし》げる。

耳を澄ませば確かに、秋の風がそよりと吹き込む細く開いた窓の向こうから、何やらさざなみのようなざわめきが聞こえてくるのである。それは不快な騒がしさではなく、祭りの前夜、興奮に浮かされているのを懸命に抑え込もうとしているような、高揚を感じるざわめきだった。

「お義母様たちが戻られたのかしら。……そういえば、お義父様もご一緒されたのよね？」

「……そうでございましたね？」

ふと気がついて、アウローラはクレアと顔を見合わせた。

平時であれば、客人を迎える用意には商人たちを呼びつけてあれこれ差配をするものだ。家政を預かる立場といえども侯爵夫人自らが直接出向くことはないし、屋敷に呼びつけたとしても、商人たちと直接相対するのは使用人であることが普通である。

夫人でさえそうなのだ。それが侯爵本人も共にとなれば、ほとんどありえないことと言っていい。

（まさか……、お義母様方がお出かけされたのは準備のためではなく――お迎えのため⁉）

騒動のもとに思い至り、アウローラは早足に歩き出した。

「若奥様⁉」

「小食堂の前に玄関に寄るわ！」

慌《あわ》てて追いかけるクレアとエリアスを後ろに従えて、アウローラは貴婦人にあるまじき速度で廊下を進み、転がるように階段を駆け下りた。

そうして飛び出した玄関ホールにて、彼女は美神の姿を見た。

（あ……）

異国の地で何よりも尊ばれると言う聖銀で紡いだ糸のような。

冴《さ》え冴《ざ》えと冷たく輝く髪を秋風になびかせたその人は、貴人を守る位置で静かに立っていた。

増えた人の気配を捉え、屋敷の玄関口へ向けられた虹彩《こうさい》は、矢車草の色をした青玉そのもの。

薄く形のよい唇とすらりと通った芸術的な鼻筋、なめらかで鋭い顎《あご》のラインと優美な首筋、美しい額《ひたい》。それらの全てを併せ持つ顔が、こちらを向いている。

まるで、おとぎ話に出てくる旧き森の民《エルフ》のよう。神が手ずからお作りになったのだと言われても信じてしまいそうな人外めいた美貌の男性が、そこにいたのである。

彼《か》の人の視線は、飛び出してきた人物がアウローラだと分かると――どろりと甘く蕩《とろ》けた。

「――ローラ」

その名の響きの甘いことと言ったら！

そのひと時、アウローラは何もかもを忘れた。

己の侯爵家の嫁としての責務も、孤児院での出来事も――愛する刺繍のことさえも。

「フェル様……っ！」

必死に絞り出した悲鳴のような声を上げ、アウローラは転がるように駆け出していた。

けれど向こうの方が歩幅も広く、アウローラは数歩も行かぬうちに熱い腕に優しく抱きとめられた。

そのまま腕に力が籠もって、苦しいほどに抱きしめられる。

「ローラ……！」

「フェル様！」

互いの名を呼び合い、お互いの熱を感じ。相手の香りを胸に吸い込み、頬をすり合わせる。

(ああ、フェル様だ……！)

アウローラは大きく息を吐き出して、夫の胸に身を預けた。その腕の中の安堵《あんど》感ときたら！

この世の全てのモノから護《まも》られているような、今ならこの世の何もかもに立ち向かえるのではないかと思えるような、奇妙な万能感さえ湧いてくる。

(音と映像だけじゃない、体温と匂いのある本物のフェル様だ……!!)

アウローラはまぶたが熱くなるのを感じて、フェリクスの胸に顔を押し付けた。母猫に擦り寄る子猫のような仕草に、フェリクスの手のひらがその背を撫《な》でる。

「会いたかった」

「わ、わたくしも、お会いしたかった……！」

抱きしめた腕の力をわずかに緩め、フェリクスがアウローラの瞳を覗《のぞ》き込む。その瞳の優しさに、引いたはずのまぶたの熱が戻ってくるほどだ。

「ああ……、夢でも幻覚でもない、本物のローラだ」

鼻が触れ合うほどの至近距離で見つめ合えば、他には何も、目に入らない。

「――ここに来ることを許可したのは私自身だというのに、貴女《あなた》のいない日々は明けぬ夜のようだった。……この春までは、貴女に会えない日々など当たり前のことだったというのに、今となってはあの頃、日々どうやって息をしていたのか思い出せない。独り寝など当然のことだったというのに、この安らぎなくしてどうして眠っていられたのか」

「フェル様……」

「ローラ」

世界で最も壊れやすく愛《いと》おしいものを扱うように、フェリクスの指がアウローラの頬を撫でた。鼻が触れ合うほどの距離が更に詰まって、ゼロになる。

（……ああ、どうしよう！　心臓が破裂しそう！　……嫁いで半年、さすがに慣れたと思っていたけれど、少し会わないでいただけで振り出しに戻ってしまったみたい）

深く貪られるように口づけられて、アウローラは刹那《せつな》、楽園を見た。

――が。

「あらあら、まあまあ」

「うーん、我が息子にこんな一面があったとは未《いま》だに信じがたい」

「……相変わらず、引き裂かれた恋人たちみたいだね？」

「えー、あー、お幸せそうで何よりです……？」

「クラヴィス、戻ってこーい」

「貴様そのどこでもかしこでも女神に盛るのはなんとかならんのか！」

（ひえええっ）

当然ながらその場には、数多《あまた》のギャラリーがいたのだった。

聞こえた声に我に返ったアウローラは、周囲にようやく気がついて真っ赤にのぼせ上がった。見れば呆《あき》れ顔を隠しもしない義両親と夫の主が、生温かい視線をふたりに向けているではないか。

（そ、そうよ、フェル様がおひとりで戻られるわけがないじゃないの……っ！）

彼らの背後には護衛騎士のセンテンスと、夫の部下となった人々——面識のある、ユール・イル・レ＝ルーミスやマンフレート・イル・レ＝ウィーラー、それから近衛隊の詰め所で見かけたことがある騎士と魔術師が二名ずつ——が必死で『無』を取り繕った表情をして立っている。

そしてその前には当然のこと、一行の主もいたのだった。

アウローラは小さな悲鳴を上げると慌ててフェリクスから身を離し、一行の主に向かって淑女の礼を取ろうとしたが、夫の腕に阻まれた。

「フェ、フェル様‼」

「どうした？」

「どうした、じゃあありませんっ！」

「ようやく会えたというのに……。——無粋ですよ、殿下」

「いやいやここはクラヴィス夫人……じゃ侯爵夫人と分かりにくいな、アウローラ夫人の動作の方が当然だからね？」

そうやって肩をすくめて見せるのは、王族特有の紫の瞳を隠しもしない一行の主。

王太子・テクスタス、その人である。

※

「やあ、急ですまないね」

侯爵夫人の類《たぐい》まれなるセンスによって華麗な東洋趣味に彩られた、クラヴィス侯爵家の美しい客間に腰を落ち着けると、王太子はにこやかにそう言った。

「急だとご理解いただいているなら、もう少し早めにお知らせください、殿下」

彼の斜め向かいに座り、そう答えて苦笑するのは、屋敷の主・クラヴィス侯爵である。

黄金の髪に薄青の瞳、長い手足と上背のある体躯《たいく》の彼は、母親に似たフェリクスよりも男性的な顔立ちの美丈夫《びじょうふ》で、そのゆったりとした威風堂々たる姿はまさに貴族の中の貴族、立ち振る舞いとも相まって、どこか獅子《しし》のような印象を与える人物だ。

「おかげで妻と騎士団は朝からてんてこ舞いですよ。近衛の面々もご苦労なことです」

口先ばかりは責めながら、侯爵は鷹揚に笑ってみせる。王太子は肩をすくめ、供された茶器を傾けた。白地に青の染料で何やら尾の長い鳥と胴の長い魔物が描かれたそれは、侯爵夫人が東洋から取り寄せた珍しい逸品である。

「珍しい茶器だねえ。夫人は東洋陶磁器のコレクターなのだっけ」

「よく商人を呼びつけてはおりますね」

「この魔物はなんだろう？」

「東洋の吉兆である神の使いの生き物だと妻は申しておりましたよ」

「ああ、神獣とか霊獣って呼ばれる類の生き物か」

「高貴な方にお出しするには丁度よいでしょう」

茶器を眺める王太子に侯爵はそううそぶくと、にこりと貴族的な笑みを浮かべて見せた。

「さて殿下、なにやらお若い方々でのお話がおありのご様子。私のご挨拶はこの辺りとさせていただいてもよろしいでしょうか」

「……うん、出迎えご苦労だった」

「では、失礼させていただきます。――アウローラ、アデリーネのことは私に任せておくれ。代わりに殿下の歓待を頼んだよ」

「任されました、お義父様」

嫁を連れ出さずに置いてゆく察しのよい侯爵に、王太子も苦笑を隠さない。彼の退出の挨拶を受け取ると、立ち上がった侯爵にひらひらと手を振って見送った。

パタンと客間の扉が閉まる音が耳に届くと、王太子は気が抜けたようにぐったりと長椅子の背に身を任せる。

「あー、緊張した。さすがは大都市を預かる侯爵だなー」

「お義父様はとてもお優しいのですけれど、どうにも隙《すき》のない、不思議な方です」

アウローラも苦笑して、少しばかり息をついた。彼の息子に嫁いだことで家族となった人ではあるが、実家の父親とは威厳の度合いが天地ほどにも違うため、未だに緊張してしまうのである。

「まあ、ぐったりしているわけにもいかないな。折角《せっかく》候が気を遣って席を外してくれたんだ、今のうちに『本題』の話をしよう。――人払いを」

椅子の背にかかるブランケットと同化しかけていた王太子がムクリとその背をもたげる。次の瞬間にはすっかりと『王太子』の顔を取り戻していて、アウローラもまた、一瞬抜けた気を取り戻した。

フェリクスの指示により、執事とメイドたちが極めて整った礼をして部屋を出ていく。最後のひとりが扉の向こうに消えると、王太子はアウローラに向き直って、口を開いた。

「――今回の訪問が建前上は『視察を兼ねた休暇旅行』というのは聞いている？」

「はい」

毎年社交シーズンの後、視察を兼ねた休暇と称して王太子が国内をあちこち出歩いていることは、貴族であれば皆が知っている事実である。執事から受け取った書簡にも視察である旨が記されていた。

大きく頷いたアウローラに、王太子は言葉を続ける。

「議会が休みに入る十一月から一月の間、毎年国内を視察して回っているのは本当のことなんだけどね。今回はそれを建前に、フェリクスたちを派遣するのが目的だ」

「派遣？」

「――例の魔法原理主義者の魔法使いと思《おぼ》しき集団を見かけたという連絡が、商協会からクラヴィス騎士団に入った」

小首を傾げたアウローラは、王太子から言葉を継いだフェリクスの台詞《せりふ》に息を呑《の》んだ。王太子やセンテンスたちに視線を向ければ、彼らも大きく頷いている。残念ながら虚報ではないらしい。

「アルカ・ネムスの事件後、大々的にではないが、彼らの指名手配を行っていたのだ。目眩《まくら》ましの魔術を使ってはいるようだがあの双子は目立つ存在なので、魔術に敏《さと》いものなら気づく可能性があるからな。――結果、一昨日の夜、河港で非常に整った顔立ちの男女の魔術師の双子を見た、という話が騎士団に届いたのだ」

アウローラの脳裏を赤い瞳の閃光《せんこう》がよぎる。

途端、背筋を冷たいものが駆け抜けて、アウローラはぶるりと身震いした。ラエトゥス家の裏庭で赤い目に襲われたあの衝撃、そのおぞましさはそう簡単に忘れられるものではない。

肩に羽織ったストールを前で掻《か》き寄せ、アウローラは奥歯をぐっと噛《か》み締めた。王太子の許しを得たフェリクスがそっと寄り添い、その肩を撫でる。

「アルゲンタムは、アルカ・ネムスにも負けず劣らず、古い土地だからね。古代は森の民が住んでいたとの伝説もあるし、特別書庫で夫人たちと見たように、古い時代の遺跡も多い。奴らが目を付けるに足るものがあると言われても何の不思議もないだろう？」

王太子の言葉にアウローラはこくんと頷いた。

「ここはステラのような存在のいる土地ですから、『魔法』を崇《あが》める人たちにとって好ましいものなど珍しくなさそうですね」

なにしろアルゲンタムは、現代ではもはや珍しい『妖精』という魔法生物が飛び交う街だ。妖精の影響を受けた土地も多く、いわゆる『フェアリーサークル』が街の至るところに転がっている。星見の丘のクラヴィス家の霊廟《れいびょう》などはステラの力で常春《とこはる》の様相なのだから、その筆頭と言っても過言ではない。

そして、魔力で身体が構成されている『妖精』の生まれる土地は一般的に、魔力が豊かな土地が多い。豊かであればあるほど出現する妖精の数は多くなると言われていて、アルゲンタムの妖精の多さは、土地の魔力の豊かさを十二分に示していた。魔法使いが欲したとて何ら不思議はない。

アウローラの言葉を耳にして、王太子は神妙な顔をして頷いた。

「もしも本当に彼ら『魔法使い』が相手なら、クラヴィス家の騎士団では対処しきれないかもしれない。だけど、近衛隊であるフェリクスたちを派遣するためには、俺のお供にする必要があるし、奴らも馬鹿じゃあない。予定を立ててのんびり動けば、こちらの動きに気づくかもしれない。——突然お邪魔したのはそんな理由なんだ。すまないけれどよろしく頼むよ」

「かしこまりました」

アウローラは立ち上がり、膝を折ってきれいな礼をした。

それを満足げに眺めた王太子は彼女に座るように促《うなが》すと、「じゃあ、この話はここまでということで」と唐突に雰囲気を翻《ひるがえ》す。

「ところで、刺繍の進みはどんなだい？　参考になりそうな資料は見つかった？」

為政者《いせいしゃ》らしい威厳のようなものが一瞬で掻き消えて、菫《すみれ》の花に例えられる紫の瞳は少年のように輝いた。まばゆい好奇心のままに顔がほころび、声が弾む。

その転身に目を丸くしたアウローラはしかし、はっと我に返ると萎縮《いしゅく》して縮こまった。

「……その、まだ図案も決められていないような状態でございます。お義父様にお頼みして、初代様の遺《のこ》されたものを色々と出していただいたのですが、まだきちんと検分できておりません……」

なにしろ、クラヴィス領にやってきてすぐには義両親主催の園遊会の手伝いがあり、その後も慈善活動の準備や手配が山積みだった。その進捗《しんちょく》たるや微々たるものである。

己の手際の悪さを恥じ、アウローラは肩を落としてうつむいた。

「殿下、妻は研究員でも学者でもありません。また、ここでは嫁としての差配もあります」

アウローラを庇《かば》うようにそう口にしたフェリクスに、王太子はひらひらと手を振った。

「責めようと思ってるわけじゃあないよ。クラヴィス侯爵夫人の秋の園遊会は有名だもの、嫁が手伝わないわけにはいかないだろうしね」

王太子はそう言って、東洋の青い染料で尾の長い鳥が描かれた白磁を手にとった。ほのかに緑を帯びた茶から立ち上る白い湯気、そこに乗る香りを楽しみ、のんびりとする。

「アウローラ夫人が調べ方やまとめ方で困っているかもなとは考えていたんだ。学園ではまず、調査の方法やそのまとめ方を学ぶけれど、伯爵令嬢の家庭教師がそれを教えることはないはずだってリブラに言われてね。――二年くらい前に見せてもらった、刺繍に関するまとめは素晴らしかったけれど、あれは自分が知り尽くしている範囲だからこそできたことだろう？」

「……はい」

初めて近衛の詰め所に赴いた時のことを思い出し、アウローラは頷いた。

あれは己が施した刺繍のことであったからこそできたことだ。国内の図案やデザインをまとめろと言われたのなら、ああはいかなかった。何ヶ月、何年、ひょっとすると人生を懸けるような月日がかかったことだろう。

「確かに、どこから手を付けたものか、どうやって探したものかとは思っておりました」

「ああ、じゃあよかった。無駄にならずにすみそうだ。――実はね、俺たちの移動のついでに国内史の専門家を連れてきたんだよ」

「ほ、本当ですか！　助かります……！」

嵐が去り、分厚い雲の切れ間から日が差し込んだかのように、アウローラの表情が晴れた。

それを年長者が幼子を見るような目で見た王太子は、「でもね」と小さく苦笑する。

「今は船旅に力尽きているから、少し休んであとから来るようにって言ってあるんだ」

「……力尽きている？」

「最近朝晩冷え込むようになってきたせいかな？　船の移動で体力尽きちゃったみたいで」

（うちの兄さまみたいな学者様だわ）

アウローラは内心で呟《つぶや》いた。

彼女の兄、次期ポルタ伯爵であるルミノックスは生まれついて身体が弱く、季節の変わり目や長距離移動のあとは必ずと言っていいほど寝込むのだ。王都と領地を移動する度にそうなるので、ポルタ家の旅程には必ず、ルミノックスが回復するまでの日数が加算されているほどである。

「お、丁度来たかな」

王太子が片眉をもたげたその時、まるで狙ったかのようなタイミングで客間の扉がコンコンと鳴った。扉の近くに立っていたユールが取り次ぎに向かうとほどなくして、ひとりの男性が入ってきた。

「えっ」

アウローラが思わず立ち上がる。

瀟洒《しょうしゃ》な扉の向こうから現れたのは、アウローラと非常によく似たクリーム色の髪の毛と、橄欖石《かんらんせき》とエメラルドを混ぜたような美しい森色の瞳をした、美少女めいた顔立ちの可憐《かれん》な――男性だった。

「兄さま⁉」

「殿下、お待たせ致しました」

彼は王太子に礼をして、それからアウローラに振り返る。

白を通り越してほとんど青い肌に、今にも風に消えてしまいそうな幽《かそけ》き笑み。令嬢にしては快活なアウローラと見た目はよく似ているのに、まとう気配は極めて儚《はかな》い。

『妹より美少女』『春の氷のような儚さの妖精』『ガラス細工のような美少年』などと言われ続け、夜会では男性にダンスを申し込まれたことすらあるその人は、アウローラの兄、ルミノックスである。

「——ローラもひさしぶり。でもそのお行儀は侯爵家のご婦人としてはどうかと思うよ」

紙のように白い顔色で今にも儚くなりそうな気配のルミノックスに、アウローラは思わず、嫁ぐ前にいつもそうしていたように兄に走り寄ってその額に手を当てた。

「そんなことより兄さま、すごい顔色です！　ああ、やっぱり熱がある！」

「大丈夫、さっき医者に解熱薬を貰《もら》ったし、夕飯にはパン粥《がゆ》を手配してもらったから」

大丈夫でないことを言って淡雪のように微笑《ほほえ》むルミノックスに、アウローラは目尻を吊り上げた。

「また兄さまったら無茶をして！　今すぐ寝てくださいませ！」

「……まあまあ、兄妹仲のよさを見せつけるのはその辺りで」

ぱんぱんと、王太子が手を叩く。

ルミノックスは苦笑を浮かべ、アウローラははたと我に返ってこほんと咳払《せきばら》いをした。

「申し訳ございません、取り乱しまして。ひょっとして殿下の仰る専門家とは兄のことでしょうか」

「ルミノックスの専門はウェルバム史だからね」

「——学生時代は、ウェルバム中世史が専攻でした」

王太子に促され、妹夫婦の隣のソファに沈み込んだルミノックスは、熱っぽいため息（おそらくは実際に熱が出ているのだろう）をこぼしながらそう答えた。

「アウローラ夫人は詳しく知らないかもしれないけど、君の兄上はなかなかの学者だよ。今じゃあ学会に顔を出すこともほとんどないけれど、学生の頃は教授たちにも一目置かれていたものだ」

「買いかぶりすぎですよ、先ぱ……殿下」

ルミノックスは少女のように頬を染め、小さく咳払いすると妹へと向き直った。

「僕には初代クラヴィス侯が活動していた時代に関する知識が多少ある。もちろん、初代クラヴィス侯についても少しは知っているよ。それになにより、他家の夫人とは言え実の兄妹だ、長時間一緒にいても不自然ではないだろう？　男性の学者と次期侯爵夫人が長い間密室に籠もれば醜聞になりかねないけれど、僕なら問題ない。――そんなわけで、殿下のご依頼をお受けしたんだ」

「確かにそうですわね……」

男性とふたりきりという状況はスキャンダルの元である。未婚の令嬢であれば致命傷だ。既婚者にはそこまでの貞淑を求められはしないが、結婚したての夫人にとって好ましくない種類の醜聞であることには違いない。特に、アウローラのような『格上の家柄、それも誰もが羨む相手と婚姻した』娘であれば、政敵たる貴族たちからの攻撃は避けられないだろう。

「――それに何より、相手が僕なら、お前も好き勝手言えるだろう？」

「兄さま！」

アウローラは感極まって兄に飛びついた。

ルミノックスはくつりと小さく笑い、アウローラの頭を子どもの頃のようにぽんぽんと叩く。

「頼りにしています、兄さま」

「私からもよろしくお願い致します、義兄上《あにうえ》」

「うん、任されました」

兄妹はよく似た笑みで微笑み合い、場の空気を和《なご》ませた。

「殿下、兄を連れてきてくださって、ありがとうございました。心より御礼申し上げます」

アウローラが改めて膝を折れば、王太子は満足そうに頷いて、長椅子の上で足を組み直した。

「うん、ふたりともよろしく頼むよ。——しかし、奴らはここのどの遺跡に目を付けたんだろうな？」

王太子はすっかり冷え切ったカップの底の茶を流し込みながら、行儀悪く肘《ひじ》をつく。

「ここにはいくらでも遺跡があるだろう？　心当たりがありすぎるよね。妖精もどこにでもいるし……」

「古代結界の遺跡と言い伝えられているものはありませんが、言い伝えられていないだけで実態がそうだった、という遺跡がある可能性は低くないと思います」

ひだまりでまどろむ黒猫のような、だらりと弛緩《しかん》した主の姿にわずかに非難の色を見せつつ、フェリクスはそう答える。

「ありえるなあ。この辺りは昔から重要な土地だったし、森の民の大移動のルート上でもあるし……考えれば考えるほど『ありえる』としか言えない」

「二重王朝の時代には、この地に遷都した王もいたほどですからね」

ルミノックスも同意して、「古《いにしえ》の時代に一時的にとは言え『王都』となった場所が、魔術的に守られていなかったとは考えられないですから」と付け足した。

「結界とは使い方によっては非常に危険なものですから、あえて名を変えて隠した可能性もあると思います。それが魔術でなく魔法的なものだったとしたら、そのまま失伝しても不思議はありません」

「……魔法と言えば」

アウローラはふと、レオのことを思い出した。

まずは侯爵夫妻と夫に相談しようと思っていたが、魔術や魔法に関しての話ならば、相談相手は彼らよりもこの王族の方が適任かもしれない。

「おや、なにか知っているの？」

「遺跡の話ではないのですが……、今日の午前、慈善活動のために孤児院に参りまして――」

孤児院とレオについて、アウローラは話し始めた。

はじめは話半分に聞いていた王太子だったが、レオの絵に関するアウローラの考察に話が及ぶと長椅子の上からぐっと身を乗り出し、食い入るように聞き入った。

「――というわけなのです。わたくしの力と発露の仕方が似ているように思いました。わたくしの刺繍がもしも、悲しみや怒りとともに発露していたなら、レオと同じように人に疎《うと》まれていたのかもしれないと考えたら、とても他人事とは思えなくて」

アウローラが話し終わると、室内はしんと静まり返った。レオの境遇の物悲しさが琴線に触れたのか、部屋のあちらこちらから鼻をすする音が聞こえる。

「それは確かに、『原始の魔女』の力かもしれない」

王太子は今にも立ち上がらんばかり、うずうずとその手を開閉する。

「ですがその子どもは男なのでしょう？　男なのに『魔女』なのですか？」

ユールが怪訝《けげん》な表情を見せれば、王太子はうん、と頷いた。

「実は『原始の魔女』はいわゆる種族的な『魔女』のことではなく、『無自覚のうちに魔力が使われ、周囲に何らかの影響を与えてしまう』人たちの呼び名なんだ」

「つまり、必ずしも女性を指す言葉ではないと？」

「そう。『魔女』とついているのは、そういった力を奮った記録が残っている人たちの多くが女性だったからだ。ただ、近年の研究では彼女たちの中には『実は男性だった』人も交じっているという調査結果がある。魔女の墓と言い伝えられている遺跡を調べたら男性の骨しか出なかった、とかね」

「つまり、男であっても『原始の魔女』は『原始の魔女』ということですね」

「そうそう。だからその子が『原始の魔女』である可能性は充分にあるというわけ」

言いながらレオの話を思い出したのだろう。王太子は腕を組んで天井を睨みつける。

「――しかしそうか、そんな子がいたのか」

「もしかしたら他にも、そういう目に遭っている子どもはいるのかもしれません。目の前の子だけを助ければよいとは思いませんけれど、折角少しばかりの権力をいただいているのですから、せめて目の届く範囲の子どもたちだけでもなんとかしてあげられないかしらと考えているのですけれど……」

そう簡単に、いい案が浮かぶものでもない。アウローラはため息をこぼす。

次期侯爵夫妻とは言え、一年を通して王都で暮らすが故に領政への関わりのまだ浅いふたりが持つ権限は、ささやかなものだ。子どもをひとり連れ出すことならできるだろうが、同じような立場の子どもがふたり、三人と現れた時に皆引き取れるのかというと、それも簡単な話ではない。

「まず父に話してみるか」

「わたくしも、お義母様にご相談してみます」

「そう言えば、孤児院の子どもがいなくなる事件がいくつか起きているという報告が上がっていたっけ。そういう子が連れ出されている可能性もあるな。――よし、明日でも明後日でも、早々にその孤児院を訪れよう。クラヴィス家的になにか問題があるかい？」

「おそらくないと思いますが、両親には伝えておきます」

フェリクスがそう答えれば、王太子がニンマリといたずら小僧のような笑みを浮かべた。

嫌な予感にフェリクスの頬が強張《こわば》るが、もちろん、それを気にする王太子ではない。

「明日の『視察』はこれでひとつ決定だね。――ところで、その孤児院の周辺には何か目ぼしい遺跡はないかな？　あるならぜひとも案内してもらいたいものだね！　手配を頼めるかい？」

※

そんなわけで。

王太子来訪のその翌日、クラヴィス家の一室を作業場にしてようやく、『初代の遺物』に関する調査が始まった。主な調査メンバーはアウローラを筆頭に、歴史学者・ルミノックス、魔法騎士・フェリクス、騎士・ユールの四名である。

実のところアウローラは今日も、侯爵夫人アデリーネによって、王太子と繋《つな》ぎを取りたい人々との社交に連れ出されかけたのだが、王太子の意向を受けて彼女は現場に残されたのだった。

（……殿下が口添えしてくださって本当によかった）

汚れてもよいように簡素な（とは言え侯爵家の夫人の『簡素』であって、きらびやかな石や高価な絹が縫い付けられていないだけの、非常に上質なものである）、使用人風のエプロンドレスをまとったアウローラは、ホコリを払う羽箒《はぼうき》を片手に胸を撫で下ろした。

(殿下の長話と久しぶりの旦那様に、とっても寝不足なのもあるけれど……、このままズルズルとご一緒していたら、調査が進められなくなるところだったわ。――ルナ・マーレ様がお嫁に行ってしまってお義母様がお寂しく思っていらっしゃるのは分かるのだけれど)

朝からきしむ腰をさすりつつ、目の前の大きな机に積み上げられたたくさんの箱や櫃《ひつ》を見て、アウローラは小さく息を吐いた。

これらの山は、アウローラの頼みを受けた侯爵の指示で屋敷や別邸の書庫や博物陳列室などからある限り集められた、初代クラヴィス侯とその妻の遺品である。想定していたよりも遥《はる》かに多くの分量があり、アウローラは途方に暮れていた。

(それにしても、すごい量だわ。一体どれだけ時間があれば検分が終わるのかしら……)

試しに最も手前に置かれた書物――どうやら誰かの日誌のようだが――をめくってみるが。

(……よ、読めない)

記載者は魔術師だったのだろうか。羊皮紙に記されている赤茶けたインクの文字はいわゆる『魔術古語』のようで、見慣れぬ単語が紙面に躍《おど》っている。アウローラは束《つか》の間《ま》気が遠くなった。

「ああ、これはすごいな……」

しかし、アウローラの隣からは、興奮を押し殺したような上擦った歓喜の声が流れてくる。ちらりと見れば、可憐な頬を真っ赤に染めたルミノックスが恍惚《こうこつ》の面差しで手の中の書物を眺めていた。瞳は朝露に濡《ぬ》れたように潤み、血色がよくなった唇はぽってりと赤い。そこに漂う色香ときたら、人妻たるアウローラが足元にも及ばないほどである。

「兄さま、なにか参考になる記述があった？」

きらきら妖精のように輝く兄をひょいと覗き込み、アウローラは問う。彼は軽く首を振ったが、上気した頬のまま妹に振り返った。

「いや、さすがにまだだよ。──でもローラ、これはすごいよ。写本ではない本物の『当時の本』だ。どうして分かるのかと言うと、この少しキラキラしているブルーブラックのインクだ。これ、今のものとは成分が違ってね。今のものよりも色が美しいけれど、成分が身体によくないと分かって使われなくなったんだ。学生の頃に再現実験を試みたことがあるけど、作り方もなかなか手間だった」

「……それ、触って大丈夫なの？」

つまりは毒物なのではないか。アウローラはぎょっとしてそう聞いたが、ルミノックスは花の妖精のような可憐な笑顔を浮かべて紙面をポンポンと叩いた。

「素手で直接、長期に渡って触れると皮膚が爛《ただ》れることがあるのだけど、手袋をしていれば問題ないよ。ああ、それにしてもすごい。この時代の領主の書簡と蔵書の現物だなんて、とんでもない貴重な資料だよ？　教授方がここにいれば歓喜のあまり踊り出したかもしれないな」

唖然《あぜん》とする妹を尻目に自身が今にも踊り出しそうになりながら、ルーペを片手にルミノックスは次から次へと書物をめくる。

「それにしても初代クラヴィス侯は書物愛好家でもあったのかな。古くて貴重な書物が遺物にたくさん──ああっ⁉　これは幻の魔導書と呼ばれる『マギア正術』じゃないか！　こっちは『フレデリカ占伝』！　『ゲオルギウス薬書』まである！」

（……そ、そう言えば兄さまって古書マニアなのだったわ）

兄の勢いに負けて後ずさりながら、アウローラははしゃぐ兄を眺めた。

幼少から身体が弱く、長い時間を寝台の上で過ごしてきたルミノックスにとって、書物は世界を広げてくれる心の友だった。辺境の地を守る武のポルタ家とは言え、本家筋は魔法伯であるフロース伯爵家であり、ポルタ家の居城・クストディレ城にはかなり充実した図書室があるのだが、その蔵書を彼はあっという間に読み切ってしまったのだった。年齢が二桁になる頃には書物を扱う商会を呼びつけて自ら本を注文するようになり、幼少期に比べれば体力のついた学生時代には、行く先々で行きつけの書店を作ったという。

そして今、他所《よそ》の土地への移動がある度に現地の古書店を覗くのが彼の趣味である。それなりに多忙であるはずの社交シーズンの王都でさえ、時間と体調が許すのであれば図書館や書店を自らの足で巡るほどだ。デビュタント前のアウローラは何度もそのお供をしたし、王都と領地を移動の際には、兄の買い込んだ書物と一緒に馬車に乗ったことも一度や二度の話ではない。

涸れた大地に水が注がれ、地中で長年眠っていた種が芽吹くように、かつてなく生き生きと書物を検《あらた》める兄の姿にアウローラは少々呆れたが、あの兄にしてこの妹ありなのだなあと夫に思われていたと知るのは後日のことである。

「ローラ、一番古い櫃が開いた」

今にも頬ずりしそうなほど恍惚とした面差しで書籍を掲げる兄を眺めていたアウローラは、フェリクスの呼び声に顔を上げた。書物をあたる兄妹の傍ら、魔力を抑え込む術の掛けられたラグを敷いたその上で、施錠された櫃の解錠作業が行われていたのである。

「開いたのですか！　つぎゃあ！」

「女神ッ！」

弾《はじ》かれたように立ち上がったアウローラは、貴婦人にあるまじき勢いで駆け寄ろうとして、床に置かれていたいくつもの木箱――鎧《よろい》や馬具のしまい込まれた、それなり以上に重い箱である――につま先を引っ掛け、見るも無残に転倒した。

（い、た……くない？　あ、あら？）

思い切り身体を床に打ち付けるはずが、おかしなことに痛みがない。

慌てて立ち上がろうとしたアウローラは踵《かかと》で床を踏みつけたその時、己の足元で「あっ」という微妙な声色を聞いた。アウローラが恐る恐る己の足元を見れば、そこにあったのは近衛騎士の紺色の背中と、豪奢《ごうしゃ》な金の巻毛である。

アウローラはそっと、踏みつけにしていた背中から足を下ろし、床に着地した。

駆け寄ったフェリクスが無言でアウローラを抱き上げる。

「……無念」

ぼそりと床がしゃべる。アウローラは聞かなかったことにしたが、フェリクスは絶対零度の声色で、床からむくりと起き上がったユールを睨みつけた。

「妻を助けたことには感謝するが――まさか貴様、これを狙ってここにいたのではあるまいな」

「狙ってご婦人を転倒させるなんて無粋なことを僕がするわけがないだろう！」

床に座り込んだまま、ユールはふふんと胸をそらす。

「夜会でローラにしたことをよもや忘れたとは言わせんぞ」

「あの時は申し訳ないことをした」

フェリクスは疑わしげな目を向けたが、ユールは立ち上がってアウローラに向き直ると、さすがは

『金の貴公子』なる異名を持つ男、いかにも貴公子らしい典雅な礼をしてみせる。

ふたりのやり取りとユールの態度にアウローラは呆れたが、これも彼らのコミュニケーション法なのだろう。少しばかり肩をすくめて「わたくしだけでなく他の方も含めて、ああいったことは二度となさらないでくださいましね」と釘をさした。

「さて、フェル様、もう大丈夫ですからおろしてくださいまし。櫃を見させていただきますわ」

「そもそも何故お前がここにいる」

「ふん、僕だっていたくてここにいるわけじゃない！　――なぜ僕が貴様の部下になど……」

「殿下のご推薦がなければ私とて貴様を選びはしなかった」

「おろしてくださいったら」

「ふふん、魔術適性マイナスを甘く見るなよ。人体の魔力に反応して起動するような危険な魔術が仕込まれていても、僕が触れても発動しないからな。しかもどうやら魔法にもまあまあ抵抗があるらしいから、新部隊の存在意義に対して適材適所と言うやつだろう。――全く、殿下もどうしてこいつを隊長に抜擢《ばってき》したのか。僕の方が適任なのではないか？」

「魔術の知識が一般人程度の人間にこの部隊の隊長が務まるとはとても思えんが」

「お・ろ・し・て・く・だ・さ・い・ま・せ！」

アウローラが声を掛ければ掛けるほど、『聞こえません』と言わんばかりに妻を抱える腕に力を込めたフェリクスだが、業を煮やしたアウローラが「寝室を別にしますわよ！」と夫を見上げると、『最初から言うことを聞いていました』と言わんばかりのしれっとした表情で妻を床に下ろした。

「……もう」

　アウローラは拗《す》ねたような顔をしてみせたが、それすらフェリクスには愛しく思えるらしい。彼は瞳を甘くにじませて、アウローラの膨らんだ頬を撫でた。

「あーごほんごほん」

　蜂蜜をぶちまけたような空気をユールの咳払いが切り裂く。フェリクスは嫌そうな顔をしたが、アウローラはそれで我に返り、夫の背後に鎮座する櫃に目をやった。

　分厚い樫《かし》の木で作られた、こぶりながら重厚な櫃である。側面にはクラヴィス家が王家から賜《たまわ》った家紋と、初代の妻が愛したという花をつけた野茨《のいばら》の蔓《つる》の模様がびっしりと刻まれた、古い時代の職人の卓越した技術を見せつける見事な品だ。

　この櫃は、フェリクスに占術を教えた祖父の暮らす侯爵家の別邸の宝物庫に眠っていたものを、今回の要請に合わせて持ち出してもらったものだった。側面に彫られた紋章と錠前に掛けられた魔術、それから本人の手記が裏付けとなって、初代侯爵本人の持ち物だったと確定している『初代の遺品』である。これこそが、魔女の手による装備が仕舞われている確率が最も高いと思われる品だった。

「初代が最晩年まで手元においていて、亡くなる時も枕元にあったと言われている櫃なのだけど、鍵もなければ中身の目録もない。どうやら開けようと試みられたことさえないようでねえ。おそらく神術……今でいう占術の道具が入っているのだろうということで、クラヴィス家の中で初代の占術を継いだ者がこの櫃も引き継いでいくことになっているのだよ。だから今の持ち主は父で、次の持ち主はフェリクスだ。私や弟は触れたこともないね」

　というのがクラヴィス侯爵の談で、武具や馬具など初代の遺品は他にもあり、開かぬ櫃は今までそう重要視されてはこなかったという。しかし『開かずの櫃』ということは、要するになにかが封印されている箱である。魔法的なものが入っている可能性は十分にあると、アウローラたちは考えたのだ。

そこで、早朝から王太子が『開かずの櫃』の解錠に挑んだのだが、錠前に掛けられた術を彼が解析した結果、どうやら侯爵家の血筋の者の手でなければ開かないような術が掛けられていることが判明した。

そして、解錠役は歯ぎしりする王太子からフェリクスに引き継がれ、孤児院に出かけていった王太子を見送った後、今度はフェリクスが櫃の解錠に挑んでいたのだった。

「それにしても立派なお櫃ですわねえ」

「初代が妻から贈られたものだと目録には記載されていた」

「あら、なにかロマンチックな由来があるのかしら」

「開けますよ」

櫃に歩み寄ったアウローラの前で、魔力の影響を受けにくいユールがそっと蓋を開ける。虫よけの香の匂いと古い木の香りがツンと漂った。

「何が入っているのかしら……」

「古い時代の魔術が仕込まれている可能性があるから、気をつけてくれ」

「分かりましたわ。……では失礼して」

わくわくと目を輝かせて櫃を覗き込んだアウローラは「あら」と目を瞬かせた。櫃の中には何やら大きい布が、丁寧に折りたたんで収められていたのだ。

櫃に触れぬように気をつけながら、アウローラは櫃の中をより深く覗き込む。

薄《うっす》らとグレーがかった白のそれは、目の詰まった毛織物のようだ。しかし、触ってみれば分かるかもしれないと思わず伸ばした手は、即座にフェリクスに阻まれた。

「危ないかもしれないと言っただろう」

「ごめんなさい。――見た目は毛織物ですわね。目は綺麗《きれい》に揃っているし、毛羽立ちもほとんどない。細い糸でしっかりと織られているように見えます。素材は魔羊か魔山羊、かしら。――現代からすれば素朴ですけれど、初代様の時代にこの質の織物はかなり高価な品だっただろうと思います」

伸ばした手を引っ込めながら、アウローラは右から左から、畳まれた布を眺める。

「そこそこ厚みはありそうですが、一枚布ではなさそうです。たぶん、上衣《うわぎ》か何かじゃないかしら」

「出してみた方がいいか？」

「頼む」

フェリクスが浅く頷くと、ユールはひょいと櫃に手を差し入れ、無造作に布を取り出した。そこからは慎重に、畳まれたものを広げていく。

「あら、素敵！」

そして現れた全容に、アウローラは瞳を輝かせた。

それは、魔術師のローブと騎士の上衣をあわせたような衣類だった。身頃の幅はゆったりと大きめで、襟元は立て襟。フードはないが、マントやフードを取り付けるためのボタンがついている。着丈はフェリクスの脛《はぎ》ほどまでありそうで、しかし足さばきを自由にするためか、腿《もも》の中ほどから下は大きくスリットが入っているようだ。

「どうやら当たりだな」

「もしかして、これが初代様の装備――『神官騎士』のための騎士服なのかしら」

「おそらくそうだろう」

「着てみれば、神殿の神官どもの服と似たシルエットになるんじゃないか？　これ一枚で着るには身頃の幅が広いから、下になにか着る前提の上衣なんだろう。ここにはないが、帯かなにかで締めたんだろうな。なかなか洒落《しゃれ》ている」

男性のおしゃれには一家言持つユールがそんなことを言う。

――しかしもちろん、アウローラがときめいたのはその服の作りにではない。

（なんてすばらしい刺繍なの！）

もちろん、これである。

ごく淡いグレーの生地の袖口や裾、襟周りは黒い布でパイピングされており、それと全く同色の糸で、肩から二の腕、背中や袖口、裾などに月や太陽を図案化したと思われる模様がびっしりと刺繍されていたのである。白地に黒が映えるそれは、かつてアウローラが提案した『白地に黒の糸』のドレスを彷彿《ほうふつ》とさせるものだった。

「あの、ルーミス様。これをそちらのテーブルの上に置いてくださいまし！」

「あ、ああ、了解しました」

テーブルの上に上衣が広げて置かれると、アウローラは騎士も驚く俊敏さで上衣ににじり寄った。ユールが驚いたように後ずさり、フェリクスは苦笑を見せたが、今のアウローラにはどちらも目に入らない。兄から借りていたルーペを前掛けから取り出すと、鼻息も荒く刺繍に見入った。

（……すごい、まるで天体図みたい。この刺繍はただの装飾には見えないわ。今のフェル様たちの隊服の刺繍にもそれぞれ意図があるというもの、この時代の騎士の服の刺繍にだって、何か意味があったはずよ。それにしても、近くで見ても見事だわ……！　こんなにびっしりと、でもひと針ひと針がとても丁寧に刺されている。糸は生地と同じ素材みたい、今の刺繍糸よりちょっと太いわね。でも魔羊とか魔山羊の糸って、こんなに美しい光沢が出るものだったかしら？　古語のような文字も刺されている部分は、何かの呪文かしら。それにしても、こんなに細かい文字って刺繍できるものなのね。ここだけ糸もものすごく細いし……リボンか何かに刺してから、更に縫い付けてあるわよね？　とんでもない技術よね？　こんな細やかな刺繍が刺せる人、今の業界にいるのかしら？　これはひょっとして、失われてしまった技術なのでは……！）

　うっとり。

　アウローラは幸福の吐息を漏らし、より一層近くで見ようと身をかがめた。すると。

「んにあぅ」

「あ！」

　アウローラの視界を、雪のように白い毛並みがよぎった。

　己の気の向くままにアルゲンタム城の至るところに現れる、真っ白な毛並みの主はもちろん、神出鬼没の白猫妖精ステラである。いつの間にやらテーブルの下にやってきていた彼女はアウローラの膝によじ登るとテーブルに飛び移り、広げられた神官騎士の上衣の上にごろりと横になった。

「こ、こら、駄目よステラ！　どきなさい！　これは大切なご衣装なのよ！」

　アウローラは真っ青になって慌ててステラをどかそうと試みた。しかし、貴婦人のお叱りも何のその。ステラはアウローラの手をするりと抜けて、ご機嫌に白い上衣と戯《たわむ》れる。あっという間に黒い刺繍糸に白い猫の毛が付いてしまった。

「ああああああああ」

「――こら、ステラ」

悲鳴ともつかないなんとも名状しがたい響きの声を漏らしたアウローラを見かね、フェリクスがステラを抱き上げる。ステラはジタバタと足を動かして、引き離されまいと爪を立てた。

「……なんだ、猫が好む匂いでも付いているのか？」

ステラを引き剥《は》がそうと奮闘しているフェリクスを横目に、ユールも怪訝な顔をする。

「防虫ハーブの匂いが気になるのかしら？」

「それならむしろこっちの箱に入りそうですが」

ユールが布を取り出した櫃を指差す。なにしろ猫は箱が好きだ。そこから気になる匂いがするというのなら、まず間違いなくそちらに向かうだろう。

「こら、ひっかくんじゃない」

「ぬあー」

「その白猫は、クラヴィス家の猫ですか？　扉は閉まっているのに、一体どこから来たのでしょう」

騒ぎを聞きつけたルミノックスがひょっこりとやってきて、フェリクスの腕の中でジタバタと暴れるステラを覗き込む。

「兄さま、この子はびっくりするほど猫ですけれど、本当は猫ではありませんのよ。ですから、扉が閉まっていようとも神出鬼没なのです。――この子はクラヴィス家の守護妖精のステラですわ」

上衣から毛を払い落としながらアウローラが答える。「妖精？」と不思議そうな顔をしたルミノックスが鼻先にそっと指を差し出せば、ステラはそれをふんふんと嗅ぎ始めた。どこから見ても猫である。

「猫にしか見えないけど……本当に？」

「本当ですったら。ステラはアルゲンタムでも屈指の力ある妖精で、街の人たちには『妖精たちの領主』なんて呼ばれているんですよ」

「それはすごい、精霊になりかけじゃないか——見えないけど」

ステラは不満そうに鼻の上にシワを寄せ、ルミノックスの指先をかぷりと甘噛みした。それはまさに猫の動作で、妖精と聞いて人が思い浮かべるような神秘の気配は全くない。

「いたた……。でもそうか、この子が妖精だというのなら、その刺繍そのものが気に入っている可能性もあるかもしれないね」

「……ああ、なるほど」

ルミノックスの言葉にフェリクスが呟く。

「フェル様、心当たりが？」

「妖精が嫌う模様というものがある」

アウローラの問いに頷いて、フェリクスは櫃の模様を指差した。

「アルゲンタムは妖精が多くいたずらに遭いやすいので、子どもや若い女性の衣類や大切なものをしまう場所などに妖精よけのまじないを施す伝統があるのだ。今思い出したが、この櫃の茨模様などはその筆頭だな」

「そういえば、宝石箱などにはしっかり鍵を掛けて妖精よけのまじないをするとお義母様にお伺いしたことがあります」

嫁ぐ少し前、クラヴィス家で聞いた話を思い出し、アウローラは頷いた。

「母の衣装室の扉にも妖精よけの模様が入っていると聞いたことがある」

「わたくしの衣装室の扉の模様も、もしかしたら妖精よけかしら？」

「かもしれん」

妖精の街とよばれるアルゲンタムは、ウェルバムで最も妖精の目撃情報の多い土地だ。アウローラが初めてクラヴィス家を訪れた時などは妖精が大量発生していて、街に到着するなり白い蝶《ちょう》の姿をした妖精たちの大群を見かけたものだった。

そんな、アルゲンタム第二の住人とも言うべき妖精たちは、美しいものや愛情深いもの、甘いものと悪戯《いたずら》が大好きで、美しいものを無造作に放っておこうものならば、どこかに持ち去られてしまうことがあるのだという。街の人々はそれを避けるため、大切なものは妖精よけの呪《まじな》いの施された箱にしまうし、幼い子どもには妖精よけの模様を刺繍した服を着せ、妖精の気をそらすために窓辺にミルクと砂糖菓子を置いたりするのである。

「それは魔術とは違うのか？」

ユールの問いにフェリクスは頷く。

「違う。魔術陣のような学術的根拠があるものではなく、妖精が苦手とすると言われる図像を苦手とされる素材で作る、一種の魔法的なものだ。だが、確かに効果がある。——妖精が嫌う模様があるのだから、好む模様もあるだろう」

「そうなの、ステラ？」

「にゃーん」

アウローラの問いに答えるように、ステラはにゃごにゃごと鳴く。

「すごいね、ちゃんと返事をしているみたいだ」

「……実際、本人的には返事をしているつもりなのだろう」

「うにゃーん！」

フェリクスの腕の中で、ステラが高く鳴いた。すると、その鳴き声に引き寄せられるように、部屋の隅や窓の外、花の活《い》けられた花瓶《かびん》などからほろほろと輝く無数の光の粒が溢れ出て、ステラめがけて集まってきた。

「な、なんだあ⁉」

「これは……」

困惑するフェリクスの腕が緩んだ隙に、ステラはぴょんと腕を飛び出した。床に着地をする前に宙でくるりと回転し、まばゆい光に包まれる。

そうして光が静かに収まれば、そこにいたのは白い猫ではなく、白い髪に青い瞳をした可愛らしい顔立ちの少女だった。

年の頃は五つか六つか。貴族の幼い娘が着るような、手の込んだ白いドレスを身に着けた大変愛らしい見た目だが、その頭部には白い三角の耳が鎮座していて、お尻のところには白いしっぽがゆらゆらと揺れている。

守護妖精ステラの、人の姿だ。

硬直するユールとルミノックスの前で、少女はふふんと鼻を鳴らし、アウローラとフェリクスへと向き直って自慢げに胸をそらした。

「じゃーん！」

「す、ステラ……？　霊廟でないと人の姿にはなれないのではなかったの……？」

驚くアウローラの前でステラはにんまり、悪戯が成功した子どもそのものの表情で微笑む。

「あのね、ステラ、いっぱいれんしゅうして、なんと、おそとでもひとになれるようになりました！おようふくもね、およめさんのまねしてみたの！」

「まあ、婚礼の時のかしら」

「そう！　まっしろくてきれいだったから！　まねした！」

自信満々のしたり顔で実に偉そうに、ステラは腕を組んで胸をそびやかす。そんなステラを見下ろして、フェリクスは顔をしかめた。

「……人の姿になれるようになったのなら、何故いつまでも猫の姿をしている？」

「ねこならみんななでなでしてくれるもん。それに、いっぱいはひとになれないの」

「いっぱい……？」

「ひとでいるのはつかれるの」

どうやら長時間人でいることは無理だと言いたいらしい。

ふう、と人間臭くため息を吐くと、ステラはテーブルへ身を乗り出し、人の姿のまま上衣の刺繍に手を伸ばした。その瞳はどことなく寂しげな、ほのかな陰りをまとっている。

「すっごくひさしぶりに、フランとルーのにおいがしたからみにきたの」

「……フランとルー？」

アウローラが呟くと、ステラはぱっとアウローラを振り返った。

「あのね、フランはフランツで、ルーはさいしょのおよめさん！」

「それって、初代ご夫婦のことよね……？」

「さいしょのおよめさんは、フランツのおよめさん！」

それならば、彼女の言う『フランツ』は、初代クラヴィス侯爵に間違いない。

アウローラはフェリクスと顔を見合わせた。初代侯爵夫妻を知る生き証人がここにいたのだ。

その重要性に気がついたのは、夫婦ばかりではない。氷のように固まっていた衝撃から脱したルミノックスはおもむろに、童女の姿のステラの前で騎士のように片膝をついた。

「ステラさんは初代様をご存じなの？」

「……だれ？」

首を傾げるステラにルミノックスは花の顔《かんばせ》をほころばせ、貴公子が貴婦人にするように、ステラの手を取った。

「はじめまして、小さなレディ。僕はルミノックス・イル・レ＝ポルタ。アウローラの兄です」

「およめさんのおにいさんなのね。たしかににおいがにているの」

貴公子の礼を受けたのは初めてなのだろう。ステラはきょとんと目を瞬かせたが、差し出された手先をふんふんと嗅ぐとひとり頷いた。どうやら受け入れても大丈夫だと判断したらしい。

「あのね、ステラはステラよ」

「そうなんだね」

「ステラはね、ルーのねこさんのたましいをわけてもらったの。だからね、ルーのねこさんがみていたこともしっているのよ。それで、フランのこともちゃあんとおぼえているの！」

「すごいね」

幼いステラとルミノックスのやり取りに、場の空気はのんびりと和む。

一旦櫃を片付けて、お茶でも用意させようかしら。アウローラがそんなことを考えた時だった。

「この服を着ているフランツ様を見たことがある？」

「あるよ！　これはフランが『まがんのまじないし』とたたかったときのふく」

（まがんの呪《まじな》い師？）

その言葉に、場の空気がさっと強張った。いつの間にか椅子に腰を下ろしていた騎士ふたりが、不意に緊張を見せたのだ。フェリクスが指を鳴らし、防音の結界を展開する。

「初代様のいらっしゃった時代には、『まがんの呪い師』という人がいたの？」

「あのね、ようせいってほんとうは、にんげんがあやつれるものじゃないのよ」

「……妖精は自然から発生するものだから？」

ルミノックスの問いかけに、ステラはうんと頷く。

妖精は、人間の持つ魔力とは全く質の異なる存在であるがゆえに、魔術によって妖精に働きかけることは難しいというのがセオリーである。

火山で火の妖精が生まれ、湖で水の妖精が生まれるように。妖精はその場所に貯まった魔力などから生じる一種の自然現象だ。普通の自然現象と違うのは、長く生きた動物が妖精に転じたり、人が作ったものが長く大切にされることで妖精に転じたりすることもあるというぐらいである。

人間がどれほど力をつけても、そう簡単に自然に敵《かな》うものではない。

「じゃあ、『まがんの呪い師』ってなんだい？」

（そう、それ！）

その質問はもっともで、アウローラも身を乗り出す。

「ようせいはね、にんげんにはあやつれないはずなの。でもね、『まがんのまじないし』はようせいをあやつることができたの。あかいめがぴかーってするのよ」

「ひょっとして、『魔眼の呪い師』か……？」

フェリクスがぽつりと呟いた。

「クラヴィス殿はご存じで？」

「手配書の四人の内にひとり、赤い目の魔眼で人心を操る力を持つものがいるのだ。言葉も巧みな男で、魔眼と話術とを組み合わせた洗脳術は非常に強力なものだった。古に同じような力を持って妖精を操った者たちがいた可能性はありえるだろうと思う」

（……ものすごく気持ちの悪い術だったわ）

思い出したアウローラの身が小さく震える。ルミノックスが顔をしかめた。

「――それに、初代の手記には『外法《げほう》の呪い師』を退治したという話が残されている。魔術を悪用して悪さをしていた賊のことだと言われていたが、妖精を使役していた者たちのことだとすると、賊ではなく初代と対立する術士集団だった可能性がある」

「そのひとたちはほしみのおかがほしくて、ようせいをつかっておそってきたのよ」

ステラの言葉に、フェリクスの表情が険しさを帯びた。

クラヴィス家の敷地である『星見の丘』は、この街で最も妖精が多く目撃される場所――街で一番魔力が豊かな土地である。魔術師であっても好ましい場所だが、大地の力を利用できるという魔法使いであるならば、喉から手が出るほど欲しい土地であろうことは想像に難《かた》くない。

おそらくはその『魔眼の呪い師』――『外法の呪い師』たちは、地の持つ魔力を求めて攻めて来た者たちだったのだろう。

「フランツ侯がこの地に封《ほう》じられたのは、妖精と戦う力を持っていたからだったのか……」

「フランはあやつられたようせいとたたかえたけど、それはルーのおかげなの。ルーはすごいまじょだったたから。ルーはね、おうさまに『ほしみのおかをまもってほしい』っていわれて、ここにきた」

「確かにその言葉はクラヴィス家に今でも受け継がれているが」

フェリクスはステラに頷いてみせる。

「星見の丘を破壊してはならない、穢《けが》してはならない、奪われてはならない、と。……星見の丘とはアルゲンタムを指す言葉で、この地が王都にほど近い国内流通の要所であるから、国の大動脈を守る意味で言い伝えられていたのだと思っていたが……」

「ステラそんなにむずかしいことはわかんない」

きょろりと瞳を巡らせて、ステラはこてんと首を傾けた。白い三角の耳がぴこぴこと動き、しっぽの先がゆらゆらと揺れている。それから不意に思い出したように、テーブルの上に広がる上衣をぎゅっと掴《つか》んで抱きしめた。懐かしそうに目を細め、すりすりと頬を擦《す》り寄せる。

「このおようふくはね、ルーがつくったの。このもようもね、ルーがかいたの。まじないしのちからをはねかえすためのもようなんだって」

（そ、それって!!）

アウローラの耳がぴくりと動いた。今の話は、とても重要な話だったのではないだろうか？

「そ、そんな模様があるの⁉」

「うにゃん⁉」

アウローラは思わず一歩踏み込んだ。ドレスの裾がぶわりと広がり、ステラがびくりと身を震わせる。そのしっぽはいつもの二倍の太さに膨れ上がっていた。

「ステラ、この模様は、『魔法』を跳ね返す力があるというの？」

「まほう？　はわからない。まじないいしのちからをはねかえすって、ルーはいってた」

前のめりになるアウローラに頬――おそらく本来ひげのあるところ――をひきつらせながら、ステラはこくんと頷いた。

「これは、おかのうえのいしがならんでるところにヒントをえたの、ってルーはいってたよ。あそこは、まもりのまんなかだから。まもりのちからあるものにあやかったんだって」

「……石の並んでいるところ？」

「うん、れいびょうのしたにあるやつ」

あそこ、とステラが窓の向こうに指をさす。

涼やかな風に揺れるカーテンの向こう、秋の色に染まる美しい丘の頂上には、見覚えのある霊廟がその姿を輝かせていた。

†4　アルゲンタムの魔法

「ふうん、ここに『核』があるって？　一見、金のある貴族の地方の館にありがちな霊廟《れいびょう》だけど」

丘の際に生えた木の陰に身を潜めながら、カエルラは肩透かしを食らったような顔をしてぼそりと呟《つぶや》いた。呟く彼女の視界には、白い石で作られた円形の屋根を持つ優美なお堂——クラヴィス家の霊廟が映っている。

「師の割り出された『標《しるべ》』の中心点がこの霊廟です。このどこかに結界の『核』となるものが封じられているのでしょう」

「れいびょうってなに？」

しゃがみ込んで頬杖《ほおづえ》をつき、面白くもなさそうに霊廟を眺めるカエルラの隣で、ウィリデも同じポーズでそれを眺めていた。体つきの幼い彼女はうまく頬杖をつけないようで、身体《からだ》をおかしな角度に傾けながら片手で手慰みに草をぶちぶちとちぎっている。街に溶け込むための変装と相まって、どこにでもいる幼子のようだ。

「霊廟ってのは、お墓のこと」

「おはか」

「死んだ人が入るトコだよ」

「しってる。ママとパパもはいった」

ウィリデはまだ、親を亡くして一年ほどである。葬儀の記憶も色濃いのだろう。

「それにしても墓の地下かー。また侵入しづらいところに封じたもんだね」

「ウィリのねっこでこわしてみる？」

「……カエルラ、ウィリデ」

藪《やぶ》の陰でふたり、益体《やくたい》もない話をしていると、もうひとつ後ろの茂みに隠れるルーベルから、低く押し殺した叱責が届いた。

「あにじゃごめんなさい」

ウィリデはちぎっていた下草からぱっと手を離すとすぐに謝ったが、カエルラは不満げに鼻を鳴らすと「でもさ」と口を開いた。

「なんていうか、外から見る限りはフツーの貴族の墓って感じじゃない？　アルカ・ネムスの神殿はさ、外からでもものすごく魔力を感じて『ココにはすごいものがあるぞ！』って感じがしたけど」

「恐らく優美でもっともらしい外観は偽装でしょう。——かつては妖精すらも従えた我ら一族には、この丘に封じられているものこそ、この地で最も重要なものであると言い伝えられて来ました。この地を支配する力があるのだと」

「そんな大それた力は感じないけどなあ」

「それに、師のお言葉に間違いがあるわけがないでしょう。我ら一族に伝わる資料を師がご覧になって、この認識は正しいと仰《おっしゃ》ったのですから、この霊廟がこの地を手にするための重要な鍵となっていることは間違いないのです」

師に盲目な兄貴分に目を眇《すが》め、カエルラは頬を膨らませて唇を尖《とが》らせ、反論を試みた。

「でもさ、この霊廟？　はそんな古いものに見えないんだけど」

「重要なのはここにあるはずの『核』で、この霊廟そのものには価値はありません。初代領主は、この土地を守るよう国王に任じられ、死後に己をここに葬るように命じたと伝えられています。ということは領主が死んだ時点ではまだ、この地は強い力を秘めていたはずです」

「理屈は分かるけどー。――この霊廟、兄様の『眼』にはどう見えるの？」

拗《す》ねた表情のまま、カエルラはルーベルを睨《にら》んだ。ルーベルの持つ『魔眼』は魅了と洗脳の力を持つものだが、その際に相手の持つ魔力の質や量などを見ることもできるのである。その対象は生物に限らず、無機物の持つ魔力を見ることも可能なのだった。

彼はやれやれと肩をすくめたが、大地に座り直すと深く息を吸い、霊廟に目を向けた。

深呼吸を、一度、二度。

ルーベルのまとう気配が研ぎ澄まされるに従って、血色の瞳がルビーのように輝き、光を増してゆく。カエルラとウィリデも黙り込み、一同の間を秋の風による木の葉擦《はず》れの音だけが通り抜けた。

「――地面の下に、ほんのわずかに青……いえ、青銀の光が見えます」

ひと時の静寂の後、ルーベルが厳《おごそ》かに呟いた。ウィリデがぷはっと息を吐き出す。どうやら静かにしようと頑張るあまり、口を両手で押さえて息を止めていたらしい。

「――ああ！　この地は、まだ生きている！」

ルーベルは感極まり、涙さえ浮かべている。カエルラは小さく叫んだ。

「ってことは、ここにやっぱり『核』があるってこと⁉」

「だからそう言っています。師の言葉に誤りがあるわけがないでしょう」

「やっぱりねっこでわってみる？」

兄弟子と姉弟子の興奮を肌で感じたのだろう、ウィリデもうずうずと足踏みし、ローブのポケットに手を突っ込んだ。どんぐりを取り出そうとしたその手を、ルーベルが慌《あわ》てて止める。

「ウィリデ、わたしたちはこの霊廟を破壊したいわけではありませんよ」

「しってる。おしさまのために、けっかいをうごかすの」

「よくできました。来たるべき時まで『核』を守るためにこの霊廟は必要なものです。今はまだ、壊してはいけません」

「わかった。こわしてもよくなったら、こわす」

なるほど、とウィリデの瞳に理解の灯が点《とも》る。そんなふたりのやり取りを横目に霊廟の入り口を眺めていたカエルラは、ぼそりと不安げな声を漏らした。

「……でも、どうやって侵入する？　ここの狭域結界、そこそこ強いっぽくない？　お師様でないと歯が立たない気がするのに、お師様本当に王都に行っちゃったし！」

カエルラが頬を膨らませれば、ルーベルは呆《あき》れを隠さずに息を吐いた。

「師は王都で崇高なる使命のために、更なる調査を進めておられるのですよ。お邪魔をするようなことがあってはなりません」

「そりゃあ、王都が手に入れば素晴らしいことだけど。あそここそはお師様に相応《ふさわ》しい土地だと思うけど。なんなら玉座をお師様に捧《ささ》げることもやぶさかじゃないけど！　――でも、神殿に潜り込むのはさすがに無謀ってものじゃない？　お師様になにかあったらどうしよう……」

「馬鹿なことを言うものではありません。師に不可能などあるものですか。――それに、師はその人徳で、すでに幾人かの神官や巫女《みこ》を引き入れているそうです。あのお方の行く先を阻むものなどありませんよ」

「神官を!?　さっすがお師様！　一番洗脳なんか効きにくい類《たぐい》の人種なのに！」

草むらで飛び上がり、カエルラは興奮に頬を上気させた。

精神的に落ち着いている人間には、魔眼や洗脳の力は効きづらいものだ。その極みである神殿勤めの人間を引き込んだというのなら、それは恐らく彼自身の魅力によるものに違いなかった。

「――そういえばウィリデはお師様についていかなくてよかったの？」

「ウィリは、あにじゃとあねじゃが、しんぱい。それに、ウィリのねっこは、やくにたつの。れいびょうもこわせる」

「……大丈夫です、師には狭域結界を解くための道具を借りてあります」

ルーベルの視線は己の手に握られた、小さな陣の刻まれた白い石に注がれている。それはもちろん、カーヌスが彼らに授けた術だ。

「あれかー。遺跡の最深部とか、公爵家の庭にも入れちゃったやつ」

「ええ、大変素晴らしい。さすがは師です」

空間を制御する術であれば、師の右に出る者はいない。ルーベルがそう胸を張った。

その時、ぴくりとウィリデの耳が動いた。旧き森の民《エルフ》の血を引くウィリデは、ふたりよりも聴覚が優れている。そのまま野生動物のように耳をぴくぴくと動かし音源を探ったウィリデは、確信を持って兄弟子に告げた。

「ひと、くる」

ウィリデの言葉に、ふたりはすっと背を伸ばした。急ぎ丘の両脇に広がる林の中へ逃げ込んだカエルラがカーヌスより預かった結界を張ることのできる石を四方に置くと、ルーベルがウィリデを抱えてその中へと身を隠す。

そうしてしばらく息を潜めていれば、きらびやかな集団が丘を下から登ってきた。

「……あの騎士と奥方サマじゃん。げっ、デンカまでいる！」

カエルラが顔をしかめる。懐から取り出した遠眼鏡で一行を覗《のぞ》けば、そこにいたのは因縁の騎士とその妻、そして騎士の主と同僚と思《おぼ》しき騎士たちの姿があったのだ。

「ここはあの騎士の領地ですからね。しかし霊廟でピクニックとは。まったく、のんきな人たちだ」

「あの奥方サマの刺繍《ししゅう》、厄介だよねぇ」

「ええ、どうもおかしい。あの手の術は力の儚《はかな》いものだというのが定説だというのに」

「あ、ねこ」

遠眼鏡がなくてもよく見えるウィリデが呟く。

神々しいほどに美しい白い毛皮の猫がしゃなりしゃなりと一同の横を歩いていたのだ。どうやらご機嫌であるらしく、しっぽがピンと立っている。

「あの猫……、孤児院でわたしを引っ掻《か》いた猫ですよ……」

無意識か、ルーベルの指が己の頬を撫《な》でた。白く整った指先が辿《たど》るのは、彼の美麗な顔立ちにくっきりと刻まれた赤い爪痕である。

「うわ、兄様、すっごい顔」

彼の美しい顔立ちは憎々しげに歪《ゆが》み、まるで悪鬼のごとくである。カエルラは顔をひきつらせたが、ウィリデは恐れることもなく、彼の上着の裾をぐっと引っ張った。

「あにじゃ、あのねこ、たぶんねこじゃない」

「猫じゃない？」

「あにじゃ、あかいおめめでみてみて」

「仕方がありませんね……」

ルーベルは魔眼を発動し、遠眼鏡越しに猫を見やる。そしてハッと息を呑《の》んだ。

魔眼で見れば、猫の全身は青銀色に輝いて見えたのである。それは体内に魔力溜まりを持つ獣――いわゆる魔獣のそれではなく（魔獣は体内に魔力を生成する器官があり、そこを中心にして光って見えるのである）、身体そのものが魔力で構成されていることを示していた。

全身が魔力で構成されている生物など、妖精か精霊くらいのものだ。

「……驚きました、あの猫はどうも、妖精か精霊のようだ。しかも、あの霊廟の奥に眠る光と同じ色の魔力でできているようです。――道理であの時、あれほどの妖精が集まったわけだ」

「ようせい」

ウィリデの口がぱかりと開く。

「妖精ならばあれはわたしの獲物――『魔眼』の領分。ウィリデ、お前の気づきを讃《たた》えましょう」

ルーベルがうっそりと笑った。

「たたえる？」

「よくできました、ということです」

言い直せば、ウィリデの表情がぱっと輝いた。

にこにこと笑い始めたウィリデの柔らかな髪を撫でながら、ルーベルは鋭い瞳を一同に向ける。

「あの妖精は、この霊廟の『核』と思しきものと同じ色の光をまとっている。――それはつまり、結界を起動する鍵はあの妖精である可能性が高いということです」

※
「こ、こんにちは！　おくさまっ！　お世話になりますっ!!」

「……あら、まあ！」

時は数時間ほど遡《さかのぼ》る。

ステラによって新たな道が示されたその翌日、実際にその模様を見てみようと霊廟に詣でる準備をしていたアウローラは、屋敷の玄関ホールに降りたところで思いがけない人物に遭遇した。

くるくると巻いた柔らかそうな黒髪と、藍玉のような淡い瞳。少々発育が悪く年の割には小柄だが、頬は杏《あんず》の実のようにほんのり赤く色づいている。おそらくは一張羅《いっちょうら》なのだろう、生成りのシャツに焦げ茶色の上着と暗いグレーのトラウザーズを穿《は》いていて、ホコリと木炭で汚れていた時には気がつかなかったが、こうして小綺麗《こぎれい》にしていると存外整った顔立ちをしているようだ。

孤児院でひとり、『動く絵』を描いていた少年、レオである。

「ローラ」

どうしてここに？　そう続けようとしたアウローラの言葉を遮るように、玄関扉の向こうからフェリクスが姿を現す。声のもとを振り返れば、王太子を始めとした騎士一行が丁度、外から戻ってきたところらしかった。

「お帰りなさいませ。ひょっとして今日も、孤児院へ？」

「その通り！」

この時間に戻ってきているということは、朝一番で出かけたのだろう。言い出したら光のように飛び出していく王太子に付き合ったのだろう夫をアウローラが労《いたわ》りの気持ちを込めて見上げると、フェリクスは口の端を小さく歪める笑みを浮かべた。

「フットワークが軽いのが俺の持ち味だからね！」

王太子はご機嫌な笑みを浮かべる。ツイードの上下に魔術師のローブという出《い》で立ちなので、どうやらお忍びの体《てい》で出かけてきたらしい。

「今日はどのようなご用で孤児院に？」

「それはもちろん、レオの保護だよ！」

ぱちんと片目をつぶって見せた殿下に、アウローラはぱっちりとまばたきをした。

「だって、『原始の魔女』かもしれない男の子だなんて、逃すわけにはいかないじゃないか？　それに、フェリクスも見ただろう？　会ってみたらこれがまたものすごく面白、興味深い力でさあ！　彼、孤児院で浮いちゃってたし、この能力者を逃すのは惜しいと思って、クラヴィス家に食客《しょっかく》としての保護を依頼しちゃった」

「……食客、ですか？」

「そう！　よろしく頼むよ！」

言葉の意味が飲み込めると、アウローラは目眩《めまい》を覚えた。

一昔前、庶民の行く末が貴族の差配ひとつで決まってしまったような時代ならいざしらず、いくら保護者のない孤児とはいえ、王族が無理やり引き取ってくるなどというのはいかがなものか。

「……殿下」

「いやー、逸材だったからつい？」

「………つい、で済めば騎士団は不要に思いますけれど」

「ク、クラヴィス侯爵夫妻は快く引き受けてくださったよ！　本当は魔導院で引き取りたいところなんだけど、あそこは公の機関だから手続きが結構面倒なんだよね」

確かに、領主の家の食客ならば領主の一存で決められる。フェリクスは頭痛を堪《こら》えるようにこめかみを指先で揉《も》んでいるが、王太子の暴走を止めることはできなかったのだろう。

「レオは、我が家の『食客』になって構わないの？」

アウローラは孤児院でしたように、所在なく立ちすくんでいたレオの前にかがみ込んだ。

「……ええと、しょっかく、はお家のお手伝いをするお客さまのことだと聞きました。おれがお客さまで、本当にいいのでしょうか？」

雑用でも何でもしますけど、と続けたレオの瞳は不安に揺れている。この王太子のことだ、おそらくほとんど何も説明せずに連れてきたに違いなかった。

「こじいんには、まちのおやしきで下働きをしている姉さん兄さんもいました。おれも、お客さまじゃなくて、下働きのほうがいいんじゃないでしょうか」

「孤児院を出ることには問題ないの？」

「はい。――おれは、みんなとなかよくできなかったし、あと二年もしたら、仕事をさがしてあそこを出ようと思っていました。それがちょっと早まっただけですし、おれがいなくなれば、ほかの子がこじいんに入れますから」

そう続けたレオの手を、アウローラは思わずギュッと握った。

「そうなの……」

「お、おくさま手が汚れます！」

「画家の手は汚れているものよ」

「――レオ」

アウローラに手を取られ、慌てふためくレオにフェリクスが声を掛ける。その平坦な声色にレオはひゅっと喉を鳴らしたが、フェリクスの美貌を目に入れるとびくりと背筋を伸ばした。

「あっ、せいれいさま」

「……何度も言うが、私は人間だ」

「でも……」

とてもそうは見えない、と目を丸くするレオにアウローラは苦笑する。

「本当よ。旧き森の民のようにお美しいけれど、この方は普通の人間で、わたくしの旦那様。クラヴィスの未来の領主様よ」

微笑《ほほえ》んで見上げる妻の誇らしげな眼差《まなざ》しに、フェリクスは面映そうに視線をそらし、わざとらしく咳払《せきばら》いをひとつ落とした。銀の髪がさらりと揺れ、眼差しが伏せられた横顔は、まるで冬の三日月のよう。たいそう麗しく整っている。

「ふつうの……人間……？」

しかし、アウローラの言葉を聞いたレオの薄青の目は『信じられない』と言いたげに、ますます大きく見開かれる。フェリクスは居心地が悪そうにして、再びひとつ咳をした。

「――ところで、ローラは外出するところだったか？」

「ああ、そうでした」

フェリクスに問われ、アウローラはぽんと手を叩《たた》いた。突然の再会にすっかり失念していたが、アウローラは霊廟に向かうために部屋を出てきたのだ。慌てて周囲をくるりと見回せば、クレアとエリアスを筆頭とした外出の準備を整えた使用人たちは、玄関ホールの扉のすぐ脇で家具のように気配を消して控えている。

「ふうん、どこへ？」

「初代様のご衣装の刺繍が今回の目的に合いそうでしたので、その刺繍を元にした図案を考えようと思いまして。そうしたら、その刺繍は初代様の霊廟の下にある『石』をイメージしたものなのだとステラが教えてくれたのです。少しばかり煮詰まってしまったものだから、気分転換のピクニックも兼ねて見てこようと思っていたのですけれど……」

「ローラ」

「あっ」

王太子の問い掛けに何気なく目的を口にしたアウローラを、フェリクスの硬い声が咎《とが》める。

しかし、時すでに遅し。王太子はそれはそれは素晴らしい笑顔を浮かべた。

「それって、城の裏の丘の上にある初代夫妻の霊廟のことだよね？　遺跡とは違うからと見逃していたけれど、地下があったなんて知らなかったなあ。実に興味深いねえ」

「……ローラ」

「………ごめんなさい」

こう言い出すともう止められない。察した使用人たちが追加の準備に動き出し、アウローラは護衛一同とともにがっくりと肩を落とした。思わずストンと玄関に置かれた長椅子に座り込めば、いつの間にやらやってきたステラが、膝《ひざ》の上に飛び乗った。

「にゃうん」

「……ステラも行きたいの？」

「なぁん！」

まるで『正解だ』というかのように、ステラはアウローラの手のひらに頭を擦《こす》り付ける。やれやれと腕に抱えあげると、ステラはご満悦にふふんと鼻を鳴らした。

「あ、この前の白ねこさん！」

自由気ままに振る舞うステラに、レオが駆け寄る。にゃごにゃごと何事か呟くように鳴いたステラはアウローラの膝の上からぴょんと飛び出し、勢いに驚いて尻もちをついたレオの画帳の上に軽やかに着地してみせた。

「レオ、ステラのことを知っているの？」

「ええと、この子はステラというのですか？　この前、たすけてもらったのです」

「助け……？」

ありがとうとステラを覗き込むレオに、アウローラは首を傾《かし》げるも、レオはすっかりステラの極上の毛並みに夢中で、アウローラの呟きを聞いてはいなかった。ステラもまんざらではないのか、優しく撫でる少年の手のひらに身を任せてごろんと行儀悪く床に転がると、さあ撫でろ！　と言わんばかりにひとつ鳴く。

「もう、ステラったら。一緒に行きたいのじゃなかったの？」

アウローラがぼやくと、ステラははっと目を見開いて硬直する。そして、きょとんとするレオの腕をたしたしと叩き、『抱えろ』と言わんばかりにまた鳴いた。

「レオも連れていきたいのかしら」

頬に手を当て、アウローラは吐息をこぼす。そんな妻の腰を抱き、ウキウキと準備を始めてしまった王太子を横目に、フェリクスもため息をひとつ落とした。

「――こうなればひとりもふたりもそう変わるまい。レオとステラも連れていこう」

※

「なんて素敵な眺め……！」

屋敷の裏を出て、アウローラの足で十五分ほど。霊廟の建つ丘の上から見るアルゲンタム城と、その背後に広がる景色の素晴らしさに、アウローラは歓声を上げた。

霊廟と屋敷の間には広大な芝と明るい林が広がっていて、点在する小さな遺跡以外には遮るものもない。丘の麓《ふもと》にあるアルゲンタム城は優美可憐《かれん》、両翼が鳥の翼のような形をした白亜の瀟洒《しょうしゃ》な建築で、城の向こうに見えるぎっしりと建物の詰まった街並みは蜂蜜色の石と青い屋根、Ｙの字の形にゆったりと流れる川に抱かれて輝いている。

空は高く澄んだ秋晴れ、街路樹や川岸の木々も林と同じく色づいて、絵画のような美しさだ。

「この場所からの眺めは、この領地で最も美しい眺めのひとつと言われている」

「そうでしょうね……！」

アウローラは今一度、アルゲンタムの街並みを見下ろした。統一された色彩の建築物と、大都市でありながら豊かな森や林の見えるその光景は、それがひとつの宝といえる見事なものだ。

（この美しさを布の上に留めるなら、薄青の地に蜂蜜色とゴールドベージュ、淡い黄色のガラスビーズと黄水晶かしら。空に浮かぶ雲は白いレースにして、所々に空を飛ぶ小鳥を刺すの。裾は翡翠《ひすい》色のチュールで川を表して――）

アウローラが景色に見入っていると、不意に、太陽に雲がかかって街に影が落ちた。その隙間《すきま》から天使のはしごと呼ばれる光の帯が降ってくる。黄金のひかりは街に降り注ぎ、蜂蜜色の街並みは宝石箱のようにきらめいた。

（ああ、本当に、なんてきれいなんだろう。――これが、初代様の時代から人々が長年守ってきた、そしてこれからわたしとフェル様が守っていく街並みなのだわ）

刺繍に思いを馳《は》せるなか、不意にそんな思いが込み上げ、アウローラは胸元をぎゅっと押さえた。

遠くここからは見えないけれど、全ての屋根の下には人の営みがある。そしてその営みがあるからこそ、この街並みは美しいのだ。

（護《まも》らなくてはならないのだわ。――ああ、領主の妻になるということは、そういうことなのね）

フェリクスの妻となり、次期侯爵夫人という立場になった今、侯爵家の夫人として夫を様々な手段で支え、社交界を乗り切って家をもり立てていくことが最大の務めだと思っていた。

けれど『夫を支える』のが最終目的なのではないのだと、アウローラは今ようやく、実感として理解した。家をもり立てていく必要があるのは守るべき土地があるからで、そこで暮らす人々を守るために、領主は情報や縁故を武器に社交界で戦うのだ。

「ローラ」

麗しの街、アルゲンタム。その美観を見下ろして考え込んでしまったアウローラの隣にフェリクスが立つ。アウローラは夫を見上げ、柔らかな笑みを見せた。

「――ほら、フェル様ご覧になって。なんて美しい街並みでしょう。秋の景色は初めて見ましたけれど、宝石のような美しさですわね。妖精に好かれるのも分かります」

「ローラはまだ秋と春先の景色しか知らないだろうが、夏の濃い緑も真冬の白銀もそれぞれ美しいと言われている。……だが」

フェリクスが不意に言葉を切り、街の眺めからアウローラへと視線を移した。その瞳は甘く熱く、アウローラはどきりとしてまつげを震わせた。

「フェル様？」

「……この美しい景色は、ローラがいることで完成されるのだと、今気づいた」

「な……」

フェリクスの身体が不意に一歩近づき、妻の耳元に口元を寄せる。結い上げた耳元の、小さく揺れる真珠の横で囁《ささや》かれ、アウローラは耳朶《じだ》を真っ赤に染めた。

「客観的に見て、美しい眺めなのだということは分かっていた。他所《よそ》から来る者はみなこの街の景色を絶賛するからな」

ぱくぱくと酸欠気味の魚のように口を開閉する妻を愛《いと》しげに見下ろし、フェリクスはその耳に口づけると続けて囁く。

「しかし、私は幾度となくここからの景色を見てきたのだが、特別美しいと感じたことはなかった。子どもの頃から側にあるものだから、そういうものだと思っていたとも言うが」

「ま、まあ、こんなにきれいな眺めですのに？　ってフェル様、耳元でしゃべらないで！」

「だが今、貴女《あなた》と見下ろすこの景色は、素直に美しいと感じる。何ひとつ欠けることのない、素晴らしい光景だと」

それはきっと、貴女がここにいるからだろう？　フェリクスは呟いて、真っ赤になって震えるアウローラのこめかみに口づけた。

「おおーい、おふたりさーん、中に入っちゃうよー」

うっかりと甘い空気が漂ったが、現在、フェリクスは勤務中である。霊廟の入り口に辿《たど》り着いたらしき王太子の大音声が容赦なく若夫婦を呼ばわった。ルミノックスやレオたちの姿も、彼らの傍らにすでにある。

「い、行きましょうフェル様！　殿下がお呼びですわ！」

「ああ」

フェリクスが苦笑を浮かべるのを振り切って、アウローラは丘の残りの斜面を駆け上がった。

※

（……いつ来ても、不思議な場所だわ）

久しぶりの霊廟の中に、アウローラはそっと息を吐いた。ガゼボ風の円形の霊廟の中は相変わらず、秋だと言うのに春のような日差しが降り注いでいる。

「これはまた、なんとも素晴らしい場所ですね……」

ルミノックスが小さく、感嘆の声を漏らす。

「まるで常春《とこはる》だという、『エルの野』のようだ……」

恍惚《こうこつ》として呟くルミノックスの足元、際立って白い一対の墓標と、使い魔のための小さな石碑の周りは今日も、黄金の光が降り注いでほんのりと暖かく、春に咲くはずの野の花が花の盛りのように咲き乱れている。そこだけを切り取れば、確かに別の世界のようだ。

「これは、どなたかが魔術で？」

「いや、これはステラの力だと言われている」

レオの足元で大人しく、使い魔の墓石を眺めているステラに視線を向けてから、フェリクスは始祖たちの石碑の前にそっと膝をつき、始祖の墓に向かい頭《こうべ》を垂れる。アウローラも慌てて隣にひざまずき、胸元で手を組んだ。

（……フランツ様、ルーツィエ様、お久しぶりです。春にご挨拶させていただきました、アウローラでございます。無事に、お嫁に参りました……）

婚前に挨拶に来た時のことを思い出し、目を閉じて一心に祈る。そんなふたりの合間にステラもひょこりとやってきて、香箱座りで座り込んだ。

するとアウローラとフェリクスに降り注ぐ光が金の粉のようになってきらきらと瞬き、ふたりを歓迎し祝福するかのように輝いた。その姿はまるで神話をモチーフにした絵画のようだ。

「……これは、すごいな」

「……絵に、かきたいです」

ぽつりとこぼされたふたつの言葉が、皆の心境を物語っていた。


しばらく祈っていた若夫婦が立ち上がると、ようやく霊廟の検分が始まった。

瞳を輝かせたルミノックスが、石版に刻まれた文字や壁の文字を読み上げていく。

「素晴らしいですね！　ここに初代様の功績が当時の言葉で刻まれています。神官の家柄に生まれたが長男ではなかったため、騎士となるべく神殿の騎士団に入ったが、霊力——今で言う魔力ですね、霊力の高さを見いだされて占術師として頭角を現し、王に見いだされた、という旨の内容ですね」

「死者の功績を記すのは、古い墓によくある形だな」

壁の石版に刻まれた現代のものとは少しばかり形の違う文字を、ルミノックスはするすると読み解いていく。

「ええ、死者が天上の楽園である『エルの野』に迎え入れられ易いよう、いかに素晴らしい人物であったかを記すのだ、と言いますね。しかし、この辺りのこの……文字の形からして、実際に初代が亡くなられた頃に彫られたものであろうと推測できます。おそらくかなり真実に近い、少なくても当時この地に暮らした人々が信じていたことが書いてあるのでしょうね」

「兄さま、ルーツィエ様に関する記述もございますか？」

うきうきと手元の帳面に文面を書き付けていくルミノックスに、アウローラが問う。ルミノックスは石版を端から端まで舐《な》めるように眺めると、うんと頷《うなず》いた。

「多分、ここだな。ええと……『旧《ふる》き賢女、貴き魔女、人を導きし文様の使い手』――ああ、これは興味深いな……」

「兄さまったら」

完全に読み込むモードに入ってしまった兄の腕を、アウローラが引く。ルミノックスはハッと我に返ると小さく咳払いして、その可憐な顔立ちにはにかむような笑みを乗せた。

「ごめんごめん。つい夢中になってしまった。……ええと、そうだね、簡単に現代語訳すると――彼女はどこか遠くからやってきた婦人で、他の魔女が知らないようなことも知っていた稀《まれ》なる賢女だった。彼女の描く文様は不思議な力を持っていて、その力で彼女は幾度となく人々を救った、と書いてある。……へえ、騎士――初代と出会ってこの地に根付くことを決め、この地に眠ることにした、とも書いてある。存外、政略的婚姻ではなかったのかな？」

（……あの刺繍の模様は、もしかしてその『不思議な力』が込められたものだったのかしら？）

アウローラの脳裏に、櫃《ひつ》から出てきた例の上衣《うわぎ》の刺繍がよぎる。アウローラの力が込もるのは今のところ刺繍だけだが、ルーツィエは様々に文様を使いこなす魔女だったのかもしれない。

（……だとすると、あのまま真似しても同じような力は持てないのかしら）

考え込むアウローラの横で、王太子は石版を見上げて腕を組む。

「俺も古語訳は得意な方だが……今では使われていない単語も多いというのに、よくこれだけの古語をとっさに意訳できるな。さすがルミ。呼んだ甲斐《かい》があった」

「……ルミはやめてくださいい。それは女児向けの愛称ですよ」

王太子の言葉にルミノックスは顔をしかめ、読み上げるのを止める。

「ざっと読みましたが、ここに記載されているのは、使い魔も含めて故人の功績だけですね」

「地下への入り口はどこにもないようだが、それに関する記述はないのか？」

センテンスが首をひねる。彼は魔術史愛好組が楽しく語らっている間、霊廟の中をあちらこちら観察していたらしい。

「壁には特に記載はありませんが……」

「フェリクス？」

王太子が振り返る。アウローラの隣で石版を見上げていたフェリクスは、微《かす》かに顔をしかめると軽く首を横に振った。

「……地下があるという話は伝わっていますが、入り口は伝わっておりません」

なんだって！　そう叫んだ王太子があからさまにがっくりと肩を落とす。

「……どこかに隠し扉でもあるのかしら？」

「古代遺跡だと、松明《たいまつ》を灯《とも》すと床がずれるとか、水を注ぐと扉が開くとか、魔力を込めると強制的に転移させられる、なんてのがセオリーだそうだけれど……」

「そういった話は伝わっていないが」

アウローラとルミノックスは墓石の脇にひょいとしゃがみ込み、切れ目でもないかと床の隙間を探し始める。見様見真似でレオがしゃがみ込んだ隣に、フェリクスもしゃがんで目を凝《こ》らす。するとその横にひょこひょことステラがやってきた。

「あ、ステラ」

「にゃあん」

レオがぱっと顔を上げると、ステラはしゃなりしゃなりと気取った歩き方を見せて、ひょいと使い魔の墓石の上に乗った。そして、高らかに一声。

「なぁあああああああお」

霊廟のドームに反響し、猫の鳴き声でありながらどこか楽器的に響いたその音に、一同は目を丸くする。ステラは二度、三度と鳴き声を上げ、するとそれに呼応して、きらきらと光が集まってきた。

それらはいつか見たように、種々様々な生き物の形を取って、ステラの周りに集《つど》い始める。

雪のごとく、ひらりと舞う白い蝶《ちょう》。

ふわりと軽やかに飛ぶ白い子鹿。

ひょこりと顔を出したのは、小さな翼を持つトカゲ。

角のある馬、翼のある狼《おおかみ》、六つの翼を持つ竜。

種々様々な白い生き物たちは、ステラに向かって頭を垂れると一斉に白い光の粒に変わった。

誰もが驚きに身動きひとつできないまま、目の前の光景をただ見守る。

そして、数多《あまた》の妖精の姿が光の粒に変わった途端、辺り一面が白い光の洪水に襲われた。

「ひゃ⁉」

「っ⁉」

あまりの眩《まぶ》しさに目を開けていられない。

フェリクスに庇《かば》うように抱きしめられながら光に溺れたアウローラが次に目を開くと、目の前は見覚えのある白い空間――とよく似た、不思議な部屋に変わっていた。

「……こ、こは？」

光に痛む目を瞬かせながら、アウローラは辺りを見回す。どうやらそこは霊廟とほぼ同じ大きさの、ドーム状の天井を持つ室内のようだった。白い壁自体が発光しているのか、窓も明かりもないというのに昼間のように明るく、地面には霊廟と同じように、春の野の草花が咲き誇っている。その合間に点々と白い石が置かれていた。

（……ステラの空間、とは違うよう……だけど）

あそこは人化を果たす前のステラが、『他の種族の人と話すための空間』だと言っていた。対話以外を必要としないあの空間は本当に何もなく、真っ白な地面と空がどこまでも続いていたのだが。

（……ここは、草木の匂いもするし、地面にもちゃんと色があるわ）

「ようこそなの！」

周囲をもっとよく見よう、そう考えたアウローラがフェリクスの腕を逃れて隣に立った時、高い、少女の声が響いた。

つんと尖った白い耳とぴんと伸びた白いしっぽ。星の散る青い瞳に、くるくるでふわふわの白い髪。貴族の幼い娘が着るような前掛けの付いたドレス。そんな出で立ちで、ドームの頂点の真下にある、アウローラの腰ほども高さのある大きな石の上に、ちょこんと座っていたのは人化した白猫妖精のステラである。

「ステラ！」

『えっ』

王太子と、腰を抜かしたように座り込んでいたレオが同時に振り返る。

「今なんて？」

「……この娘は、レオとアウローラが連れてきた白い猫が姿を変えたものです」

「はあ……？」

「要するに、星見の丘の妖精たるステラの人化した姿です。本人の申告によれば精霊に『成りかけ』だそうですので」

「え、ええ⁉」

フェリクスの端的な説明に、王太子とレオはぽかんと口を開いた。髪型がよく似ているせいか、なんだか親子のような姿である。

「そ、そんなことが目の前で起こるなんて！」

「よ、ようせい？　………あ、ああ！　そ、それで！」

感動に震える王太子の横で、何かに合点がいった様子で、レオがようやく立ち上がる。それに手を貸してやりながら、アウローラはご機嫌に耳をぴこぴこと動かすステラに顔をしかめて見せた。

「──ステラ、突然連れてこられたらみんなびっくりしてしまうわ。ここはどこなの？」

「アウローラがいきたいっていった、『れいびょうのした』だよ！　ステラもここにくるのはとってもひさしぶり。ここは、さいしょのおよめさんがふうじた『ふるいいしのま』なの」

「……まるで屋外のように明るいけれど」

石の上でぶんぶんと足を振りながら、ステラは満足げに胸を張った。

「ちかなの！」

「地下？」

「れいびょうの、ちかなのよ！」

石からぴょんと飛び降りて、ステラはくるりと回転するとアウローラの前に駆け寄り、ドレスのスカートをぐいぐいと引っ張った。

「あのね！　さいしょのおよめさんのもようのもとは、ここなの！」

「ちょ、ちょっとす、ステラ、スカートを引っ張るのはだめっ」

はやくはやくこっちこっち。そうはしゃぐステラの勢いに、アウローラはつんのめる。ちらりと覗いた足首を隠すように、フェリクスがすっと横に立つ。

「――ステラ。女性の服を引っ張ってはいけない」

「いいからはやくう！　いまステラがいたいしのうえにたって！」

「え、ええっ⁉」

スカートがめくれる以上の難題に、アウローラは悲鳴を上げる。

裏庭へのピクニックとは言え、王太子一行との同道である。アウローラのドレスはそれなりにきっちりとした外出着だ。もちろん腰の後ろはバッスルスタイルで膨らんでおり、石によじ登れるほど足が開く作りにはなっていない。

しかしステラはどうしても、アウローラに石の上からの光景を見せたいらしい。フェリクスに叱られようとも全くめげず、早く早くとスカートを引っ張る。

（ど、どうしよう、見てみたい気持ちはあるけれど、こんなに男性が多いところでこのドレスのまま石の上によじ登るのはちょっと……！）

乗馬用のドレスを着てくれればよかった、そう思うも後の祭りである。

「ローラ」

「わっ」

スカートにしがみつくステラをおろおろと見下ろしていたアウローラは、不意に身体が傾《かし》いで悲鳴を上げた。気がつけばフェリクスの腕に横抱きにされているではないか。

「フェ、フェル様っ⁉」

「舌を噛《か》まないように口を閉じていてくれ」

フェリクスはどさくさに紛《まぎ》れてアウローラの額《ひたい》に軽く口づけを送ると、軽い予備動作でそのままひょいと、石の上へ飛び上がった。一気に視界が高くなり、アウローラは目を白黒させてフェリクスにしがみついた。

「――なるほど。ローラ、絶対に貴女を落とすことはしないから、目を開けてくれ」

馬上よりも更に高い位置に思わず目を閉じていたアウローラの耳元に、フェリクスの優しい声が降る。恐る恐る目を開いたアウローラは、目の前に広がった光景に目を見張った。

「これは……？」

フェリクスに抱き上げられたアウローラの上がっている石を中心に、ドームの中には点々と白い石が並べられている。一見無秩序に置かれているようだったが、どこかで見覚えがある配置である。

（なんだったかしら……。どこかで、似たような配置のものをみたような……）

「……どうやら天体図のようだな」

フェリクスが呟き、アウローラは「それです！」と手を叩いた。自分たちの立つ石から見下ろすと、地面に並べられている石が星座の形に並べられていることに気がついたのだ。

「この石を観測点と考えると、あの白い石が白狼星、あの青い石は水竜星、あの緑の石は聖樹星だろう」

息を呑んだアウローラの口元に頬を寄せながらフェリクスが答える。

「口伝《くでん》にあった『星見の丘の天文台』とは、ここのことだったのか……」

フェリクスの言葉に、感嘆が滲《にじ》んでいる。アウローラは口をつぐみ、上から地面を見下ろした。

（……こうしてみると、あの上衣の刺繍はかなり図案化されているわね。ルーツィエ様はよくぞこれを、あれだけ美しい刺繍にアレンジしたものだわ……！）

記憶に残した上衣の刺繍を思い出し、アウローラは小さく唸《うな》った。この石の並びは明らかに『天体図』だが、ルーツィエが施したという刺繍はただの天体図ではなく、ちゃんと『装飾としての紋様』に見えるように構成しなおされていたことに思い至ったのだ。

（ルーツィエ様は優秀な魔女でいらっしゃったそうだけれど、現代にいらっしゃったらとても優秀なテキスタイルデザイナーだったのではないかしら……？　ひょっとしてもっと倉庫を探せば、他のルーツィエ様の魔女の刺繍が出てくるのでは……？　ああ、時代を隔てているのが惜しい！　このアレンジ技術を伝授してほしかった……ッ！）

「ローラ？」

「あ、あら」

うっかりと刺繍の世界へ魂を馳せ、心ここにあらずとなっていたアウローラを、フェリクスが覗き込む。現実世界へ引き戻されたアウローラは誤魔化《ごまか》すようにほほほと笑うとこほんと喉を鳴らした。

「おおーい、フェリクス、何か分かったかーい？」

「僕もそこに上がってみてもよろしいでしょうかー!?」

石の下で周囲を検分していた王太子とルミノックスがそう呼ばわる。

アウローラを抱えたままフェリクスはひょいと飛び降りて、ふたりに頷いた。

「どうも、この部屋は天体図を模しているようです。――クラヴィス家がこの地に来る以前、星見の丘には『石の天文台』と呼ばれる施設があったと伝わっています。夏至の日に中央の石に光があたって輝く様の美しさ、特定の日に特定の石柱の上を白狼の星が通過する神秘を歌った古い歌が、遺跡に遺《のこ》されていたのです。けれど、現物がどこにあるのかは伝わっていませんでした。恐らくそれが、こなのではないかと思います」

「だ、大発見じゃないか……！」

「――特別書庫の書籍に霊廟が、『妖精の生まれる地』であるとか『妖精の守護陣』などと書いてありましたが、もしかしてそれもここのことでしょうか」

「そうかもしれません」

王太子とルミノックスは、護衛たちの手を借りて石によじ登り、少年のような歓声を上げている。

「なるほど、ここは天の運行を記したカレンダーのようなものなのですね」

「カレンダーにしては随分見事なものだなあ。むしろ神殿のように見えるよ」

「その一面もあったかもしれません。古の時代、天の運行を知ることは一種の祭祀《さいし》でした。天の動きが分かれば、雨の季節を先読みしたり、昼夜の長さの目安を知ったり、定期的に繰り返す類の川の氾《はん》濫《らん》の時期を読んだりすることができますからね。それ故に天の運行は神からの神託であると考えられ、天文の知識を持つ古の神官は『先を知る者』という特権階級となったと言います」

興奮に頬を赤く染めたルミノックスがそう答え、うっとりとした瞳を星図に向ける。

「ポルタにも、春に神官が星を見てその年の豊穣《ほうじょう》を占っていたという記録がありますよ」

「クラヴィスにも、大晦日に星と松明の火からその年の吉凶を占うという祭祀が残っています」

「ほほう？　それってどんな？」

楽しげな男性陣の会話を片耳で聞きながら、アウローラはいつの間にか並んで座り込んでいたレオとステラの横に移動した。ふたりの座り込んでいる位置は少しだけ高くなっていて、中央の石も含めて全体が見下ろせるようになっている。

「ステラが言っていた、ルーツィエ様が刺繍の参考にしたというのがこの遺跡？　なのね」

「うん！」

ステラは嬉《うれ》しげに耳をぴこぴこと揺らす。

「ここは、クラヴィスをまもる『かなめ』のばしょなの。だいちがとても『つよい』のよ。それで、さいしょのおよめさんはこのおそらのずをぬのにすることにきめたの。とてもいい『まもり』のずあんになっているからって」

「ルーツィエ様は図案に詳しい方だったのね」

「うん。ルーはそういうまじょだった。ルーのちからはつよくって、フランのたたかいをいっぱいたすけたの。ぬのなのによろいみたいだって、フランはよくわらっていたのよ」

遠い昔を思い出しているのだろうか。ステラの瑠璃色《るりいろ》の瞳は、遠くを見るように細められた。

「……わたくしも、それくらい強い魔女だったら、フェル様をお助けできたかしら」

「アウローラのつくるぬのも、ステラはすきよ！」

思わず小さくぼやいたアウローラに、ステラがぱっと振り返る。

「アウローラのぬのは、ルーのよりたしかによわいの。でもルーのよりやさしくって、あったかいの。はねかえすんじゃなくってほどくちからなの。それってすっごくすっごいのよ！」

ステラはぱっと両手を広げ、ぶんぶんと力いっぱい振り回す。

「……そうだな、ローラの刺繍に宿る魔力は、温かく優しい。身に着けるものを包み込んで癒すような、心地のよい魔力だ」

いつの間にかアウローラたちの側《そば》に移動していたフェリクスが相槌《あいづち》を打てば、ステラは『我が意を得たり！』と言わんばかりに何度も頷く。

「さすがクラヴィスのこ、わかってるう！　あのね、アウローラのぬのはすっごいすりすりしたくなるし、ごろごろしたくなるの！　よくないものがぱってなって、きもちよくってしあわせなの！」

（それでこの子、わたしの膝の上に乗ってくるのね……！）

アウローラは苦笑して、元気一杯に主張を続けるステラの頭を優しく撫でた。

「アウローラのぬのは、ルーのとはぜんぜんちがう。でもとってもみりょくなの！」

「ありがとう、ステラ。……そうね、わたくしはわたくしの刺繍で、フェル様をお助けするしかないものね、頑張るわ」

「アウローラのぬのができたら、ステラもみたい！」

「いつでも見に来て構わないわよ」

そう告げれば、ステラはひだまりで微睡《まどろ》む子猫のような幸せそうな笑顔になって、アウローラの手のひらに己の頭をすりすりと擦《す》り寄せた。側で見守っていたフェリクスが、ステラごと後ろからそっと抱き寄せる。そこに、どこからともなく陽の光が一条差し込んで、三人を照らし出した。

まるで神話のいち場面のような光景に感じ入ったのか、隣で見ていたレオはいつの間にやら、しゃこしゃこと木炭を動かしている。

（……そ、そうだわ、わたし、この遺跡を刺繍の参考にするために見に来たんだった！　わたしもちゃんとメモして帰らなくちゃ！）

その手の動きを目にしたアウローラはようやく、己の本来の目的を思い出した。

「レオ、画帳の紙を一枚貰《もら》ってもよい？　木炭も貸してもらえると嬉しいのだけれど。ああ、当家の食客になったのだから、あとで新しい画帳と木炭はちゃんと支給するわ」

「はい、わかおくさま」

レオは手を止めると画帳の留め具から一枚紙を剥《は》がし、木炭と一緒に差し出した。礼を言って受け取ったアウローラは、そこから見える地面の絵を写し始めるが、なかなか見た通りにはいかない。

「ううん、わたくしにも『転写』の術が使えればいいのに……！」

「いや、『転写』では草むらから遊ぶ殿下まで写ってしまう。図だけを抜き出すのは至難の業だ」

「ああ、なるほど。うまくいかないものですわね……」

「……あの、わかおくさま。おれがかきましょうか？」

見るに見かねたらしく、レオがそう申し出る。アウローラが眉をたれて頷けば、彼は「仕事だ！」と言わんばかりに張り切って、めくった画帳にサッと地面の図を写した。

白い画帳の中にみるみるうちに、美しい星空の図が浮かび上がる。

「上手ねえ……」

「素晴らしいな」

「これ星空、ですよね？　これがお日さまでこれがお月さま、これは北のお星さまに見えます」

「ええ、多分そうだろうと、さっき旦那様も仰っていたわ。それにしてもどうして、星座の図案が魔法を弾《はじ》く効果を持ったのかしら？」

「それはねぇ」

訳知り顔のステラに、アウローラはごくりと喉を鳴らしフェリクスがすっと口を閉ざした。

今回、クラヴィス領にやってきた目的の、その根源に当たる話かもしれない。しかしステラはアウローラの緊張にはまるで気がつかず、いつものように胸を張ると幼子そのものの元気さで告げた。

「えっとね、『まほう』って『だいちのちから』をつかうものがおおいの。それで『だいちのちから』をおさえるのは『おそらのちから』なんだって。えっと、ひをけすのにみずをかけるとか、かげをけすのにあかりをつけるとか、そういうこと？」

「なるほど……」

確かにあの、ウィリデと名乗った小さな魔法使いは植物を操る力を持っていたし、あのカーヌスという魔法使いも、領域を支配する大地と繋《つな》がる力を使っていたはずだ。

それらが地の力に紐《ひも》づくものだから、月や太陽といった空からの力で抑え込むことができる、というイメージは分かりやすい。

ステラの言葉を噛み砕きながら、アウローラはレオが描いたばかりの図を眺めた。

（それならやっぱり、月と太陽の運行をモチーフにしよう。あの魔眼と魔石を使う兄妹の対策には、堅牢《けんろう》の象徴の蔓草《つるくさ》で縁取りにしてみたらどうかしら。縫製済みの隊服に刺すのは難しいから、まずはみなさんのタイ辺りから初めて……タイは白地だもの、黒の刺繍なら映えるわよね？　ああでも、さ

すがは近衛、あのタイって素晴らしい絹地なのよね。糸も慎重に検討しなくちゃ）

アウローラはちらりと横目で、石の周りで楽しげに何かを語らっている王太子たちに目をやった。王太子を見守る近衛騎士たちの濃紺の胸元には、爽やかな白いタイが揺れている。

有事の際には引き抜いてハンカチや止血布の替わりに使うこともあるというから、何かの際にはきっと役に立つだろう。

（刺すべきものが見えてきたわ……！　ああ、図案帳と針と糸が！　欲しい！）

まばゆく差し込む希望の光に、アウローラは拳を握った。久しぶりに、心が刺繍一色に染まっている。今すぐにでも屋敷に戻って図案を検討したくてたまらない。

「あのねえ、ステラは、ここでうまれたの」

「……はい？」

しかし、刺繍に関する想像の世界で遊んでいたアウローラは、ステラの言葉によって現実に引き戻された。なにやら大変、聞き捨てならない言葉が混じっていた気がする。

「ここで？」

「そうだよー」

思わず確認するように繰り返せば、ステラはなんのてらいもなく、大きく首を縦に振る。

アウローラは思わずまじまじと置かれている大きな石を見つめた。

すりガラスのような乳白色でわずかに透明感のある、石英かなにかと思《おぼ》しき石だ。日向《ひなた》で丸まっている時のステラの姿に似ていないこともない。

「いしはね、ルーとフランがくるよりずーっとずーっとむかしからここにあって、ずっとここをまもってきたの。ルーのねこさんとくっついてステラがうまれるまで、ずーっとここから、ここをまもってきたのよ」

「え、ええと……」

「あのいしはね、はんぶんステラなの。だから、ステラはおかをまもるし、クラヴィスもまもるし、アルゲンタムもまもるの」

ステラ語の難解さに、アウローラは頭を抱えた。

「えーと、フェル様、お分かりになりますか？」

「無理だ」

すがるように夫を見れば、夫も無表情に首を横に振る。

しかし、いつの間にか夫婦の側に歩み寄っていた彼らの主には、何か心当たりがあったらしい。王太子は非常に険しい顔をして、中央に据えられた白い石に歩み寄り、その上面に手を当てた。

「殿下、何を」

「――ちょっと黙って」

王太子の手が淡く紫に光り、白い石をふんわりと包む。

主の突然の行動に、センテンスが目を剥《む》いて駆け寄ろうとする。しかし王太子は反対の手でセンテンスを制する。王太子の光――魔力を注がれた白い石は表面を輝かせたが、それはほんのひと時だった。あっという間に輝きは潜められ、石は元の通りに沈黙する。

王太子は光の消えた石の表面をしばらく眺めていたが、ややあってぽつりと言葉をこぼした。

「この石、ただの観測点じゃなくて、もしかして結界の『要石《かなめいし》』なんじゃないか？」

「なんですそれ」

一同の心の声を表すような、思わず漏れたらしきユールの声が場に響く。

「いわゆる魔術の『核』だな。古い時代に使われていたという広域結界の魔術において、その中央に据えられた石だ。一応、魔術に分類されてはいるが、原理の解明しきれていない、どちらかと言うと魔法に近いものだな」

石の周りをぐるりと一周してから、王太子は石に背を預けて座り込んだ。

「広域結界、ですか？」

「アルカ・ネムスの神殿にあったような、村や町全体を覆《おお》うような規模の結界のことだよ」

「古代の伝説にはよく出てきますね。現代ではすっかり廃《すた》れていますが」

「どうして廃れたのでしょう？」

兄妹の合いの手に、王太子は頷いた。

「広域結界は魔力喰いなんだ。フェリクスたち魔法騎士がよく使う『簡易結界』とか、ご令嬢が身に着ける『護りの宝石』みたいな、人ひとり分の結界を張るのはそう難しいことじゃない。でも、土地を守るような規模のものはとんでもない星の魔力を必要とするんだ」

王太子は両手を広げて肩をすくめた。

「たとえば、広域と言えるほどの大きさではないけれど、王宮を覆う結界を張る陣を構築し、維持するためには三十人の宮廷魔術師の力が必要だ」

「三十人、ですか……」

アウローラは呆然《ぼうぜん》と呟いた。今の王宮にいる『上級宮廷魔術師』は十人かそこいらだったはずだ。

それが三十人も集まることは、大変稀有《けう》なことである。

「王宮は狭いとは言わないけれど、街ひとつに比べれば全然小さいだろう？　いくら古い時代とは言え街を覆うとなると王宮の上級宮廷魔術師が百人いても足りないはずだ。そんな魔術陣、アルカ・ネムスみたいな森の民ならともかく、人間にはとても維持できるものじゃない。じゃあ昔の人はどうしていたのか、というと――『要石』というものを使う術があったと伝わっている」

一同の視線が、部屋の中央に鎮座する白い石を捉える。

「この術は、要石――巨大な魔石を用意して魔力を貯め、その力を利用して結界を張るというものだ。魔石の魔力がある限り術は維持されるし、魔石が大きく人間には不可能な量の魔力を貯めることができるのならば、かなり長い間結界を張ることも可能だ。複数の魔石を使うことで、範囲を広げることもできるという。王宮がヴィタエ湖の神殿島にあった頃、島全体を覆う結界が張られていたという伝説があるけれど、それも『要石』の術だったと言われているよ。たぶん、それと同じような結界がこの土地にも張られていたんじゃないかな」

「それは便利ですねえ」

アルカ・ネムスの魔術陣よりも、よほど手軽なのではないか？　アウローラはそう考えたが、王太子はゆっくりと首を横に振った。

「でも欠点もある。魔石というのは、使うと魔力が抜けるんだ。力を補充することはできるけれど、魔力が抜ければ術は弱まり、尽きれば術は消える。魔石が破壊されても同じだ。そしてこれが一番の問題なんだけど――広域に結界を張る要石に使えるような大きな魔石は、優秀な魔術師三十人より珍しいのさ。一抱えもあるような大きさのものだったら、城がひとつ建つような値段がするね。あの白い石なら、城が二つ三つは買えるんじゃない？」

「それほどですか……」

フェリクスが浅く息を吐く。王太子は頷いて、石を見やった。

「あの白い石が要石なら、この丘から川の合流点の辺りぐらいまでは、結界に含められたと思うよ。古の時代なら集落はそのぐらいの大きさだっただろうし、すっぽり収まったんじゃないかな」

「どうしてこの結界は使われなくなったのでしょう？」

「うーん、これは推測だけれど、街の拡大に結界の大きさが追いつかなくなったのが原因じゃないかな。——あとね、『広域結界』が廃れたのは、人々の暮らしに合わなくなったから、という説もあるんだ」

「暮らしに？」

アウローラが首を傾げれば、王太子はうんと頷く。

「街全体を覆うような結界は人の出入りを制限してしまうからね。関所があって人の出入りが厳しく制限されていた時代には有用だっただろうけれど、今はそうじゃないだろう？　貴族はあちこち社交に出かけるし、商人は国中どころか大陸中を飛び回っている。市民だって個人旅行をする時代だ」

大海国《グラン・マーレ》から我らが王都まで鉄道を敷設《ふせつ》する計画も持ち上がっているしねと王太子は言う。

「人の行き来が盛んになって街が大きくなった頃に結界を廃止して、石はそのままここに残された、ってところじゃないかな」

「確かに、川向こうの開発に着手した年に、アルゲンタムの防衛体制を大きく刷新したという記録が残っていますが——」

フェリクスが顎《あご》を撫でる。丘の遺跡を見上げる場所にあった集落が川のぎりぎりまで広がった後、川向こうの土地を開発することになり、アルゲンタムはその時代、大きく街の姿を変えたのだという。

「だろうね。さっき触ってみた感じだと、この石にはもう魔力はほとんど残っていなかったよ。昔はこの石ももっと魔石らしい、きれいな色をしていたんじゃないかな」

「そうなの！」

画帳を広げるレオの隣で、ステラが飛び上がる。

「むかしはるりいろ？　にひかっていたの。ステラのおめめとおんなじいろ！　だけどだんだんいろがなくなって、ひからなくなっちゃった……」

ステラの耳がぺたりと伏せられる。しょんぼりと垂れたしっぽがかわいそうで、アウローラはステラの頭をよしよしと撫でた。ステラは耳を伏せたまま、アウローラの膝にすりすりと顔を埋める。

「羨ましい」

「こら、特別小隊長。品位を保ちなさい。……まあつまり、ステラの言う『ここから生まれた』っていうのは、魔女の使い魔の魂が『結界』用の魔石の魔力を受けた結果、守護妖精として転生したってことじゃないかな？　これだけ大きな魔石なら、魔力を潤沢に湛《たた》えていた時代には妖精を生み出す母体となっていても驚きはないよ。『妖精の生まれる場所』の伝説は、真実だったということかな」

王太子は足を抱え、膝の上に頬杖をつく。

「――さて問題です。そんな結界機能の名残《なごり》の石と、後継とも言える守護妖精。その力を奴らが欲する可能性は、どのぐらいでしょうか？」

アウローラは息を呑んだ。

「――もしかして、例の魔法使いたちが目撃されたというのは……」

「この場所の話をどこかで知った可能性が高いと俺は思う」

場に、重苦しい沈黙が落ちた。沈鬱な空気の中、王太子は話を続ける。

「奴らはアルカ・ネムスで、古い遺跡も手順が正しければ起動するのだという事実を手に入れている。もし俺が奴らなら、動きそうな遺跡は片っ端から全部試すだろう。それに、あのカーヌスとかいう魔法使いは、『魔法使いだけが暮らす楽園を作る』なんて嘯《うそぶ》いていたよね？　要するに、魔法使い以外を結界の中に入れないような条件付けをした上で、結界を作動させようという魂胆なのだと思う。ただ追い出されるだけならまだいいけれど、中に閉じ込められて魔力を吸われたり、ラエトゥスの赤子のように『悪いもの』を注がれたりしたら？　――考えたくもないな」

アルカ・ネムスは山奥の秘境的な土地だった。そこでさえ、『あの魔術陣が発動していたら観光客も併せて何千人もが被害に遭っただろう』と言われたのだ。それが、人が数十万も暮らすアルゲンタムで起これば一体どうなるか。

（そ、そんなの絶対に駄目だわ……！）

「にゃっ⁉」

想像した光景のあまりの恐ろしさに、アウローラは大きく身震いした。すがるものを求め、思わずステラを抱きしめる。しかしすぐに、その背を守るようにフェリクスの熱が寄り添った。

「ローラ、大丈夫だ」

「フェル様……」

「街と丘の警備を厚くするよう、叔父上《おじうえ》に要請しておく。奴らの指名手配の範囲を広げ、賞金額も上げておこう。――それでも事が起ころうものなら、私が全力で潰しにいく」

「か、かえって安心できませんけど⁉」

優しく温かな手のひらでなだめられながら、アウローラはぎょっとして小さく叫ぶ。しかしフェリクスは少年のような表情で首を傾げて見せた。

「どうしてだ？　ローラの前に立ちふさがる物があれば、私が魂を懸けて取り除く」

「わたくしの前ではなくて領地の前に立ちふさがるものを取り除いてくださいまし！」

「それは当然だ。だが、ローラのためでもあると思えば、気力が無尽蔵に湧いてくる。それこそ霊廟のひとつやふたつ、悪人ごと吹きとばせそうなほどに」

「霊廟は大事にしてくださいましね⁉」

力強く物騒な宣言に、アウローラは青褪《あおざ》める。この、一見無表情な氷の精霊のような美形は、見た目に反して燃え盛る炎のような性情を持っているのだ。つまり、やると言ったらやるのである。

「……っはは！」

事件への恐れとは別の震えに襲われたアウローラとの掛け合いに、王太子は小さく吹き出した。主の背後を守るセンテンスとユールの肩も、壊れたおもちゃのように震えている。

「相変わらずの夫婦《めおと》漫才だなあ！　不安がっている方がバカバカしく思えてきてしまった！」

王太子の目尻に薄《うっす》ら涙が浮かんでいる。アウローラは真っ赤になって縮こまった。

しかし、フェリクスは何を恥じることがあろうと言わんばかり、堂々と胸を張って一同に向かい口を開いた。

「そうです。憶測を語り、不安に思っても仕方がありません。今はできることをやるのみです」

その言葉は、奇妙なほどにアウローラの胸を打った。
幸いにして、まだ事は起こっていないのだ。今ならまだ、自分にもできることがある。
(——今は、できることを、やる、のみ)
フェリクスの言葉を反芻《はんすう》し、アウローラは瞳を閉じて、拳を握った。
(そうだ。今ならわたしにも、できることがある)
ただ見ていることしかできない、心配することしかできない今までとは違う。
微力でも、フェリクスたちの力になれることがあるのだ。

アウローラはゆっくりと瞳と拳を開く。
そして、ひとつの決意を持って眼前に広がる星図の遺跡をじっと見つめた。
(ルーツィエ様にも負けない刺繍を、刺してみせる……!)

†5　アウローラの刺繍

（太陽のモチーフを中央に……月は二十九日と半で一周だから、太陽の周りに円を二十九個……バランスを考えると三十がいいかしら。ううん、でも円が三十個は多すぎる気もするわ）

帳面にペンで描いては消し、描いては消し。めくって描いて、また消して。

霊廟《れいびょう》の地下から戻ってすぐ、アウローラは寝る間も惜しみ、刺繍《ししゅう》の図案に取り組んでいた。

（円の外には星のモチーフを並べて、円と星の間には守護の聖句でしょう？　その周りはぐるりと茨《いばら》の鎖模様で囲んで……、ううん。盛りだくさんすぎるかしら？）

太陽と月、そして護《まも》りのモチーフをちりばめつつ、近衛騎士のタイに施されていても不自然のないような上品なデザインに仕上げなければならない。

太陽が大きすぎればバランスが悪く、かと言って小さすぎるとごちゃごちゃとして見栄えが悪い。それならばと遺跡の図に忠実にすると『普通の天体図』のようになってしまうし、ルーツィエが施した刺繍そのままでは中世的すぎて、現代的に洗練された隊服の刺繍から浮いてしまう。

（色は黒……これで本当にいいのかしら？　隊服が紺に銀糸なのだから、紺か銀の方が調和するかしら。でも銀糸は硬くて、タイに向かないのよね。首周りに硬い糸の刺繍なんてチクチクして嫌だろうし……。銀をイメージしたグレーの絹糸ならありかしら！　……ああでも、グレーって色数がすごく多いのよね。うううう、一体どの色がいいんだろう）

傍らに積まれた色見本を睨《にら》み、アウローラは手負いの子犬のように唸《うな》った。

ひとこと『グレー』と言ったとて、白っぽいものから黒っぽいものまでと幅が広い。少し考えるだけで、フェリクスの髪を彷彿《ほうふつ》とさせる青みがかった美しいグレーから、真珠のような淡く輝く白っぽい色、暖炉の灰のような少し緑を帯びたもの、雨に濡《ぬ》れた石畳のような色や煙のような灰色、野生動物の毛皮の色まで様々なグレーが思い浮かぶ。金属をイメージしたとしても、銀と鉄ではイメージされる色が全く違うが、どちらも『灰色に近いもの』と言えるだろう。

図案も決まらず、色も決められない。

アウローラは行儀悪く頬杖《ほおづえ》をつき、己で描いた線の躍《おど》る図案帳をツンツンとつついた。

（新しい図案を考えるのって、こんなに大変なものだったかしら……？　いつ何が起こるか分からないのだから、急がなくちゃいけないのに……）

焦れば焦るほど、『正解』が遠のくように思われて、アウローラは机に突っ伏した。

己の好きなものや相手の好きなもので構成されているいつもの図案に比べると、考えることがあまりにも多すぎる。頭の中はグツグツと沸騰して、煮込まれすぎて水分を失ったスープのようだ。

「……ああもう！　一旦休憩！」

詰めていた息を吐き出しながら、アウローラは椅子の上でぐぐっと伸びをした。手首を回せばパキパキと、肩を回せばゴリゴリと、貴婦人にあるまじき音がする。夜は遅くまで朝は早くから、根を詰めていたせいですっかり身体《からだ》が固まっているようだ。

「若奥様、少しお揉《も》みしましょうか」

「お願いー」

ゴキッという不穏な音に肩を震わせたクレアが、運んできた茶器を置くとアウローラの肩と腕をさする。己の眉間をぐりぐりと揉みながら、アウローラは大きくため息をこぼした。

「プロの図案家って本当にすごいわねえ」

「左様にございますねえ」

「自分の好みじゃなくて人のための図案を、その時々に合わせていい塩梅《あんばい》の色と形で配置するのが、こんなに大変だなんて思わなかったわ……」

「今回は女性のための刺繍でもございませんしねえ」

「それもあるのよねえ」

今回刺すのは騎士の隊服のタイ――つまるところ軍服の一部分である。女性向けのドレスやストール、小物にタペストリー。そういったものに施す、美しさや愛らしさ、優しさなどを求める刺繍とは全く異なるそれは、どちらかと言えば魔術刺繍や紋章刺繍に近く、アウローラにとっては少しばかり非日常的なものだ。

「どの辺りで悩んでいらっしゃるのですか？」

「コンセプトはもう決めたの。でも、それをもとにいくつか考えてみた案が、どれもなんとなくバランスが悪いような気がして。ちょっと詰め込みすぎなのかしら……？」

肩を揉まれながら、アウローラは卓上に広げた図案帳をぺらりとめくった。

そこに描かれている図案は、太陽と月、星と蔓《つる》、そして鎖と聖句だった。

太陽と月以外はごくスタンダードな護りのための図案であり、過去に幾度も手掛けたものではあるのだが、どのモチーフも力のあるものである。まるでフェリクスとユールのように、特に主張の強い『太陽と月』というモチーフを組み合わせようとすると、どうにも互いの存在感が邪魔をして、図案がごちゃごちゃとしてしまうのだ。

「そうですねえ、確かに要素が詰め込まれすぎのような気もします。あえて選ぶのでしたら、わたくしはこれが好きですが」

ひとつを指し示したクレアに、アウローラは腕を組む。

「分かるわ。わたくしもどれかひとつを自分で身に着けるなら、これかしらと思うもの。でも、つまるところこれが一番女性的な雰囲気だということのような気がするのよね。騎士の隊服には合わないのではないかしら」

「ああ、確かにそうですねえ……。女性のストールの図案でもおかしくなさそうですし」

アウローラの側で長年刺繍を続けてきた腹心の侍女であるクレアだが、彼女とて特別図案に詳しいわけではない。主同様に頭を抱え、うんうんと唸ってしまった。

「やはり男性の意見を聞いてみた方がよいのかしら。——ああそうだ！」

アウローラはぱちんと手を合わせ、椅子から立ち上がった。

「レオ！」

「は、はいっ！」

窓辺で絵を描いていたレオが飛び上がる。

アウローラが今いる、自然光が柔らかく差し込む風通しのよい刺繍部屋——タウンハウスだけではなく、領地の城にまで刺繍専用部屋が用意されていたのだ——は元々、長期滞在する画家のアトリエとして作られた場所だったという。本来であれば侯爵家の若奥様と食客《しょっかく》が同室で作業をするなどというのは考えられないことではあるが、レオがまだ十歳になったかどうかの年齢であることもあり、彼はアウローラの作業部屋の片隅に居場所を与えられ、新しい画帳や木炭、水彩絵の具に目を輝かせながら、黙々と画帳に向かっていたのだった。

「お呼びでしょうか⁉」

「お呼びではあるけれど……あのね、貴方《あなた》は食客であって小間使いではないのだから、そう慌《あわ》てて飛んでくることはないのよ？」

まるで遊んでもらえると知った子犬のような勢いで駆けてきたレオに、アウローラは苦笑する。それから頬を上気させている彼の前に、図案帳を差し出した。

「旦那様たちの隊服のタイに刺す刺繍の図案を考えているのだけれど、わたくしやクレアでは男性がどう思うのか分からなくて。レオはまだ子どもだけれど男の子でしょう？　この図案の中で一番格好いいなと思うものはどれかしら」

「ええと……」

「正直な意見を聞かせて頂戴」

レオは『一世一代の大仕事』だと言わんばかりの決意に満ちた表情で図案帳を受け取ると、ぱらりとページをめくって真顔になった。その横顔は彼が画帳に向かう時のように至極真剣である。レオが立ち上がった瞬間に膝から落とされ、不満げに鳴いていたステラもちょこちょことやってきて、レオの肩によじ登ると帳面を覗《のぞ》き込んだ。

ぱらり、ぱらり。

ぱらぱら、ぱらり。

何度もめくり、戻り、紙をずらしてふたつを見比べ、指を伸ばして大きさを測る。その真剣さに当てられて、部屋にいる面々はいつしか息を詰め、考え込むレオの言葉を待っていた。

「――おれは、これが、一番よいと思いました」

そうして待つことしばし。

室内に漂った息苦しさにアウローラが深く息を吸い込んだところでレオが不意に顔を上げ、はっきりとそう告げた。彼の肩越しに覗き込んでいたステラも、同意！　と言いたげに鳴き声を上げる。

「これ？」

「はい」

示された図案を覗き込み、アウローラはぱちぱちと目を瞬かせた。

レオが選んだものは、アウローラが数多《あまた》描いた図案の中で、一番はじめに描いたものだった。古典的で装飾的な太陽の図案が中央に配置され、その周りには満ち欠けする月と十二の星座。その外側にはぐるりと鎖と茨が円を描き、外周として茨と鎖を束ねるように、聖句が施されたリボンが結びついている図案である。

レオの選択を意外に思い、アウローラはぱちぱちと目を瞬かせた。それは、どうにも要素が多くてごちゃごちゃしすぎているのではないか、と彼女が考えていたものだったのだ。

「他と比べて、どこがよいと思ったの？」

「ええと、これが一番、強そうに思いました」

「なるほど、強そう……。でも、これはちょっとごちゃごちゃしているような気がするのよね。男の人って、スッキリしたものが好きなようなイメージがあるから、これはあまり好まれないのじゃないかしら」

「うんと、ごてごてしたのが好きな人もいると思います。……でもあの、ちょっとバランスを変えると、すごくかっこよくなると思います。――描き込みしても、いいですか？」

「ええ、意見があるなら是非欲しいわ！」

アウローラがペンを差し出すと、レオはそれをキュッと握りしめて図案帳にペンを走らせた。

「このリボンをちょうちょう結びにしないで旗みたいにして……茨と鎖は半分ずつに量を減らすんです……あと、おひさまのバランスをこう……お月さまはもうちょっとすきまがほしくて……あと、かずもおおすぎるきがして……」

「ま……まあ……！」

描き込まれたそれにアウローラは驚嘆する。

元の図案の隣に描かれたレオがアレンジを加えた図案は、要素を大胆に減らすものだった。どんどんとシンプルになっていくので少しさびしくなるのではないかとアウローラは考えたのだが、出来上がったものは見事に調和が取れてすっきりと整い、驚くほど洗練されていた。

（ここ、ほんの少しさっきより隙間《すきま》をあけただけなのに、すごくバランスがよくなったわ……！こっちも、少し短くしたことでいい感じの空間が生まれて……。もしかしてこの子、写実的な絵だけじゃなくて、デザイン的な才能もあるのでは……⁉）

アウローラは感激し、レオの描き込んだ図案を胸に抱きしめた。

「すごいわレオ、あのごちゃごちゃしていた図案が嘘みたい！　とても格好よく見えるわ！」

「ええ、メリハリがついて、スッキリ致しましたねえ」

アウローラの上げた歓声に、クレアも大きく頷《うなず》く。レオは頬を染めると恥ずかしげにうつむいたが、その分もと言わんばかりにステラがえへんと胸を張った。

「ありがとう、レオ！　このお茶を飲みきったら、図案を清書して刺繍に取り掛かるわ！」

感極まったアウローラが小さな身体をぎゅっと抱きしめた、その時。

「ローラ、茶菓子のことで話があると母が――」

コンコンコンという軽やかなノックの音が、和《なご》やかな室内に響き渡った。取り次ぎもなく現れたのは銀の美丈夫――屋敷の第二の主、フェリクスである。入ってきた彼ははしゃぐ妻とその腕の中の子どもを見つけると、戦場を駆ける歴戦の猛者《もさ》でもゾクリとするような鋭い視線になって、少年を睨《ね》めつけた。

「わわわわわ、若だんな様⁉」

ひっ、とレオが息を止め、慌てて若夫人の腕から逃れようともがき始める。目を丸くしてレオを腕から逃したアウローラは、ガシガシと己の頭を掻《か》きむしる夫の姿に目を丸くした。

「まあ、どうなさいましたのフェル様？　御髪《おぐし》が大変乱れておいでですわ」

「……己の情けなさに葛藤していたところだ」

乱れた髪を撫《な》でつけながら、フェリクスが大きく息を吐く。レオは部屋の隅に逃げ、ステラを抱いてブルブル震えていた。

「すまない、怯《おび》えさせたか」

「い、いいいいい、いえ、だだだ、大丈夫です！」

「怯え？」

「ななな、なんでもございませんっ！」

おれは見てませんっ！　レオがブンブンと首を振る。それを真似するようにステラも首を振る。アウローラが首を傾《かし》げると、フェリクスはもう一度頭を掻いて、妻の隣にするりと座り込んだ。クレアが一礼して壁際へ退く。

「本当に、どうなさいましたの？」

「――貴女《あなた》の腕に抱かれるレオに、嫉妬の念が抑えられなかっただけのことだ。レオがまだ十歳ほどの子どもだとは分かっているのに、情けないことだな」

素直に吐露したフェリクスに、アウローラは少しばかり呆《あき》れた顔になった。しかし、続く言葉を呑《の》み込む。

「私も十くらいの歳であったなら、貴女にああして慰めてもらえることがあったかもしれないなどと、つい考えてしまった。――何しろ私が一桁の歳の頃は、あの苛烈な姉に全く勝てずに日々悔し泣きしていたからな」

「まあ」

「隣に貴女がいて、ともに過ごせていたのなら、きっと姉を恐れることもなかっただろうと思うのだ」

フェリクスの口の端がいたずらっぽくもたげられ、アウローラはくすりと笑った。

「あら、でもそうしたら、フェル様は女性が苦手にはならなくて、わたくしと婚約することもなかったかもしれませんわね。たくさんのご婦人たちと楽しく過ごされたのでは？」

「それは困るな」

「それに、今のフェル様に何かお辛いことがあった時にだって、わたくしがちゃんと慰めて差し上げますとも。成人された方の中では、フェル様だけの特権でしてよ?」

「――――ほう?」

妙に含みのある間があって、フェリクスの目が細められた。常日頃、凍てつくように鋭い切れ長の青い瞳から、滴《したた》るような色気が漂い始める。

「……フェル様、いま、いかがわしいことをお考えになったでしょう?」

「いいや」

「お返事が早すぎるのが怪しいですわ」

あまりにも凛々《りり》しい顔できっぱりと否を告げたフェリクスに、アウローラは目を尖《とが》らせ、己の腰を抱いた優しい腕をぺしりと叩《たた》いた。痛いな、と痛くもないのに笑うフェリクスの表情は柔らかで、ひと時前の氷のような鋭さは、文字通り霧散したようだ。

「ところで、実際何をしていたのだ? ――根を詰めすぎているのではないか様子を見てこい、と母に遣わされたのだが」

刺繍に勤《いそ》しんでいるかと思っていたがと呟《つぶや》いたフェリクスに、アウローラは満面の笑みを浮かべて己の図案帳を差し出した。

「まだ刺繍の前段階、図案を考えているところでしたの。……そうですわ、是非ご覧になって! どうにもしっくりこなくてずっと悩んでいたのですけれど、レオに図案を手直ししてもらったら、素晴らしい出来になりましたのよ! わたくしが作った図案はこちらのものだったのですけれど、ほんの少し修整しただけでこんなに垢抜《あかぬ》けるなんて、それこそ魔法のようだと思いません? こちらの図案、フェル様はどう思われます？」

図案帳を差し出されたフェリクスは、その紙面をじっと見つめると目元を和《やわ》らげた。

「見事なものだ。古代から受け継がれた叡智《えいち》と古《いにしえ》の魔女の術、そこに現代的なアクセントと格調高いアレンジが加わっていると見える。魔術的にもよい図案だと思う。——だが」

真面目な口調が一転、柔らかな熱を帯びる。急に変わった空気に戸惑ってアウローラが顔を上げれば、そこにはふたつの青玉の瞳が、蕩《とろ》けるように甘い眼差《まなざ》しでこちらを見ていた。

隙あらば甘やかしてやろうという夫の視線に、アウローラは口を引き結んで不満げな顔をつくるが、妻を甘やかすことに関しては歴戦の猛者である夫にするりと頬を撫でられては、無駄な抵抗である。

「何より、ローラが私——いや、私たちを思って考えてくれた図案であるということを、尊く思う。この図案を施されたタイで戦う我らは、戦女神の祝福を受けた戦士であるというわけだな」

「フェル様……」

近衛騎士なのだからそこは王家の騎士だろう。そうクレアやエリアス——もちろん、アウローラがいる部屋の護衛は彼なのである——は強く思ったが、愛《いと》しい妻を前にしたフェリクスに、その念が伝わるはずもない。

熱い視線に絡《から》め取られ、恥ずかしげに視線をそらした妻の瞳を逃さぬとばかりに、骨ばった指が顎《あご》を捉える。それを拒むように伸ばされた華奢《きゃしゃ》な指先を無骨な指で捕まえ、己の魔力を強く帯びた薬指の指輪に口づけると、そのまま身体を引き寄せて、柔らかな唇をついばんだ。

クレアの手のひらがさっとレオのまぶたを覆《おお》い、ステラがうにゃあとあくびをこぼす。

そのましばし、蜂蜜とクリームをたっぷりと盛ったケーキのような時が流れ。

「――ん、では、この図案で、わたくしがんばりますわ、ね」

「無理はしないように」

そう告げたフェリクスは満足げに口の端をもたげる。そして、酸欠にくらりと揺れるアウローラを捕まえて、今一度その甘さを貪ったのだった。

※

(――さあ、急がなくちゃ！)

そんな甘いやり取りがありつつもようやく図案が決まり、アウローラは猛然と刺繍に取り掛かった。いつもであれば侍女たちや職人と分担して作業をするところだが、今回はそういうわけにもいかない。なにしろ、魔法への対抗手段となるのは『アウローラという原始の魔女の手による刺繍』なのだ。アウローラ自身が刺繍しなくては意味がない。

結果、アウローラは朝目覚め、軽く食事を摂ると刺繍に取り組み、昼は軽くつまめるものを食べ、午後のお茶の時間も手の汚れない飴《あめ》などを軽く口にするだけ。晩餐《ばんさん》こそ夫や義両親、客人を囲んで賑《にぎ》やかに摂るものの、それが終わって沐浴《もくよく》を済ませればまた刺繍に戻る、という何かの苦行のような日々を送ることになった。

しかしアウローラは、その苦行に文句を言うどころか、嬉々《きき》として布と針に立ち向かっていた。何が彼女を駆り立てるのかと言えばそれはもちろん。

(……やっぱり、刺繍って楽しい)

これである。

図案こそひとつに限られてしまうが、一日中刺繍を刺していられる大義名分があるのだ。近頃ほとんど刺繍に取り組めていなかったこともあり、刺繍に没頭したいがばかりに社交を嫌がっていたという令嬢にあるまじき過去を持つアウローラが、この状況に夢中にならないはずがないのだった。

（この刺繍が、フェル様たちをお助けできるかもしれないということももちろん忘れてはいないけれど、ひと針ごとに図ができていくこの感じがたまらなく楽しい！　――ああ、わたしやっぱり、刺繍が好きなんだわあ）

刺繍の枠を充血した眼前に翳《かざ》し、隈《くま》ができた目元でアウローラは微笑《ほほえ》む。

（散々迷ったけれど、この色合わせもなかなか素敵にできている気がするし――）

窓から差し込む晩秋の光を浴びて、アウローラの細い指先で掲げられた枠の中の刺繍はつややかに輝く。図案を決めたあと一昼夜悩んで決めた糸の色は、フェリクスを思わせる銀に近い光沢のある灰色と、隊服の色に合わせた深く滑らかな紺の組み合わせだ。端正で品がよいと、騎士たちにも評判のよかった取り合わせである。

（このタイで三枚目だけれど、だんだん上手になってきた気がするわ。この分だと、八枚目を刺し終わる頃には、ぐんと技術が向上するのじゃないかしら！）

とっくりと刺繍を眺め、アウローラは満足げにひとり頷いた。全力を尽くしているだけのことはあり、出来栄えは上々だ。

しかし。

（あとは目の疲れが吹き飛んで、わたしの指が五倍くらいの速さで動けば言うことはないのに……）

掲げた枠を膝に戻し、アウローラは深く息を吐き出した。

刺繍の出来を誇る気持ちと逸《はや》る心とは裏腹に、寝不足続きの身体と頭はどうにも重く、指の速度も上がらない。フェリクスや王太子からの差し入れである、目の疲れを和らげるという魔術薬や肩の痛みを和らげる軟膏《なんこう》をいくら使っても、眼球の奥はどこか重苦しく肩の筋肉は腫《は》れぼったいままだ。

(身体の動きを軽くする魔術があればいいのに……)

アウローラは枠を膝から卓上に移すと、椅子の背もたれに身を預けてぐっと背筋を伸ばした。とんとんと肩を叩き、ぐるぐると首を回す。

薬を差し入れてもらった時にフェリクスに聞いたところによれば、『戦闘動作を補助する魔術はあるが、針子の手元を強化するような魔術は聞いたことがない』そうだ。速度や筋力を補助する魔術はあるのだが、そもそもの筋肉が鍛えられていなければ意味がないらしく、『風によって背を押し速度を上げたり、空気を動かして高く飛んだり、地面との摩擦を減らすことで足を速くしたりするものがほとんどなので、それに耐えられるように身体を作っている必要がある。刺繍の速度は上がらないだろう』という残念な話だった。

『針先の摩擦を極力減らすことで軽い力で刺すようにすることはできると思うが』

そう言われ、試しに針に魔術を掛けてもらったものの、うっかり落とした針が寄せ木の床に深々と突き刺さったがためにあっという間に使用中止となってしまった。あの鋭さはもはや暗器なので仕方がない。

(……結局は、慣れた道具が一番、という結論に至ったのよね)

針山に刺さる、パールグレーの糸が揺れる針を見て、アウローラは小さく吐息をこぼした。

そもそも、伯爵令嬢であったアウローラがこだわって揃《そろ》えていた道具はどれもこれも一級品で、王都のメゾンのエースたるクチュリエたちと同じ品質のものである。魔術を介さないのであれば、品質のよい使い慣れたものがいいに決まっている。

(眠っている間に小人さんが……というおとぎ話もあるけれど、わたしが刺さないと意味がないから小人さんでは駄目だしね。かと言って、わたしが三人に増える魔術なんてないものね)

「――一息入れようかしら」

アウローラは苦笑をひとつ。椅子の上で大きく伸びをして、そのまま立ち上がろうとしたが。

「あ……ら？」

くらりと視界が回り、アウローラは卓に手をついた。

そのままぐらりと身体が傾《かし》いで、椅子へと逆戻りする。目の焦点が揺れて視界がぼやけ、視点が滑るように動いて落ち着かない。世界が揺れて見えるのが不快で、慌てて目を閉じれば、今度は頭の芯が鈍《にぶ》い痛みを訴え、目の奥がチカチカと瞬いた。

(しまった……)

アウローラはぎりりと奥歯を噛《か》みしめた。

(思っていたより夢中になりすぎていたみたい……)

「若奥様ッ!?」

崩折れたアウローラに驚いたクレアが悲鳴を上げ、手の中の道具箱を放り出して駆け寄って来る。大丈夫だと言いたいが、くらくらとして言葉にならない。悲鳴を聞きつけたエリアスが廊下の向こうに指示を出しながら飛んできて、真っ青になったアウローラを抱え上げた。

「若おく様!?」

「うにゃぁん!?」

レオとステラの悲鳴がこだまする。

それを耳の奥で聞きながら、アウローラの意識はとぷんと闇に沈んだ。

⁂

（頭が……身体が軽いわ……!!）

まるで、深い霧が一瞬にして去り、青い空が姿を現したかのような。

身体の端々に少しばかり疲労の残る気配はあるものの、霞《かす》んでいた目ははっきりと天蓋《てんがい》の刺繍を捉え、芯の方でぼんやりと鈍い頭痛を抱えていた頭はすっきりと冴《さ》えている。

彼女が目覚めたのは、見慣れた夫婦の寝台の上だった。どうやら寝不足で倒れて気を失った――おそらくは眠気が限界に達し、倒れるように眠りに落ちたのだろう。

（ま、まるで生まれ変わったみたい……！）

アウローラは天蓋の中でむくりと上半身を起こし、肩や手首、指先や腕といった、倒れる前にだるさを訴えていた身体の部位をぐるぐると動かした。ひと時前までの鈍さはどこへ消えたのか、指の動きは至極滑らかで、ぎゅっと握ればしっかりと力が籠もる。

やはり人間、寝なければ駄目なのだ。

（――今なら、高速で刺繍が刺せそう！）

「クレア、そこにいる……ひゃっ!?」

さあ刺繍だ！　そう気合を入れたアウローラが口を開いたその時、音もなく天蓋の柔らかな絹が外からめくられる。驚きに飛び上がったアウローラは次の刹那《せつな》、凍りついたように固まった。

アウローラの視界に映り込んだのは、月光を紡いだ銀糸と至高の青玉から削り出した美麗な瞳が作り出す、凍てつく冬の月のような冷気を帯びた凍れる美貌だったのだ。

「――ローラ」

美貌の主、アウローラの夫たるフェリクスは、ただひとことそう名を呼んだ。それだけでアウローラは雷に打たれたように、びくりと身を震わせてしまう。それは、彼が今まで一度たりとも彼女に向けたことがないような――おそらくは彼が部下や後輩を叱る際に使う、硬質な響きだった。

（うっ、フェル様、と、とっても怒っていらっしゃる……！）

思わずうつむいたアウローラはちらりと夫を見上げ、その瞳に宿る青い炎に恐れを抱いて慌てて再び下を向いた。ゆらゆらと完全燃焼で燃える炎は、妻の一挙手一投足の全てを見逃さんと、北の不動星のように爛々《らんらん》と輝いている。

「ローラ」

「…………はい」

長い沈黙の末、再び名を呼ばれる。アウローラは観念し、教師に叱られる幼子のような気の弱い声で答えた。それを受けたフェリクスは、ぎろりと軽く妻を睨むと浅く息を吐き出した。

「無理はしないように、と言わなかったか」

続いた言葉はほんのわずかに和らいではいたが、雪解けには遠く及ばない。アウローラは肩を落とし、夫の冷気を受け止めた。

　とはいえ、彼女にも言い分はある。吹雪に身を凍えさせながら、アウローラは果敢に口を開いた。

「聞きました……が」

「が？」

「あの危険な魔法使いたちが、明日にもアルゲンタムに襲いかかるかもしれないのでしょう……？　有事の際にすぐ動けるよう、騎士たるもの武器や防具は常に整えておくべきだと、ポルタ騎士団長たる祖父も申しておりました。ですから、一日でも早くご用意しなければ、と思ってですね……」

　反論を試みたアウローラは、注がれるフェリクスの瞳の冷たさに早くも気がくじけ、それだけ告げると口を閉ざした。居心地の悪さにもじもじと指を動かせば、上から深い吐息が降ってくる。ため息の方を恐る恐る見上げると、ゆるゆると首を振られた。

「今日から三日、刺繍は禁止だ」

「ええっ⁉」

　きっぱり言い放たれた言葉に、アウローラは寝台の上で飛び上がった。

「そんなっ！　まだ半分もできておりませんのに！　特別小隊の方は八人いらっしゃるんでしょう⁉　予備のことを思うと半分どころか、五分の一もできては……」

　刺繍はまだ三枚目が出来上がったばかりである。できた分から渡せばいいのだろうが、目的の枚数にはあまりにも足りない。何より刺繍は生き甲斐《がい》なのだ。刺繍の刺せないアウローラなど丘に上がった魚である。

「駄目だ」

「でもっ」

思わずその腕にすがったアウローラに、フェリクスはまた首をゆるりと振る。

「――貴女が倒れたと聞いて、私がどれほどに恐ろしい思いをしたと思う？」

次いで放たれた言葉にアウローラはぴたりと動きを止めた。寝台の上に身を乗り出したフェリクスが、アウローラの瞳を真正面から覗き込んでくる。

仄かに紫を帯びた澄んだ深い青の、美しい瞳。至高と讃《たた》えられる、矢車菊の色をした青玉よりも見事なそれは、麗しのと呼んで何ら差し支えのない、際立った青だ。

その青が、深い動揺に滲《にじ》んでいる。その色に絶望の気配があって、アウローラは息を呑んだ。

フェリクスはアウローラが傷つくと時たま、こんな瞳をする。それは、アウローラ自身にはほとんど記憶のない、結婚前の王宮での騒動のせいだ。

アウローラがひょんな勘違いから魔石の牢《ろう》に捕らえられてしまった際、その術を解くには数十年の時を要する可能性があると知り、『己の生あるうちに解き放たれるか分からない』『それは永久に失うことと同義ではないか』と、深い絶望を抱いたのだという。

アウローラが言葉を失っていると、フェリクスの無骨な、けれど形のよい指が彼女の頬に添えられる。それは微《かす》かに震えているうえにひどく冷たくなっていたが、強く触れれば壊れてしまうと信じているかのような柔らかく優しい動きで、頬を撫でた。

「貴女から刺繍を取り上げるなど、悪鬼の所業だと分かっている。貴女が楽しそうに刺繍を刺している横顔を見ているのは、私にとっても至福の時だ。――だが、全ては命あっての物種だ。貴女を失うくらいならば、それを全力で止めるのも夫の務めだろう」

撫でる指が少しばかり怪しい動きで耳や首筋をかすめていく。アウローラは首をすくめ、不埒《ふらち》な動きを見せる指をぺちりと叩いた。

「……ね、寝不足でひっくり返ったくらいで、大げさですわ」

「大げさなものか」

叩き落とされた指は、寸暇《すんか》も空けずに柔らかな頬へと舞い戻る。フェリクスの大きな両手がアウローラの両頬を包み、逃げるように視線をそらすアウローラの顔をぐいと己の方に向けさせた。

「多忙な部署に勤める魔術師や文官は、徹夜で倒れる者も少なくないという。それを繰り返せば寿命そのものを削ると医局の者に聞いたこともある。実際、そういった働き方をしていた者には、無理が祟《たた》って早くに儚《はかな》くなる例もあるそうだ。一昔前、平民階級の寿命が短かったのは、暮らし向きが苦しく、無理に働く者が多かったからだとも言う」

珍しくも饒舌《じょうぜつ》に語ったフェリクスは、アウローラに柔らかく口づけると頬を包んでいた手のひらをするりと背に回し、そのまままきつく抱きしめた。まだ早朝なのだろうか、薄い寝間着越しにシャツ一枚のフェリクスの体温が直接伝わって、アウローラは小さく息を吐く。

「――貴女を失えば、私とて生きてはいられない。貴女の命は私の命そのものだ。貴女の命には二人分の価値があるのだとどうか覚えておいてくれ」

「フェル様……」

そう言われてはもはや頷く他はない。想いの深さに飲まれるように思わずこくりと頷けば、ようやくにフェリクスの瞳はいつもの甘さを取り戻して、柔らかい光を宿した。

「――というわけで、今日から三日、刺繍は禁止だ」

「ううっ……」

「この三日はよく食べ、よく動き、よく眠るように」

「……ちょっとも駄目です？」

「駄目だ」

「――お話はすみましたか？」

夫婦の会話が一段落したことに気がついたのだろう。半分開いた天蓋の向こうから、低く穏やかな女声が柔らかく室内に響いた。声を聞いたアウローラが慌てて寝台の上に座り直し、フェリクスが抱《ほう》擁《よう》を解く。

秋の穏やかな光が窓の向こうから差し込む明るい寝室には、凛《りん》とした風情の女性が立っていた。

「母の主治医のシュトルツァ夫人だ。夫婦ともに医師で、彼女の夫は父の主治医を務めている」

「フリーダ・シュトルツァと申します。若奥様がクラヴィス領にいらっしゃる時はわたくしが診察をさせていただきますので、どうぞよろしくお願い申し上げます」

丁寧に名乗り、貴人に向けた礼をとったのは、フェリクスの母・アデリーネと同じくらいの年齢と見える女性だった。きっちりときつく結い上げた白いものの混じり始めた髪、なかなか分厚いレンズが入っているらしき鼻の上の小さな銀縁眼鏡と、膨らみのない藍色のドレスの上から白い前掛け状の白衣を身に着けたその姿は、熟練の看護人の姿のようにも見える。

ちなみに、学問の国かつ魔術の国でもあるウェルバム王国では、近隣諸国よりも遥《はる》かに女性医師の数が多い。女性に学問は不要であるとする国も未《いま》だある中、古から『魔女』という『魔術という学問を修める女性』が存在したこの国では、女性が学問を修めることをむしろ推奨してきたためである。

他国から学問を志して留学しそのまま居着く女学生は少なくなく、シュトルツァ医師も隣国からの留学生としてやってきてこちらで結婚、定住したというのは余談である。

「若旦那様には診察結果をすでにお伝えしてございますが、若奥様の此度《こたび》の症状は寝不足と過労、栄養不足です。まだお若いですし、睡眠と食事を適切に摂ればすぐに回復なさいますでしょう」

改めてアウローラを診察し、シュトルツァ医師はそう答えた。しかし、ほっと息を吐いたアウローラに鳶色《とびいろ》の目をきりりと吊《つ》り上げて、口をへの字にしてみせる。

「ですが、若旦那様の仰《おっしゃ》る通り、しばらく手仕事は厳禁ですよ。本を読むのも少しご辛抱ください。今は頭と目と身体をきっちり休ませてあげることが大切です」

「分かりました……」

「くれぐれも、お身体は大切になさってください。今はまだご懐妊なさってはおられないようですが、若奥様はいずれ、未来の侯爵閣下をお生みになられるお身体なのですよ。健康には常に気を配られますよう、侯爵夫人の主治医としてお願い申し上げます」

「……気をつけます」

アウローラはしょんぼりとうなだれた。

アウローラは侯爵家の夫人、それも嫡男《ちゃくなん》の妻である。命とは授かりものであり、望んだからとて確実に巡り会えるものではないことも確かだが、次代を育み一族を未来に繋げてゆくことは貴族夫人にとって大きな仕事のひとつだ。

しかし、出産とは命がけの一大事である。この百年の医学や衛生学の進歩と、医療魔術と魔術薬の目覚ましい発展によって、死産や出産時の死者は格段に減ったが、ほっそりと華奢であることが美しいと言われる貴族社会において、お産の影響で亡くなる夫人は未だ珍しくない。

「健康でいらっしゃることも、若奥様のお仕事のひとつですよ」

「はい……」

神妙な顔でうなずいたアウローラに、シュトルツァ医師の目元がふと笑う。彼女はくるりと振り向くと、寝台から少し離れた場所に待機していたフェリクスへと目配せした。

「坊ちゃま、よろしいですか。この若くて愛らしい若奥様を、きちんと『監視』なさいませね。そのためにお休みもいただいたのでしょう？」

「えっ？」

笑みを含んだ声色にアウローラは我が耳を疑った。思わず夫を見上げれば、彼は苦虫を噛み潰したような表情をシュトルツァ医師に向けていたが、彼女の言葉を否定はせずに大きく頷いているではないか。

「坊ちゃまはやめてくれ。——もちろんそうするつもりだが」

「ええっ？」

（お、お休み？　それに、か、監視⁇）

アウローラは困惑に声を上げたが、ふたりの耳には入らぬらしい。

寝台の上で目を白黒とさせる彼女を尻目に、どうやらフェリクスが幼い頃から縁があるらしき女医は、はきはきとした口調でフェリクスたち（部屋の壁際には、帳面とペンを携えたクレアが真顔でペンを走らせているのだ）に指示を出した。

「よろしいですか、先ほどもご説明致しましたが、過労などで寝込む時、人は臓腑《ぞうふ》も弱っているものです。ですから始めはとにかく味の柔らかい、胃腸に優しいものを召し上がってください。それでお身体が落ち着いたら、今度は胃腸に優しくて栄養価の高いものですね。最終的には健康な身体を作る調和の取れたお食事を日々召し上がっていただくことが肝要ですが、体力が底をついている時には、食物を消化することにも疲れてしまうものです。お元気になるまでは、無理にたくさん食べさせたり、味の強いものをお出しするのはよくありません」

「分かった。厨房《ちゅうぼう》に言付けよう」

「ええ、こちらの料理長ならすぐに分かっていただけるでしょう。そして食事も大事ですが、水分もきちんと摂っていただかなくてはなりません。ご婦人の身体には冷たい水よりも、白湯《さゆ》の方がよろしいでしょう。冷たい水は臓腑を冷やし、体調を悪化させることがありますのでね」

「魔術で温めたものでも問題はないか？」

「ええ、問題ございませんよ。あとは運動ですね。今日は無理に身体を動かさずしっかり眠っていただいて、明日になって熱などなさそうでしたら室内で軽い運動を。そこで具合が悪くならなければ、翌日以降、外でお散歩などなさるとよろしいでしょう。ただ、初雪はまだですが外は随分寒くなってきましたから、風を通さないご衣装をお召しください。太陽の光は大切ですが、光に負けてしまう方もおられますからね、浴びすぎないようにしてください」

「分かった。守ろう」

（兄さまの主治医さんが仰っていたことと同じだわ……）

次から次に繰り出される注意事項に、アウローラは目を丸くして震えた。身体の弱い兄が季節の変わり目に寝込む度、同じような注意をされていたことが記憶に蘇《よみがえ》る。当時は「分かりましたわ」と何度も頷いていたというのに、まさか自分が同じことを言われる側に回ろうとは。

アウローラは思わず、深いため息をこぼしてしまった。

すると、ため息を聞きとがめたらしきフェリクスがアウローラの座る寝台へと戻ってくる。彼はサイドボードに置かれた水差しの水をその横に添えられた陶器のマグに移すと、マグに向かって小さく力ある言葉を呟いた。マグはほんわりと淡い青に光り、光が消えるのと時を同じくして白い湯気を立ち上らせる。

「ありがとうございます」

差し出されたマグを受け取り、アウローラはほうと息を吐いた。熱すぎず、温《ぬる》すぎず。ひと口飲めば喉から胃へと程よい温かさが流れ落ちて、身体を芯からじんわりと温める。

「それを飲んだら、少し眠るといい」

「そうします」

残りの白湯を口へと運びながら、アウローラは素直に頷いた。

彼女の喉が動くのを確認したフェリクスは、彼にしては非常に珍しい、意識して作ったと分かる笑みを浮かべると、どこかいたずらっ子のような声色でこう告げた。

「――ああそうだ、この三日間の看病は私がする予定だ。しっかり養生してもらおうと思ってな」

アウローラの口元から白湯が滝のごとく流れ落ちたのは言うまでもない。

※

「もうむり」

そうして始まった療養生活、三日目。アウローラは完全に音を上げていた。

「どうした、どこか具合がおかしいのか？」

ぽろりとこぼれた虫の羽音よりも微かな声にも応《いら》えがあって、アウローラはゆるゆると頭を振る。

「いいえ何でも……、強《し》いて言うなら胸がもたれるというか……」

「何？　穀物のスープは胃に優しいと料理長に聞いたが、玉子を使ったものはまだ早かったか。すぐに取り替えさせる」

「いいいいいえ、違います！　比喩《ひゆ》！　比喩です！」

さっと立ち上がりかけたフェリクスの片手には、野菜の出汁《だし》でごく柔らかく煮込まれた穀物のスープに、黄金に輝く玉子が溶かれたものが鎮座している。万が一にも舌を火傷《やけど》せぬよう、また内臓を冷やさぬよう、けれど風味を落とさぬよう。絶妙な温度に温められたスープボウルからは、労《いたわ》りの籠もった滋味の香りが漂っていた。

「不快なわけではないのだな？」

「ありませんっ！　むしろよい香りで、お腹が空きます！」

「ならばよいが。……さあローラ、口を開けて」

（こ、こ、この甘さがそろそろ辛い……っ！）

何が無理で胸がもたれるかと聞かれれば、これである。

頭も目もすっきりしているのに刺繍を刺せないということも辛いが、何より辛いのは『付きっ切りで看病に明け暮れる夫の甘さ』が許容量の上限に達してしまったことだ。

（結婚後の生活で、慣れたつもりだったけど……むり）

「ローラ」

口づけの代わりと言わんばかり、ひどく甘い声色で口元に銀の匙《さじ》を差し出され、アウローラは努めて無表情を繕って口を開く。するりと適度な量の穀物と玉子が送り込まれ、その美味《おい》しさに舌は喜ぶが気恥ずかしさは止められない。

「どうだ？」

「おいしいです……」

ひとくち飲み込む度に頬を撫でられるのも、羞恥心を湧き上がらせる。まるで小鳥の雛《ひな》のように給餌をされることは初めてではないが、それが三食、しかも三日続いているのだ。本当に体調の悪い時であれば甘んじて受け入れるところだが、しっかり眠って元気を取り戻した今となっては、ただただ恥ずかしいばかりである。

「次は肉だな。幼児でも食べられるというほど柔らかく煮てもらったものだから、食べられるだろう。潰した芋も喉に掛からぬよう、乳で伸ばしてあるそうだ」

眉の根本をキュッと寄せ、顔を真っ赤に染め上げてむっすりと咀嚼する妻が、フェリクスには可愛くて仕方がないらしい。雛に餌を運ぶ親鳥の如く、次から次へとアウローラの口元に匙を寄せてくる。

「あ、あのう、フェル様、そろそろ自分で食べられますから……」

「駄目だ。これはローラへの『罰』でもある。黙って食べさせられなさい」

（た、確かにこれは効く『罰』だわあ……）

うつろな目をしてアウローラは口を開いた。滑らかなペースト状になった芋と小さく切り分けられた肉をアウローラの口に運んだフェリクスは、匙を持つ手の甲でアウローラの頬と顎を撫で、匙が離れていくタイミングでその頭部に口づける。口の中にものが入っている状態では逃げられるはずもなく、アウローラは完全になされるがままだ。

（うう……。か、身体、大事にしよう……）

心の底で密かに誓い、アウローラは降ってくる口づけを遠い目で受け止めた。

そうして、熟しきった果実に砂糖をたっぷりと掛けて煮詰めたコンフィチュールよりも遥かに甘い、アウローラ自身が胸焼けしそうな朝食がようやく終わると、フェリクスがひょいとアウローラを抱えあげた。そしてそのまま寝台を下り、ゆらりと歩き出す。

「だ、だからフェル様！　もう歩けますから！」

「これも『罰』だ。大人しくしなさい」

（うううう、恥ずかしいいい……！）

これも三日目。使用人たちが敷布を取り替える間、アウローラを横抱きにして、居間に置かれたカウチへ運び込むのも、フェリクス曰《いわ》くの『罰』だった。

鍛えられた騎士の腕という抜群の安定感ではあるが、時は爽やかな朝の光が窓の向こうできらめく、室内にも廊下にも使用人の溢《あふ》れる時間帯である。仲睦まじさを通り越した若夫婦の振る舞いに、徹底的に訓練されている侯爵家の使用人たちは顔色ひとつ変えないが、見られるアウローラの方は堪《たま》ったものではない。

何しろ日常であれば『夫の腕で運ばれる』のは、夫婦の情熱の時間の始まりと、その果てに疲れ切った身体を清める時ぐらいのものだ。その腕に揺られればどうしても夜の営みを連想してしまい、気まずいどころの騒ぎではないのである。

しかし、諦め顔のアウローラも何のその。壊れ物でも運んでいるかのようなゆっくりとした動きで、常の倍ほどの時間を掛けて隣室へと妻を運び込んだフェリクスは、アウローラを腕から下ろすことなくそのままカウチに腰を下ろした。膝の上に妻を横抱きにすると、満足げに息を吐く。

「あのう……」

「これも『罰』だ」

（ここまで来るとただの言い訳だわ……！）

もちろんその通りである。

しかしフェリクスは非常に真面目な真顔を作り、きりりと瞳を吊り上げて妻に厳《おごそ》かに告げるのだ。

こうなるとアウローラに言えることなどなにもない。

アウローラは息をつき、遠い目をした。

「――一体何をしてるんだお前は？」

（ぎゃっ⁉）

不意に、無の表情になっていたアウローラの耳に、呆れ果てた風情の声が届いた。

ぎょっとしたアウローラが飛び上がろうとするも、フェリクスの両腕に拒まれる。無理矢理に首だけ回して振り返れば、居間の入り口――夫妻のためのごく私的な応接室の扉から、非常に美々しい顔立ちをした黄金の巻き毛の男が顔を出していた。凍れる月と例えられるフェリクスとは対極の、輝く太陽のようなまばゆい顔立ちの持ち主、ユールである。

「妻を愛《め》でているだけだが」

同僚の非難の視線を真っ向から受けたフェリクスは、むしろ自慢をするように膝の上の妻を軽く掲げて見せる。過保護な夫の過剰なほどの愛情を赤の他人に見られた羞恥で、アウローラの頭の中は真っ白になった。

「……どう見ても嫌がっているだろうが！」

「罰なのだから仕方あるまい？」

「もはやただの言い訳だろう！」

微動だにしないアウローラに憐れみの表情を向けつつ、ユールは短く叫ぶ。さすがに自覚はあったのか、フェリクスは聞こえなかった振りをして視線をそらした。

「……二年前の騎士団にこの図を見せても、貴様が『凍れる魔人』だとは誰も信じないだろうな」

「別に凍ってなどいなかったが」

「今が本性なのだとしたらそうだろうな！」

「ところでルーミス、何をしに来た？　殿下に何かあったのか」

小さく咳払いをしたフェリクスは話題を変えるようにそう切り出す。

ユールはむっと口を引き結んだが、本題を思い出したらしい。やれやれと言いたげに軽く肩をすくめると、すっと空気を変えて近衛の敬礼をしてみせた。

「先触れだ。――王太子殿下が次期クラヴィス侯爵夫妻に話があると仰《おお》せである。クラヴィスが非番であること、また夫人が病み上がりであることを考慮され、殿下御自ら足を運ばれるとのこと。心して受けよ」

「――承《うけたまわ》った」

膝の上のアウローラをカウチの座面にそっと下ろし、フェリクスが敬礼を受けて答える。

そのやり取りを待っていたのだろう。控えていたエリアスが応接室に続く扉をそっと押し開ける。

大きく開いた扉のその向こう、アウローラの手による刺繍があちらこちらに飾られたこぢんまりとした応接室の絹張りの椅子の上で、やたら爽やかな笑みを浮かべた王太子が手を振っていた。

※

「いやあ、相変わらず仲良しだねぇ」

屋敷中に響き渡る大音声の悲鳴を上げたアウローラが、侍女総出の大慌てで人前に出られるドレス（淡い紫に白と葡萄色《ぶどういろ》の糸で花々が刺繍されたシンプルながら上品なものだ）に着替えたその後。

アウローラとフェリクスは夫婦の応接室にて、何やら書物を読みながら待っていたらしき王太子たちと対面していた。

「うん、実に見事な悲鳴だった。アウローラ夫人は元気になったようだね」

「――お耳汚し、大変失礼致しました」

（あ、穴を掘って地中深くまで潜りたい……っ）

顔を耳まで朱に染め、背には冷や汗を流しながら、アウローラは縮こまる。

あのタイミングでユールが現れたということはおそらく、フェリクスがアウローラに食事を与えていた時点ですでに、王太子一行はこの応接室にいたということである。となると、抱えられて寝室を出てきた以降のやり取りも聞かれていたということだ。

よりによって夫の同僚と上司にあのやり取りをと思うと、山を貫くことさえあるという山小人《ドワーフ》の掘った洞窟の最下層に潜って、数年は出てきたくないような気分にもなる。

しかし、茹《ゆ》だったカニのように赤いアウローラに対して、フェリクスは全くもっていつも通り、仕事中に見せる冷静な表情で、優雅に茶をすする上司へと向き直った。

「本日まで、休暇扱いとしていただいたと記憶しておりますが――何かございましたか」

「――フェリクス、君、動揺ってしたことある？」

「妻には日々動揺させられ通しです」

あまりにも通常通りのフェリクスに王太子が問えば、間髪入れずにそんな答えが返る。王太子の隣のルミノックスが目を丸くし、王太子はくつくつと喉を鳴らした。

「惚れた弱みというやつかな？」

「そのような呼ばれ方もするようですね」

「――あっさり認めるんだもんなあ」

両手を天に向け、お手上げだと首をすくめる王太子に、ルミノックスも苦笑を見せた。

ウェルバム王国の男性には、己の恋情を詳《つまび》らかに語ることをよしとしない風潮がある。ユールのように『恋愛遊戯』を楽しむケースは例外だが、己の恋人や妻、婚約者などパートナーへの想いを明け透けに語るのは気恥ずかしいし気障《きざ》だという考え方が根強いのだ。

フェリクスの場合は本人の真っ正直な性格と、彼の義兄であるラエトゥス公爵が己の妻への愛を隠さぬ男であるので、そこからの影響が大きいのだろう。それにしても、本人のいる場で相手への慕情を隠しもしないというのはなかなかの強心臓である。

「まあ、不仲よりはよほどよいけどね……さて、休暇中のところ悪いけれど、ルミノックスが興味深いものを見つけてね。あと、王都からちょっと不穏な連絡もあって、これは早めに共有しておければと思ってお邪魔させてもらったんだよ。――そういえばアウローラ夫人、あの地下をモチーフにした刺繍がすでに何枚かできていると聞いたけど、本当かい？」

「はい」

王太子の問いにアウローラは頷く。

倒れた時点で三枚目が出来上がっていたといえば、王太子は目と口を丸くした。

「さすが早いなあ……！　でもそれはまあ、倒れるだろうなとも思ったよ」

「以後、気をつけるよう約束致しました」

「……ちょうど、隣室に持ってきてありますので、お見せ致します」

頷いたフェリクスが薄目でアウローラを見る。アウローラはこほんと咳払いして、手を叩くとクレアを呼んだ。壁際に控えつつ一連の流れを耳にしていたクレアは、夫婦の居間からアウローラの刺繍箱を持ってくる。結婚を機に夫に贈られた貝細工と寄せ木細工の見事なそれは、未来の侯爵夫人の持ち物に相応《ふさわ》しい、美しい箱だ。

「失礼致します」

男性陣に断るとアウローラは箱を膝に乗せ、中からタイを三枚取り出すと小卓の上に広げて見せた。

「……ほう！」

王太子の喉から、思わずと言った感嘆がこぼれ落ちた。

広げられた白地の絹。そこに広がるのは、小さな宇宙だ。

大判の正方形の四方にぐるり、ところどころに茨を絡めた『守護の鎖』の模様が縁取る中、ひとつの隅――タイとして首元に巻いた時、正面に来る部分である――に、僅かに青みのある銀のように見える糸が織りなすのは、古典的なデザインを現代的に組み直した太陽のモチーフである。中央に星を抱く円の周囲に放射状の筋が伸び、後光のような光を示していて、どこか厳かな印象だ。

その周りには海のような夜のような、深く美しい藍の糸で、満月から新月へ、十二の円による月の満ち欠けが描かれている。一つ一つの月の合間には銀めいた灰の糸で季節の星座を示す星が描かれていて、その外側には『女神の加護が愛し子に宿る』といった意味の古語による聖句がぐるり、鎖と茨のモチーフとともに施されていた。

どこか幾何学的にも見える、なんとも美しい刺繍である。

「アストロラーベみたいで格好いいなあ……！　込められている魔力も優しいのに力強いし、デザインも洒落《しゃれ》ている。隊員じゃなくても欲しくなるね、これは」

「ええ、妹の手技が優れていることは知っていましたが、これほどのものだったかと思いました。初代夫人の刺繍も素晴らしいものでしたが、こちらの方が現代的で洗練されて感じますね」

「さすがは女神、色味がすばらしい。我々の隊服に合わせていただいたのですね。刺繍の出来栄えも仕立て屋の職人にも勝るとも劣らないと見えます。他部隊の者も欲しがるのでは？」

「お、畏《おそ》れ入ります……。この図案は元々ルーツィエ様のものですし、わたくしの図案にはレオが手を入れてくれましたから、わたくしの手柄というわけでは……」

「それでもこれが見事な出来だってことに変わりはないよ」

口々に褒め称えられ、アウローラは頬を染めてうつむく。隣のフェリクスが我がことのように胸をそらすのを、ユールが後ろからこつんとつま先で小突いた。

「残りも頑張ります」

「隊長が任務に邁進《まいしん》できるように、頑張りすぎないでお願いするよ」

王太子が笑う。アウローラはこほんと喉を鳴らして、「善処致します」と真顔で頷いてみせた。

「そう言えば、守護妖精はこの刺繍についてなにか言っていた？」

「ステラが？」

一枚を手に取り眼前に広げて眺めながら、ルミノックスが不意にそう聞いた。刺繍室でゴロゴロと悠々自適に過ごしていたステラの姿を思い出しながら、アウローラは腕を組む。

「特には何も……。一枚目が完成した時に広げて確認していたら、テーブルの上に登ってきて、タイの上で寝転がろうとするものだから慌てて取り上げたの。にゃごにゃご言っていたけれど、その後は大人しくしていたし……」

「想像以上に猫だなあ……」

ステラは神がかった美しさを持つ猫の姿をしているが、その仕草はあまりにも猫らしすぎて、妖精だと言われる方が嘘のように思えてしまう。あれで実は精霊になりかけの高位妖精であるなどということは、人型に変化でもしない限り誰も気づかないだろう。

「でも、折角《せっかく》の貴重な生き証人なのだから、ちゃんと意見を聞いてみた方がいいと思うよ」

「そうするわ」

「――ところで、その守護妖精はどこに？」

「今日は見ておりません」

兄妹の会話を耳にした王太子がフェリクスに問う。しかしその答えがあまりに端的なので、アウローラは苦笑しながら周囲を振り返った。寝台にいたアウローラは見ていないが、使用人たちであれば見かけたかもしれない。

「ステラは気まぐれで神出鬼没ですから……。誰か見かけたかしら？」

すると案の定、エリアスの隣に控えていたフェリクスの執事・ヘッセが、恭《うやうや》しい動作で口を開いた。

「白猫様でしたら、今朝若奥様がお目覚めになる前にこちらへいらっしゃいましたが、病み上がりなので起こしてはいけないとレオ様に連れ出されました。そのレオ様は朝食後、屋敷の人々のスケッチをすると言ってお出かけになりましたので、白猫様もご一緒しているかもしれません」

「まあ。お見舞いに来てくれたのかしら？」

「おそらく。旦那様方のお加減が芳《かんば》しくない時も、白猫様は様子を見にいらっしゃいますので」

「そう言えば子どもの頃、熱を出すといつも白猫の夢を見たな。あれは夢ではなく現実だったのか」

ヘッセの言葉にフェリクスが膝を打つ。

（白猫に構われる子どもの頃のフェル様、ぜっっったいに可愛かっただろうなあ……！）

その光景を思い浮かべ、アウローラは思わず笑みを浮かべた。

何しろ子どもの頃は少女のように可愛らしかったというフェリクスである。姉と並べば姉弟ではなく姉妹に見えたというし、実際、屋敷のギャラリーに飾られた二十年近く前の家族の肖像は、美男美女の夫婦の膝の上に、愛らしいことこの上ない美麗な姉妹がちょこんと座っているようにしか見えないのだ。

そこに美しい白猫が会いに来るなど、物語のワンシーンのようではないか。

（銀の髪に青い瞳のちいさな男の子と、ふわふわでふかふかな、真っ白な毛に青い瞳の猫――。まあ、色合いもピッタリ！　……もし刺繍にするなら、白と銀灰の絹糸と、青い石のビーズね。艶を消した小さな水晶ガラスのビーズも使いたいわ。猫と男の子を小さな小品に仕立てて、額に入れて飾るのはどうかしら？　きっと見ているだけで癒されてしまう愛らしい物に仕上がるに違いないわ……！）

想像から一足とびに刺繍の世界に心を躍らせてしまったアウローラは、「ところで本題だけど」と王太子が口火を切ったことで我に返った。

さも『聞いていましたよ』という顔で居住まいを正したが、王太子の隣に座るルミノックスにはお見通しだったらしい。仕方がないなと言いたげな、アウローラにはおなじみの笑みを浮かべて、小さく息を吐いている。

「義兄上《あにうえ》がなにか新しく発見されたという話でしたか」

「そうそう。明日にしようかとも思ったんだけど、明日は視察の予定があるから、ゆっくりしていられないということに気がついてさ。今日のうちに話だけしてしまいたくて。――人払いをお願いできるかな」

王太子の命にフェリクスが頷く。しかしフェリクスが何か言葉を放つより早く、クラヴィス家の使用人一同と騎士たちは一礼して、部屋を出ていった。場には王太子とその護衛が二人、そしてルミノックスとクラヴィス家の若夫婦だけが残される。

静まり返った室内を確認すると、王太子はひとつ手を打った。するとまるで硝子《ガラス》の膜に覆われたかのように部屋の外の気配が薄くなる。王太子お得意のいつもの防諜《ぼうちょう》の魔術である。

魔術が効果を発揮したのを確認すると、王太子は己の隣に腰を下ろしている後輩――ルミノックスへと視線を投げた。

「さあ、話してくれ」

話を振られたルミノックスは白い手袋をつけた手で、抱えていた書物をそっと卓上に載せた。おそらくかなり古いものなのだろう、変色した厚い革の表紙にはクラヴィス家の家紋が押されている。

『いかにもな古い時代の書物』だ。

「この書物は昨晩、フェリクス殿が開けた櫃の底から出てきたものです」

「あの上衣の入っていた櫃？」

「そう。初代夫人の刺繍が施された上衣が出てきた、あの櫃だよ」

アウローラは初代クラヴィス侯の遺品だという、フェリクスでないと開けられなかった櫃のことを思い出す。妖精よけだという茨の模様の彫り込みが美しい、アウローラの手でも抱えられるほどの大きさの櫃だった。

「でも上衣の下に、本なんて入っていたかしら？　覗き込んでみた時、上衣の下はすぐ底だったと思うけれど……」

そう呟いて、アウローラは首を傾げる。入っていたのはローブのような形状の、騎士が鎧か騎士服の上から身に着けたであろう上衣である。生地は厚手でそこそこの嵩《かさ》があったので、櫃の中は上衣でいっぱいだったはずだ。

「確かに、上衣の下はすぐ底だったよ。でも、更にその下から出てきたんだ」

兄の言葉が飲み込めず、アウローラは疑問符いっぱいの表情でルミノックスを見上げた。

「……昨日の夜のことなのだけど、調査室でふと、あの櫃が見た目より底が浅いことに気がついたんだ。それで、もしかして上げ底なんじゃないかとひらめいてね。内側を丹念に見ていたら、側面の一部が組み木のからくりになっていたんだ。そのからくりを解くと底板が外せる仕組みになっていて、底板の下からこの書物が出てきたんだよ」

「それで兄さま、目の下に隈があるのね」

「つい夢中で解いてしまって……」

知恵の輪などの立体パズルを解くことは、身体の弱い幼少期を送ったルミノックスの趣味のひとつである。ポルタの彼の自室には、書庫かと思うような書架の合間に、立体パズルをコレクションしている飾り棚があり、そこには数え切れないほどのパズルが綺麗《きれい》に飾られているのだった。

ちなみにそれらのパズルはアウローラにはちんぷんかんぷんで、彼女は最も難易度の低い知恵の輪ぐらいしか解けたことがない。

「夢中になると周りが見えなくなるのは兄妹似ているところだね。無理はするなよ」

「今日はこの発見のお陰で元気ですから、大丈夫ですよ」

「……逆に不安だ」

「兄さまは、気持ちが昂《たかぶ》るとすぐに熱を出すから……」

妖精のように可憐《かれん》と称される面差しでルミノックスは微笑むが、一同は一斉に心配げな眼差しを向けた。なにしろ彼は、行事の前夜や直後には必ずと言っていいほど、感情の昂りに引き摺《ず》られるように熱を出す男である。

「さて、この書物ですが」

寄せられた視線にルミノックスはこほんと咳払いをひとつして、気を取り直すと書物をそっと開く。

一体何が書かれているのか、胸を鳴らして覗き込んだアウローラはきょとんと目を瞬かせた。

「これは？」

困惑に、アウローラは隣の夫を見上げるが、彼も言葉なく首を振るばかり。向かいの王太子も目を丸くして、開かれた書物を凝視していた。

開かれた書物の中央は四角く切り抜かれ、そこに小さな木の箱が収められていたのだ。

「隠し箱です」

箱の角に指を掛けて、ルミノックスが慎重に取り出す。明るい色と暗い色の木片で模様のつけられたそれは、どうやら寄せ木細工のようだ。

「こちらもどうやら、櫃と同じ職人の手によるからくり箱のようでして」

「隠し箱の中に更にからくり箱か……」

ルミノックスの華奢な片手の手のひらに丁度収まるほどの小箱に、王太子が唸る。

「このからくりは解けるのか？」

「櫃と構造が似ていますから解けるとは思うのですが、どうやら櫃と同じ封じがかかっているようで、侯の血縁者でなければ開けられないようです」

その言葉に、複数の視線が一斉にフェリクスの元へと集まる。フェリクスはぴくりと片眉を動かしたが、一同の期待に満ちた視線に目を眇《すが》めると、渋々ルミノックスの手の上の箱に指を伸ばした。

「侯爵に許可を得ずに開けていいのかい？」

「あの櫃に関することは私に一任されています」

受け渡されたそれを手のひらで軽く転がすと、フェリクスは小さく息を吸い、ゆっくりと吐き出す。

『開け《鍵よ》』

フェリクスの手のひらが透き通った青に輝く。次の瞬間、パン、と軽い音を立てて自壊するように木箱が解けた。

「……呆れた力技だなあ」

パズルのピースのようにバラバラになった木片に、王太子が呆然と声をこぼす。

「普通、からくりを解いて最後のひとピースに解錠の術を掛けるだろう？　そのプロセスを吹っ飛ばすだなんて一体どんな魔力量をしてるんだ。――なあフェリクス、今からでも専業魔術師に転向する気はないかい？」

「ございません」

きっぱりと端的に言い切り、フェリクスは分解された木箱を卓上に移す。そして、木片の中から小さな羊皮紙をつまみ上げた。

まるで伝書鳩《でんしょばと》に預ける書簡のように丸められた、メモ紙程度の小さな紙である。しかしそれは厳重に、小さな魔術陣が刻まれた赤い蝋《ろう》で封じが施されていた。保存状態は非常によく、まるで数日前に封じられたかのような姿だ。

「ふうむ、これを封じていたのだな」

「きれいな黒の糸ですわ。ルーツィエ様の刺繍と同じ糸かしら？」

「あああ、フェリクス殿、素手は！」

何気なく封を解こうとしたフェリクスに、悲鳴にも似た声が飛ぶ。ああ、と答えたフェリクスにルミノックスがハンカチーフを差し出した。それを手にフェリクスは今度こそ封蝋を壊すと紐を解き

（封蝋を壊すのに血縁の魔力が必要だという念の入れようだった）、羊皮紙を開いた。

「……これは」

そこに記されていたのは、非常に精緻《せいち》な魔術陣とその図解だった。

まるで満月のようなきれいな円の中、細かく記された術の模様と、その周囲に連なる細かい文字は
どうやら初代クラヴィス侯の書付けであるらしい。記されているものは短く端的な文章であるようだ
が、それを一通り確認したフェリクスは険しい表情を隠さなかった。

「フェル様……？」

一通り読んだらしきフェリクスが、難しい表情のまま紙片を丸める。不安げに見上げるアウローラ
にわずかに口の端をもたげたが、次の瞬間にはまた厳しい顔になり、紙片を王太子へと差し出した。

「殿下にもお読みいただくべき内容かと思います」

「あれだけ厳重にしまい込まれていたんだ、侯爵家の秘事じゃあないのかい？」

「確かに侯爵家の秘事ではありますが、今はそうも言っていられないかと」

王太子は差し出された紙片を黙って受け取り、ざっと紙片に目を通すと小さく唸る。

「――なるほど、これは厳重に隠すわけだ」

二度、三度。繰り返して読み込んだ王太子は紙片の束を丸め、卓上に戻すと天を仰いでそう呻《うめ》いた。

一体何が書いてあったのかと、ルミノックスとアウローラがよく似た仕草で首を傾げる。

「話してもいいかな？」

「殿下がよろしいのでしたら」

王太子は深く座り直して足を組み、長椅子の背に全身を預けた。ぐしゃりと一度髪を掻き混ぜて、

深く長い息を吐き出す。

「……端的に言うと、これに記されているのは、かつてアルゲンタムを守護していた『魔女の壁』なる術の陣だ」

ひとつ大きく息を吸って吐き。王太子が口にしたのはそんな話だった。

「まじょの、かべ？」

聞き覚えのない言葉に、アウローラが繰り返す。頷いたのはフェリクスだった。

「恐らく、古い時代の結界の術のことを差しているのだろう。——残念ながら、あの魔法原理主義者の魔法使いたちの目は確かだったようだ」

王太子が戻した紙片を手に取り、フェリクスは続ける。

「この小さな紙にはこの陣に関する端的な説明と、初代がこの地にその陣を張るに至った経緯が記されている。——この地は古くから魔力の濃い土地として知られていて、その地の力を欲した『外法《げほう》の呪《まじな》い師』たちによって、幾度となく襲撃に晒《さら》されていたのだという。そこで、力ある神官騎士と魔女——初代夫妻がこの地に派遣され、その者たちを打ち破った。そしてその功績として、この土地そのものと、王都に張られていた結界の術である『魔女の壁』の構築方法を伝授されたという」

「しかもどうやら初代の妻という魔女は王家の末の姫だったらしい。この地ではいわゆる『魔女名』を名乗っていたようだが、本当の名はフィグリアだと書いてある。——うちの王女によくある名前だな」

王太子が腕を組み、そう続ける。フェリクスは浅くうなずいて再び紙片を見つめた。

「初代は王家の信厚く、都市としての発展を見込まれたこの地を賜《たまわ》ったと聞いていたが……裏にはこのような事情があったのならば、この地を守れと厳命されていたのも道理だし、当家に幾度か王族が嫁いでいることも納得だ」

「でも、どうしてその由来は『秘事』として、これほど厳重に隠しながら守り伝えてきたのでしょう？　素晴らしいことのように思えますのに」

クラヴィス家は設立当初から侯爵家という高い地位を与えられている。それは当時の王家からの信頼が殊《こと》の外《ほか》厚かったということに他ならない。普通であれば、周囲に喧伝《けんでん》されるような名誉だったのではないのだろうか。

そう首をひねるアウローラに、フェリクスは首を振る。

「ここの結界が王都と同じ仕組みだということを隠すためだろう。この地の結界と王都のそれが同じ仕組みであると知られれば、狙うものが出る。術が解析されてしまえば、王都にとっては致命的だ。当時は他国との関係も今ほど穏やかではなかった上に、下剋上《げこくじょう》を目論《もくろ》んだ豪族が王家を襲うような事件もあったという」

（そ、それは確かに危ないことだわ……）

合点がいって、アウローラは内心で手を打った。

「でしたら逆に、記録として残すのも危ないのではないでしょうか？」

しかし、妹の隣で紙片を覗き込んだルミノックスはそう首を傾ける。俺もそう思うけど、と王太子は頷いて、「でも完全に失伝するのも危険だと考えたんじゃないかな」と肩をすくめた。

「もしも奴らがこの地に目をつけていたとしたら、王都も危ないということになりますね」

「――もしや、奴らの本当の狙いは王都で、この地にやってきたのは『演習』なのでは？」

冗談めかした口調で、ユールが呟く。しかしその言葉に、場は水を打ったように静まり返った。

ユールはぎくりと背を震わせて口を引き結ぶ。

「……ありえないとは言えないな。王都にあるヴィタエ湖の神殿島付近は、今でも素晴らしく魔力に充ちた土地だ。大地に関わる『魔法』を使う者たちにとっては、喉から手が出るほど欲しい土地だろう。──さてここで、『王都から来た不穏な連絡』に話が繋がるんだけど」

苦り切った表情で、王太子が息を吐く。

「どなたからです」

「メッサーラ殿だ」

フェリクスが問えば、そう返る。

メッサーラの主、第一王女メモリアは自称『お飾りの第三将軍』だが、その実態はとてもお飾りなどとは言えない軍の幹部である。王宮を守る第一騎士団は彼女の指揮下にあり、『旧王宮』でもある大神殿の所在であるヴィタエ湖の神殿島もまた、その警備範囲に含まれていた。

タイミングのよすぎる連絡元に、一同がごくりと喉を震わせる。

「内容を簡潔に言うと、王都の大神殿、その禁書庫に『ネズミ』が出たようだという話でね」

隠喩《いんゆ》の意味を知らぬアウローラはきょとんと瞬いたが、男性陣は一様に身を強張《こわば》らせた。この場で言うネズミはもちろん、地下道や森で見かけられる小さな生物のことではない。──ウェルバム王宮や国軍では、他国や反政府派の諜報員など、『忍び込んだ者』を指す言葉である。

「この『ネズミ』、どうやら古代の『魔法陣』、特に『結界』に関する書籍を齧《かじ》ろうとしたらしい。駆除が間に合わず、食い散らかされた跡もいくつかあったようだ。まだ詳細は分からないが、王都やこの地について調べた資料もあったかもしれない」

静まり返った室内に王太子の声が響く。気がつけば、アウローラは隣のフェリクスの腕をきつく握りしめていた。不穏な話に震えが止まらない。

そんなアウローラを安心させるように、フェリクスの手のひらが肩を抱く。手のひらから伝わる体温にほっと息を吐いたアウローラは、彼女を見下ろす柔らかい視線に気がついて小さく咳払いをひとつした。

それを機に、場の空気が一気に和らぐ。妙に温かな視線が一同から投げかけられ、アウローラは気まずさに思わず声を張り上げた。

「……そ、それではやっぱり、早めに皆様の分の刺繍をご用意しなくてはですね！」

「当面、朝八時以前と、夜十時以降は禁止だ」

明るい声を響かせたアウローラに、フェリクスが即座に言い渡す。

「それでは春までかかってしまいます」

「かかっても構わない」

思わずムッと声を荒げるが、凍れる夫はこゆるぎもしない。早い方がいいでしょう、無理をして刺すことはない、云々《うんぬん》。互いに言い合う夫婦の姿に、王太子が喉を鳴らして笑う。

「まあそうだね、早くに作ってもらえたらとてもありがたいけれど、夫人が身体を壊しては元も子もない。とりあえずはできた分から支給、としよう。さっきの三枚はまず、フェリクス、センテンス、ユールかな。そうだ、足りない分にはアウローラ夫人の私物をお借りすることはできるかい？　もしくはフェリクスの持ち物でもいいけど。夫人に贈られたタイくらい、いくらでも持っているだろう?」

「ローラからの贈り物は全て私にとって至宝ですので、貸し出しは遠慮させていただきます」

王太子の依頼を即座に切って捨て、フェリクスは明後日の方を向く。

「うわ、ケチくさいことを言うなあ!」

「なんとでも仰ってください。ローラに貰《もら》ったものは誰にも渡しません」

「あのう、わたくしのハンカチーフなどでよければ、百枚くらいはございますので……」

「それもすごくないかい!?」

アウローラの申し出に、王太子が目を丸くして笑い声を上げた、その時。


「ふぎゃあああああああああああああ!!」

和やかな空気を切り裂く断末魔にも似た猫の悲鳴が、アウローラの脳裏に響き渡った。

†6　結界の『核』

それは、あまりにも悲痛な叫びだった。

その叫び、頭をガツンと殴られたかのような衝撃が、耳の奥に直接届いてしまったアウローラは、小さな悲鳴すら上げられずにふらりと崩折れる。床に倒れ込む寸前にフェリクスの腕が届いたが、そのフェリクスにも同じ衝撃が加わっていたらしい。彼はアウローラを胸元に抱え、歯を食いしばりながら膝《ひざ》をついた。

「な、なんだ……今のは……」

「獣の鳴き声……猫……かと」

膝をつきつつも咄嗟《とっさ》に氷の剣を展開していたフェリクスは、そっとアウローラを床に下ろすと険しい表情で窓の外を見やった。秋晴れの美しい空は澄み渡り、悲痛の気配はどこにもない。

「猫？　あの妖精になにかあったのか……？」

「――よくない予感がします」

フェリクスの呟《つぶや》きに、王太子の表情が強張《こわば》る。

占術師としても有能なフェリクスの直感は、女性の第六感以上の感度で不穏を察知する。経験上それを知る王太子にとって、フェリクスの呟きは看過できないものだ。

「今の悲鳴は魔力に乗っていたな？　魔力の向きを辿《たど》れば発生源は――こっちか！」

「あっこら殿下この野郎!?」

ぼそりとこぼした王太子は防諜の魔術を解くなり、どこからともなく魔術杖《じょう》を取り出すと魔力追跡と加速の魔術を唱えながら室外へと走り出した。窓の外を警戒していたセンテンスがその背に飛びかかるが、瞬きひとつの合間に術を展開できてしまう王太子を追うには、一歩遅い。

「あの人はァアア‼」

誰よりも護《まも》られるべき存在であるはずの王太子の暴挙に、センテンスは怨嗟《えんさ》のような悲鳴を上げてその背を追いかけ飛び出していく。

「……ヴィーラー、ヴィルケ、エルマン！　殿下を追え！」

「ハッ！」

フェリクスの指示に、特別小隊の面々も部屋を飛び出す。

「ルーミス、貴様は私とともに窓だ」

「仕方ないな」

魔力適性がないためか、悲鳴が聞こえなかったらしくひとりピンピンとしていたユールは、いかにも『面倒な』と言いたげに顔をしかめたが、機敏な動きで窓に走り寄る。そうして肩をぶつけるように勢いよく窓を開け放つと、追ってきたフェリクスとともに、硝子《ガラス》の向こうに広がる優美なテラスへと躍《おど》り出た。

呆気《あっけ》にとられて見守るアウローラの前でふたりはそのままテラスから飛び降り、その姿はあっという間に見えなくなった。

（さ、さすが……。あの音量を聞いて、もう動けるだなんて……）

なにしろ、魔力に乗って届けられた脳に直接響いた悲鳴は、聞いた者の意識を吹き飛ばしかねないほどの大音声だった。実際、アウローラの頭は今なおぐらぐらと揺れていて、身体《からだ》のバランスがおぼつかない。不意打ちを受けた心臓も、今にも弾《はじ》け飛んでしまいそうなほどに跳ね回っている。

（こ、これは兄さまあたり、倒れていそうな……ああ、やっぱり）

案の定、ルミノックスはしっかりと気を失っていて、入ってきたメイドたちに介抱されていた。それに駆け寄りたくとも、身体はまだ動かない。アウローラはぼんやりとした頭をゆっくりと左右に振りながら、いつの間にか隣に来ていたエリアスに掠《かす》れた声で問いかけた。

「今の悲鳴は多分……ステラ、よね？」

「……ええ、おそらく、白猫様でしょう」

そう答えたエリアスにも悲鳴の余波はしっかりと残っているようで、彼はアウローラの問いにそう答えながら目を瞬かせ、こめかみをぐりぐりと押していた。

「あれは明らかに、誰かに『聞かせよう』とする鳴き声でした。……あのような脳に直接響く音は、普通の人間や動物に出せるものではありません。ですが、妖精か精霊であればそれも可能です」

魔法騎士であるエリアスはそう続ける。

かつてフェリクスがアウローラに贈った耳飾りのように、音を届ける魔術や魔道具は存在する。しかし、脳に直接聞かせる魔術というのは基本的に魔術法で禁止されている上に、非常に高度で繊細な魔術を必要とするそうで、並の魔術師にできることではないのだそうだ。

けれどその一方で、精霊や幻獣など魔力で肉体が形成されている生物には、『己の意思を他者の脳裏に直接伝える』力を持つものも少なくないらしい。

「つまり先ほどの鳴き声は、ステラがわたくしたちになにか伝えるために鳴いた、ということね？」

アウローラが小首を傾《かし》げれば、エリアスは「おそらく」と言葉を濁す。

「今までにこういったことは？」

「古い時代のことは分かりませんが、私は生まれてこの方、一度も聞いたことがありません」

エリアスはフェリクスの乳兄弟《ちきょうだい》だ。乳飲み子の頃からアルゲンタム城に出入りしており、ステラのことも幼少の頃から知っているが、あんな悲鳴を聞いたのは初めてのことであるらしい。

「……わたくしたちに助けを求める声のように、聞こえたわ」

誰か助けて。

必死にそう叫ぶようなひどく切羽詰まった鳴き声が、耳の奥にこびりついて離れない。

（いつも、この街やクラヴィス家の人たちを護ってくれているステラが助けを求めるなんて、よっぽどのことがあったに違いないわ）

アウローラは深く息を吸い、ゆっくりと吐き出す。

そして決めた。

「――わたくしたちもステラを探しましょう」

※

「この辺りのはずなんだがな……」

林の入り口にある植木の手前に、古い樫《かし》の木が一本。その根本には古びた木のベンチがひとつ。

放たれた魔力の起点を追いかけてきた王太子は、アルゲンタム城の庭の外れでようやく足を止めた。

庭師の手によって整えられてはいるものの、園遊会や演奏会の行われる噴水や彫刻のある美しい領域からは外れた、少々寂れた領域である。

それもそのはず。そこは領主一家や客人が訪れることはほとんどない、植え込みの向こう側に使用人のための居住棟と屋敷の裏側――使用人たちが行き来する様が見える、いうなれば『裏庭』なのだった。使用人にすら座られることの滅多にないベンチの傷みは激しく、脚は腐りかけてぐらぐらと揺れており、ペンキもすっかり剥《は》げてしまっている。

「うーん、白い猫どころか、栗鼠《りす》の姿さえないな」

「強い魔力の残滓《ざんし》は感じますが、姿は見えませんね」

センテンスの言葉にフェリクスが相槌《あいづち》を打つ。

テラスから飛び降りたことで先回りすることこそ成功したものの、暴走する王太子を止められなかったフェリクスは、そのままセンテンスとともに王太子を護衛して、彼の向かう先へと付いてきたのだった。

「ここで何らかの魔力が爆発した、ということは分かるんだけどなあ」

ベンチの裏側、茂みの根本にちらちらと光る青い魔力痕に王太子は目を凝《こ》らす。しかし、人間の使う術のように陣や呪文のあるものではないそれは純粋に『魔力の痕』でしかなく、そこで何が起きたのかを示すことはない。

「魔導院の魔女ロザリンドや魔女アラベラがいればもう少し解析できたかもしれないが……」

「殿下」

魔術痕解析のエキスパートの名を上げて唸《うな》る王太子の横で、フェリクスが小さく声を上げた。

「この辺り、他の色の魔力が混じっております」

「何？」

王太子がフェリクスの指差す先を覗《のぞ》く。するとそこには確かに、ステラが放ったと思《おぼ》しき青の光に塗りつぶされるようにして、血のような赤色と木の葉のような緑色の魔力の残滓がほんのわずかに残っていた。

その彩りに、フェリクスと王太子の眉間のしわがこれ以上ないほどに深くなる。

「この色は……、アルカ・ネムスで見たような覚えがないか？」

「残念ながら覚えがございます。それに――御覧ください」

フェリクスが無表情に、樫の木の根本を指差した。そこだけまるで掘り返したばかりのような、黒く柔らかい土が覗いている。

「ここだけ、まるで耕されたかのようです」

「土の中にいる生き物のせいじゃあないのか？」

「それならば、周囲の他の木の下にも同じ痕跡があるのではないか」

即座に否定されたユールが目を眇《すが》める。王太子はしゃがみ込み、掘り返されたようになっている黒い土に指を伸ばした。畝《うね》のごとくになっている土の合間には、やけに古びた樫の実がころりころりと転がっている。

「これはひょっとせずとも、ウィリデと言ったか、あの小さな子どもの魔法使いの――」

「――ああ、やっと、追いつき、ましたわ！」

王太子の横に膝をつき、魔力痕と掘り返されたような土を睨《にら》みつけていたフェリクスが、届いた声に振り返る。丁寧に結い上げられた柔らかなたまごのクリーム色の髪、その後れ毛と暖かそうなケープの裾を冷たい秋風に揺らしながら懸命に坂を登ってくるのはもちろん、彼の至宝たる愛《いと》しの妻、アウローラである。

「ローラ」

名を呼ぶ声は砂糖細工のように繊細で甘いが、咎《とが》める色も含んでいる。それを聞き取ったアウローラは眉を垂れたが、それは長続きしなかった。

「ごめんなさい。でも、あんな鳴き声を聞いてしまったら、心配でじっとしていられなくて。ステラは見つかりましたか？」

「いいや」

端的に答えたフェリクスはアウローラの表情が陰ったのを見て、慌てたように付け加える。

「そもそもステラは猫の姿をした妖精という、自由気ままな存在だ。我々が探したとて本人の気が向かなければ出てこない。どこか屋敷の中にいるのではないか」

「……ここに来る途中すれ違った者に聞いてみましたけれど、皆、朝以来見ていないそうですわ」

アウローラはそう返し、力なく首を振った。

ステラのものと思われるあの悲鳴を聞きつけたのは、若夫婦の応接間にいた者たちだけではなかった。あの時屋敷にいたクラヴィス家に血縁のある者や一定以上の魔力を持つ者、昨日今日でステラを見かけた使用人たちなど、多くの者があの鳴き声を聞いたという。

そして、あの切羽詰まった鳴き声を聞きつけた使用人たちもまた、アウローラが尋ねるまでもなく、ミルクやらお菓子やら小魚やらを手にステラを探し回っていたのだった。

『いつもでしたら、お菓子に釣られてふらりと出てくるのですけれど』

『他の猫を押しのけて一番居心地のいいところでうたた寝していたりするのですけれどねえ』

使用人たちはそう言って心配そうに眉を垂れ、そわそわと周囲を見回していた。それだけ大勢で探しても、屋敷の中ではステラの姿はまだ見つかっていないらしい。

「フェル様たちはどうしてこちらへ？」

「殿下が魔力波を追われた結果、辿り着いたのがここだった。確かにそこに、ステラのものと近しい魔力の痕がある」

樫の木の根本に膝をついている夫の横に、アウローラもしゃがみ込む。さほどの魔力を持たないアウローラの目に魔力痕はほとんど見えないが、それでも辺りに目を凝らした。

「そういえば今朝、ヘッセは『レオがステラを連れ出した』と言っていたが……」

名匠の手による彫刻のような角度を持つ顎《あご》に手を当てたフェリクスが、ふいに押し黙る。どうなさったのとアウローラが見上げれば、きらめく青い瞳がすっと細められた。

「――ここに来る途中、レオは見かけたか？」

「いいえ？」

アウローラもはたと口を閉ざす。

フェリクスの執事・ヘッセはレオについて、『今日は屋敷の人たちの絵を描いてみると言っていた』という旨の発言をしていたと言ってはいなかったか。その発言が確かであれば、使用人たちの近くにステラを連れて現れたはずである。

「……レオがステラを連れ去ったのか？」

「何のために？」

フェリクスの呟きに場が凍る。王太子が訝《いぶか》しげに問い返した。

「分かりません。だがもしもレオが奴らの手の者であったとしたら？」

レオは魔術でない魔力――魔法と思しき力を持つ少年である。例の魔法使いたちの魔の手が伸びていても不思議はない。ましてや魔法使いたちの中には、口が巧みな上にたちの悪い『魔眼』を使う男もいるのである。本人に自覚がなくとも、洗脳を受けていた可能性はあるのではないか。

「でも、あの子から、怪しい魔力は感じなかったよ」

「――例の事件の際、義兄の屋敷の乳母があの魔眼使いに洗脳されていましたが、当人の持つ魔力そのものには、不審な点はなかったのです」

フェリクスの言葉に全員が黙り込む。会話のある時には気に掛からなかった鳥のさえずりや、ザワザワと木々の揺れる音がひどく耳についた。

「でも、レオがそんな……」

傷つきながらもひたむきに絵を描き続けている少年が、魔法使いの手下とは思いたくない。レオを擁護する言葉を探して口を開いたアウローラは、ふと口をつぐんだ。

耳に届く木々のざわめきの中に、微《かす》かに違う音が混じったことに気がついたのである。

「どうした？」

「あの、なにか聞こえて……」

アウローラは目を閉じ、耳を澄ます。全身を耳にするかのように神経を研ぎ澄ますと、ザワザワと揺れる木の葉擦《はず》れに混じって、小動物が唸っているような小さな音が耳に届いた。

（――ひょっとして、ステラ⁉）

もしかすると彼女はどこかで怪我《けが》をして、出てこられずにいるのではないか。

そうひらめいたアウローラは瞳を開き、音のする方へ足を踏み出した。

「ローラ、先陣を切るのは私たちに任せなさ……」

アウローラの動きに気づいたフェリクスがそう声を掛けるが、アウローラは刺繍《ししゅう》に勤《いそ》しむ時のように一心になって、耳に届く微かな音に集中する。片手を耳元に当てて音の鳴る方に向かい、足元を踏みしめてずんずんと林を進んだ。

そして。

「……あっ？」

樫の木の下のベンチから二十歩も行かないところでアウローラは立ちすくみ、息を呑《の》んだ。

針葉樹の茂みの向こうに、ゆるい革靴を履いた小さな足が覗いていたのである。

その横には、無残にも踏みにじられた画帳が落ちていた。

「れ……レオっ⁉」

目の前の事態を認識した途端、血の気がざっと下に落ち、吐き気にも似た目眩《めまい》が襲う。

それでも震える足を踏ん張って、ケープが茂みの枝に引っかかるのも構わずにアウローラは突進した。

「レオっ！」

果たして、茂みの裏、丁度樫の木のベンチからは死角となっているところに、小さな身体は力なく横たわっていた。黒い巻き毛が地に乱れ、細い手足は赤く傷ついている。

「レオ、レオっ！　しっかりして！」

アウローラは大地に膝をつき、ぐったりと弛緩《しかん》した小さな身体に取りすがったが、その身体はぴくりとも動かない。

「ローラ、揺らしてはいけない！」

「でも」

目に涙を滲《にじ》ませたアウローラの隣に進み出て、フェリクスはそっと小さな子どもの手首を握った。それからそっと少年の横にしゃがみ込み、その口元に耳を寄せる。

刺すような緊張が場に充《み》ちる中、フェリクスはしばらくそうしていたが、ややあってひとつ頷《うなず》くと、アウローラたちを振り返った。

「脈と呼吸はある。意識を失っているだけのようだ」

胸元で指を組んで見守っていたアウローラは、ほっと大きく息を吐く。

「ただ、頭を打っているかもしれない。揺らすと悪化させる可能性がある」

「俺が運ぼうか？　魔術薬を揺らさぬように運ぶ魔術なら得意だよ」

「……いえ、私が運びますので」

ひょいと後ろから覗き込んだ王太子を制して、フェリクスはそっと、レオの身体を抱き上げた。

そして、絶句する。

抱き上げられたレオの上着――フェリクスのお下がりのそれなりに丈夫な品である――が、ずたずたに切り裂かれていたのだ。当然、そこから覗く白い肌もひどく痛めつけられていて、小さな切り傷や赤いミミズ腫れが無数にできている。彼を襲ったなにかに抵抗したのだろう、土の詰まった指先の爪は割れて赤黒くなっていて、微かに血の匂いがした。

それは、少年が暴力に晒《さら》され、必死に抵抗した痕跡だった。

あまりにも痛々しいその姿に、アウローラの目元からぶわりと熱い水滴が溢《あふ》れ出す。

「これは……ひどいな」

再び横から覗き込んだ王太子が、顔をしかめてレオを見る。

「この上着の切り口、何かで引き裂かれている……？　刃物のようではないが……」

「確かにスパッといってはないな。ナイフで切り裂いたと言うより、魔術で切り裂いたのだろうか」

「魔術であれば、時にナイフ以上の切れ味を持つものですが」

「それもそうだな。どちらかというとなにか先の尖《とが》ったものが突き刺さったような感じか？　センテンス、どう思う？」

「そうですね、この傷は剣というより槍《やり》のような……」

「——その前にまず、レオを屋敷に連れて帰って、お医者様にお診《み》せしてください！」

思わず検分を始めかけた男たちを、アウローラは涙目で睨みつける。

彼らは決まり悪そうに顔を見合わせ、こほんと喉を鳴らした。

※

「傷は、命に別状があるようなものではありません。幸いなことに頭を打ってもいないようです」

一通りの処置を終えたシュトルツァ医師はそう告げた。

一行が屋敷に戻った時、シュトルツァ医師は侯爵夫人・アデリーネと午後のお茶を愉《たの》しんでいたが、フェリクスの要請を受けるとすぐに治療に取り掛かった。

彼女の専門は外科ではなく内科だというが、彼女が修業を積んだ田舎《いなか》町の小さな診療所では外科も内科もほとんど区別がなく、若き日の彼女はあらゆる患者を診たのだという。中には魔術や魔力の影響による不調が原因の病もあったそうで、そうした症状にも知見があるのだった。

食客《しょっかく》のための小さな客間でフェリクスによる結界の張られた寝台で眠りについているレオを見守っていたアウローラは、ぱっと表情を輝かせてシュトルツァ医師を振り返る。

しかし彼女は難しい顔のまま、小さく首を横に振った。

「つまり、これらの傷は意識を失うほどのものではないということです。――この子が意識を失っている原因は恐らく、強い魔力に当てられて毒されたような状態になっていることです」

「……それは、治療の難しいものなのですか？」

アウローラが問いかけると、シュトルツァ医師は「そうですね……」と言葉を濁して腕を組む。

「魔力による中毒症状は、中和のための魔力を込めた魔術薬によって緩和できます。そう高価な薬ではありませんから、難しい治療であるとは言えません。ですが、自分のものと違う魔力を体内に入れるという行為は身体への負担が大きいので、体力のない幼い子どもの場合はほんの少しずつしか投薬できないのです。更に、この子を侵す魔力は一風変わった質のもののようで、市販の魔術薬に適合するものが見当たりませんでした。これから適合する中和薬を調合する必要があります」

意識を取り戻すまで少なくとも二、三日は掛かるでしょう。シュトルツァ医師はそう告げ、寝台の上で浅い呼吸を繰り返すレオの額《ひたい》に浮かんだ汗をそっと拭《ぬぐ》った。どうやら熱が出てきたらしい。

「そうですか……」

自分の半分ほどの歳《とし》の子どもがこれほど苦しげであるのに、何もしてあげられることがないのだ。無力感に唇を噛《か》み締めて、アウローラは白い包帯でぐるぐる巻きにされた、小さな手のひらを柔らかく握りしめた。

「――さて、今日わたくしにできることはここまでです。明日にはこの子の症状に合わせた中和薬が完成する予定ですが、今日は念のため、汎用性《はんよう》の高い中和薬を処方しておきます。――ではまた明日、診察に参りますので」

「ありがとうございます、先生」

そう言いながらシュトルツァ医師はテキパキと、診察道具や治療道具を片付ける。その手際のよさを感心して眺めながら感謝の言葉を口にしたアウローラに、女医はちくりと釘《くぎ》を刺した。

「若奥様も病み上がりでいらっしゃることをお忘れになりませんように」

「……そうでした」

（朝からのバタバタで、すっかり忘れていたわ……）

連日消化によいものを食べ、細かい作業はせずによく眠ったことで、アウローラとしてはすっかり回復した気になってはいたが、寝不足由来の貧血で寝込んでからまだ三日目なのだ。

忘れていた、と表情に表れたアウローラに、シュトルツァ医師は片眉を上げた。

「客人のお世話には看護人も使用人もおりますから、若奥様は今日もしっかり眠って身体の回復に努めてください。過労を甘く見てはいけませんよ。若奥様はまだお若いですから無茶できてしまうのでしょうが、若い頃の無茶は歳を重ねてから、身体の不調となって現れることが多いのです。例えばですね……」

「――失礼する」

アウローラの上にお小言の雨が降り注ぎかけたその時、叩扉《こうひ》の音が三回鳴るのと同時にフェリクスが姿を現した。口をつぐんだふたりは、次いで後ろから入ってきた黒髪の人物の姿に、急いで居住まいを正す。

人ならざるものに授けられたと言い伝わる、濃い菫《すみれ》色の瞳は王族の証《あかし》。フェリクスが護衛するその人はもちろん、ウェルバム王国の王太子・テクスタスである。

「やあ、治療は終わったかな？」

いつものように、そう高位でもない魔術師用のローブをこれまたカジュアルな私服の上からラフに羽織った王太子は、にこやかな笑みを浮かべて気さくな声を掛けた。アウローラは椅子から立ち上がり、シュトルツァ医師とともに頭《こうべ》を垂れる。

「楽にして構わないよ。貴女《あなた》がフリーダかい？」

「――お初にお目もじ仕《つかまつ》ります、フリーダ・シュトルツァでございます」

ふたりの礼を片手で制した王太子はふらりと寝台を覗き込むと、患者の脇に控えたシュトルツァ医師を振り返った。

「名前は母から聞いたことがあったんだ。他国から留学してきた子爵家の娘が町医者に嫁いで田舎に行ったと、当時は大変話題になったそうだね。王立大学医学部きっての才媛だった、ぜひとも侍医になって欲しかったのにと母はこぼしていたよ」

「畏《おそ》れ多いお言葉、身に余る光栄に存じます」

謙虚な言葉とは裏腹に、シュトルツァ医師は『王太子』という存在に怯《ひる》むこともない。やましいことなどなにもないのだろう、実に堂々たる態度である。

「――殿下はレオの様子をご覧にいらしたの？」

社交的に交わされる挨拶を横目に、アウローラは王太子に従うフェリクスに小声で問いかける。フェリクスは無言で顎を引いて頷くと、青い顔で横たわるレオへと目を向けた。

「怪我は命に関わるようなものではないとは聞いたが」

「切り傷と擦《す》り傷、それに打ち身ですって。頭を打っていないのが不幸中の幸いだと」

「しかしあの顔色の悪さは尋常ではないな」

王太子に覗き込まれているレオの方をちらりと見やる。アウローラは小さく頷いて、医師から聞いたばかりのことを思い出しながら口を開いた。

「強い魔力に当てられて、ひどい中毒のような状態になっているそうなの。治療法はあるけれど、子どもの身体には負担が大きいのと、当てられた魔力が変わった質のものらしくて、すぐに中和薬が用意できないのですって。だから、回復には時間がかかるだろうと……」

（どうしてレオが、そんな目に遭わなくてはならないの……）

言葉を続けながら、アウローラの目尻にじわりと水滴が宿る。小さな子どもが苦しむ様は痛ましく、何もできない己が無念で堪《たま》らない。

「ローラ」

言葉を詰まらせてしまったアウローラをなだめるように、フェリクスが小さく名を呼ばわる。アウローラは指先で目尻を払い、薄く笑みを浮かべてみせた。涙ぐんでも始まらない。今はせめて、レオが心安らかに休める環境を作らなくては。

　気負うアウローラに、フェリクスは微かに目元を和《やわ》らげた。ほんのそれだけだというのに、彼の周りは氷が解けて春がやってきたかのように空気が華やぐ。

「――その『変わった魔力』というのは、『人為由来のものでない』ということで合っているかい？」

　不意に王太子の言葉が耳に届いて、アウローラとフェリクスは声のもとを振り返った。見れば、レオを覗き込んだ王太子がシュトルツァ医師と、彼を毒する魔力についての議論を繰り広げている。

「ええ、人為的な――一般的な魔術師の用いる、己の肉体から発生する魔力とは異なる、自然界にある類《たぐい》の魔力です。妖精や精霊が持つものに似ていますね。そういう質の魔力が人体に留まることは珍しいのですが」

「なるほど、俺の見立てと同じだ。ならばやっぱり効果があるかも……フェリクス、例のものを」

「はい」

　会話の行く末を見守っていたフェリクスが、呼ばれてふたりの元へ赴く。佇《たたず》んでいたアウローラもまた、「夫人もおいで」と呼ばれて寝台の横へ向かった。

　そして、フェリクスが上着の隠しから取り出したものにアウローラはあっと声を上げる。

「レオを傷つけたものは恐らく、魔法的な魔力だろうと殿下は見立てられた。そして、それならばアウローラの作品が効果を発揮するかもしれないとひらめいたのだ」

　フェリクスの凛々《りり》しい指先で、真白い絹がひらりと踊る。

　そこに踊るのは、灰と紺の糸によって紡がれる星の運行の世界――寝込む前にアウローラが手掛けていた、特別小隊のためのタイである。

「そちらはなにかの魔道具ですか？」

しかしそれは一見、ごく普通の『洒落《しゃれ》たタイ』でしかない。一体何の役に立つというのかとシュトルツァ医師が首を傾げた。

「魔道具ではないが――これは我が妻が刺繍した、我が隊のためのタイだ。見事なものだろう」

「俺からの依頼で、クラヴィス家に伝わる『魔法に対抗するための図案』を刺繍してもらったんだ。『魔法』的な魔力を抑えるのに効果があるんじゃないかと思うんだよ」

まあ、とシュトルツァ医師が目を見開く。

「……勝手に持ち出してすまない」

フェリクスはアウローラに向き直り、ほんのわずかに眉を垂れた。アウローラはブンブンと首を振る。

「できた分はもう、フェル様たちのものですから。それに、もしもこれでレオが助かるというのなら、どんどん使っていただきたいです」

「そう言ってくれると救われる。――殿下、試してみても？」

「もちろんだよ」

王太子が頷くと、フェリクスは白いタイを三角に折り、汗に濡《ぬ》れたレオの首元にまるでセーラーカラーのようにゆったりと巻きつけた。

(あら、なかなかかわいいわ)

アウローラはぱちりと目を瞬かせた。タイの端を鎖骨の辺りでしっかりと結べば、上品ながらもスタイリッシュな男児のためのブラウス襟のように見える。

「これで様子を見ましょう」

出来栄えに満足したらしく、フェリクスはどこか誇らしげに、寝台で眠るレオの首元を眺めた。王太子もひとつ頷いて、晴れやかな笑みを見せる。

「そうだね。お茶でも飲んで経過を観察しようか」

「そういった即効性はないと思います。――妃殿下がお持ちの『魔力を分解する』お力でさえ、魔術を完全に解放するには、数日かかるではないですか」

「でもさ、何かがこう、タイがパッと光ったり、するかもしれないじゃないか？」

「今までにそんな発光があったことはないかと思いますが」

その時。王太子とフェリクスの掛け合いを切り裂いて、シュトルツァ医師の声が鋭くほとばしった。

「――若君、殿下！」

「どうした？」

一同が寝台を振り返ると、シュトルツァ医師がレオの額に手を当てていた。

「……今、まぶたが震えました」

「えっ」

アウローラもまた、寝台に駆け寄る。青い顔をして横たわる少年の閉ざされたまつげの縁、黒く長いまつげの先は確かにふるりと揺れていた。

「効果が出るには早すぎるように思うけど……」

「わたくしもそう思います。この子はかなりひどい状態でした。少なくとも一日二日では、意識を回復することはないという見立てだったのです。――信じられません」

瞳を爛々《らんらん》と輝かせ、レオを覗き込むふたりを他所《よそ》に、アウローラはベッドサイドに座り込んでレオの小さな手を取る。力なく投げ出されていた指先にわずかに力が入ったことに気がついて、思わずきゅっと握りしめた。そんなアウローラの背を守るようにフェリクスが佇む。

そうしてしばし、息の詰まるような沈黙が訪れた後。

誰もが言葉なく見守る静寂の果てに、白いまぶたがゆっくりと持ち上がった。

「……う」

「レオっ！」

ゆっくりと、けれど確かに開かれた薄青の瞳に感極まって、アウローラは思わず小さな身体を抱きしめた。事態が理解できないのだろう、せわしなく瞳を動かしたレオは、己を抱きしめる腕と覗き込む大人たちの視線に気がついてひゅっと息を呑んだ。

「やあ、起きたかい？」

王太子がひらひらと、レオの前で指を振る。返事をしようとしてごほごほと咽《むせ》てしまったレオに、控えていた看護人が水の入った吸口を差し出した。

「この指、何本に見える？」

「……に、ほん、です」

「じゃあこれは？」

「……ごほん」

喉を湿らせたレオが少しばかりひび割れた声で答える。頭はしっかりしているようだねと笑みを浮かべて、王太子は傍らの椅子に腰を下ろした。

「覚えてる？　君は裏庭に倒れていたんだよ」

「うらにわ……」

王太子の言葉をオウム返しに繰り返したレオは次の瞬間、瞳をハッと見開いた。

「あのっ！　くうっ……！」

「レオ⁉」

「いけません、まだ寝ていなくては！」

上体を起こそうとしたのだろう、小さな身体を藻掻《もが》くように震わせて、レオは喉の奥から獣が呻《うめ》くような声を絞り出す。アウローラがとりすがり、シュトルツァ医師は叱責したが、レオは脂汗を浮かべながらもう一度、起き上がろうと試みた。

「君は怪我をしている。無理をしてはいけない」

フェリクスが静かにたしなめる。

「で、でも……」

「今は安静にしていなさい」

冷たく感じるほどに落ち着いた、冷静の権化のような声色になだめられ、レオは唇を噛み締めた。じわり、薄青の瞳に水の膜が張る。

「――でも！　ステラがっ！」

とびだした名に、フェリクスの無表情が僅かに強張る。

レオは自由の利《き》かない身体を苦しげに震わせ、悔しげに叫んだ。

「ステラが、へんな人たちに、つれていかれちゃった……!!」

※
「ただの猫にしか見えないわー」

ステラが消えた、その翌日。

目がチカチカするようなやけに豪奢《ごうしゃ》な装飾の施された隠れ家に潜むカエルラたちは、床に置かれた小さな檻《おり》を囲んで、午後のティータイムと洒落込んでいた。

「フシャーッ!!」

「おおこわ」

妖精が苦手とするという禍々《まがまが》しく赤黒い鉄の檻の中にいるのは、星空の瞳に白雪の毛皮。

アルゲンタムの守護者たる白猫の妖精、ステラである。

「ねこ、さかな、たべる?」

檻の真横にしゃがみ込み、興味津々《しんしん》に覗き込むウィリデの手には小魚の干物が握られている。ステラはちらりとそちらを見、ふんふんと匂いを嗅いだものの、そっぽを向いて丸くなった。

「ウィリデ、それは猫の姿をしてはいても妖精です。猫と同じものは食べないでしょう」

「そっか。――ん、おいし」

残念そうな顔をしてウィリデは小魚を引っ込め、自分でぽりぽりとかじった。

実のところステラは猫たちと同じものも食べられるのだが、何が仕込まれているか分からないものを食べないくらいの知恵はある。魚の匂いは気になっても、誘惑に打ち勝てるだけの理性があるのだ。

「ところで兄様、ほんとにこいつが『核』なの？　いや、兄様の魔眼を疑うわけじゃないけどさ」

檻の中で丸くなり、眠る体勢に入ったステラをじっとりと眺め、カエルラはぼやく。

「我が魔眼で見る限り、その生き物がただの猫であるなどありえないことですよ」

カエルラの向かいに腰を下ろし、ステラの檻を監視しながら何やら調査資料を読み返していたルーベルが、呆《あき》れたようにそう返す。

「これほどの魔力に充ちた生き物がただの猫であるはずがない。我が魔眼にははっきりと、この生き物が青い魔力で構成されていることが見えています。妖精や精霊、そういった類の生き物でなければ、このような姿には見えないのです」

「たしかにねこ、すごくまりょく」

小魚を握りしめたまま真面目な顔をして、ウィリデも深く頷く。

「ウィリデには分かりますか。さすが森の民です」

「どうせアタシには、魔眼の欠片《かけら》もありませんよーだ」

「お前はもう少し、他の魔力を感知する能力を磨くべきかもしれませんね」

やれやれと苦言を呈されて、カエルラはむっと唇を尖らせた。

「……まあ、無事捕まえられてよかったよね。お師様がいないとどうなることかと思ったけど、これで少しはお師様に、成長を見せて差し上げられるかな？」

「ええ、きっと。……それに、我らは一度、アルカ・ネムスで失敗していますからね。これ以上、師のご期待に背くわけにはいきません」

どこか思いつめたような顔をして、ルーベルは呟く。そんな兄弟子にカエルラは一瞬口を閉ざすと椅子の肘掛けにもたれ、息を吐いた。

「……それにしても、妖精を捕獲する檻なんて魔道具、兄様よく知ってたねェ」

「先祖の叡智《えいち》ですよ」

即座に答えたルーベルはふんと鼻を鳴らし、どこか誇らしげに胸をそらした。

「私の祖たる一族はかつてこの地で魔眼を使い、妖精を使役して暮らしていました。伝説の始祖はその魔眼でもって、精霊さえも従えたと言い伝えられています」

「……ただの魅了の魔眼じゃなかったんだ、それ」

「この『眼』は『魅了の魔眼』ということにしてありますが、本当の力は『相手の魔力を見て』、『その魔力に干渉する』ことで、『相手の記憶や感情を書き換える』というものです。先祖たちは妖精を使役するために使っていましたが、もちろん、妖精より魔力の少ない人間にも使えるわけですよ」

妖精とは違い、目を合わせて言い聞かせるだけで言うことを聞くのだから、人間を操るのは楽ですね。高価な白い磁器を傾け、ルーベルは自慢げに声を弾ませる。

「愚かなる我が両親は、妖精を使役する術を『外法《げほう》』の世迷い言《よまよごと》だと切って捨てましたが、かつて暮らした屋敷には、妖精を捕獲するための道具がいくつか残されていました。今回使った檻はその中のひとつで、『妖精封じの檻』という銘がつけられています。――今回、核となるほどの妖精を捕まえることができたことは、先祖の力がいかに優れていたかの証明となるでしょう」

「……銘、そのまんま過ぎでは？」

カエルラはぽかんとして口走ったが、ルーベルの耳には届かなかったらしい。彼は足元の禍々しい檻をご機嫌に指で弾いた。

「で、ほんとにこいつが『要石の核《かなめいし》』なの？　どうみてもただの猫だけど」

丸まったステテラの檻をつま先でカツンと蹴飛ばして、カエルラは行儀悪く長椅子の上にひっくり返った。ぽろりと口の端から菓子の欠片がこぼれ落ち、ルーベルがむっと眉根を寄せる。ウィリデが拾って食べようとしたので、慌てて座面に抱え上げた。

「ウィリデ、そのようなさもしいことをしてはいけません。──カエルラ、恐らく間違いないと思いますよ。師に魔鳩で確認しましたが、師もおそらくはその通りだろうと仰《おっしゃ》っておいででした」

「……お師様、来てはくれないんだ？」

「甘えたことを言うものではありません。師は我らを信頼してお任せくださったのですから、我々だけで成果を上げねばならないのですよ」

ルーベルが眉を吊《つ》り上げる。カエルラは一瞬勝ち気に唇を尖らせたが、ぽろりと不安を口にした。

「でもさ、ほら、アタシたちは割とずーっと、お師様と一緒にいたでしょ。王都でのオキゾクサマの依頼でコーシャク家にちょっかい掛けた時だって、ねぐらに帰ればお師様がいたからさ──」

カエルラは長椅子の上で膝を抱え、額を膝に押し付けた。

「……ごめん。分かってる。アタシらしくない。でも、なんだかこう、置いてかれると、捨てられたみたいな気分になってってさ」

「馬鹿を言うな。師は尊く慈悲深い方だ。わたしやお前の愚かな両親とは違う」

ルーベルが語気を荒げる。カエルラはへの字口になって、ルーベルを見上げた。

「……でもさ、最近、お師様の協力者の中にオキゾクサマが増えてるでしょ。王都に隠れてた時だって、お師様はそいつらとしょっちゅう会合してた。兄さんも何度か、貴族に魔眼使ったでしょ」

「ええ、師の素晴らしさを懇切丁寧に、脳に直接説いてやりましたよ」

赤の瞳が眇められ、青の瞳を睨《ね》めつける。カエルラは軽く肩をすくめ、腕を組んだ。

「そいつらは魔法に選ばれてない、要するにお師様の『楽園』に入る資格のない奴らだよ。今までのお師様なら、絶対仲間にしなかった。――だけど、お師様はそいつらを仲間に加えることにした。それって、土地を手に入れるためには貴族の方がアタシらよりよっぽど役に立つからってことじゃない？　お師様は、アタシたちを見限って捨てるつもりなんじゃゃ――」

「――カエルラ」

ぱちんと軽い音がして、カエルラの頬が鳴る。風を切った手のひらにウィリデがあんぐりと口を開け、手からぽろりと小魚を落とした。

カエルラは呆然《ぼうぜん》と目を見張り、叩《たた》かれた頬に手を当てた。

「あ……」

「――目が覚めましたか？」

叩いた頬を手のひらで包み、ルーベルはゆっくりとカエルラに向き直った。

「捨てられるのが、何だというのです」

「……兄様？」

ルーベルはうっそり、美貌に狂気じみた笑みを浮かべた。

「我らは師に、どれほどの恩義があることでしょう。わたしは師のためなら、捨て石とされてもいい。それほどの恩義を感じています。――あの方は、愚かな親に森の奥に捨てられて獣と争う地獄のような日々を送っていたわたしを連れ出し、正しい力の使い方を教えてくださった。『魔法』に連なる力がどれほど不当な扱いを受けているかを教えてくださった。――その御恩は、わたしの命ひとつでは到底贖《あがな》えないほどのものです」

人の心を奪うような笑みを浮かべ、ルーベルはほんのりと赤く光った目を細める。

「お前も同じでしょう？　親には捨てられ、孤児院では爪弾きにされ、遂にはあやしい力を使う娘だと町を追われて貧民街で死にかけていたところを、師に拾われたと言っていたではありませんか。その御恩を返すためならばここで果てても構わない、それほどの御恩があるのではありませんか？」

カエルラの青い瞳が水面のようにゆらりと揺れた。

枝から落ちた葉が水面で小さな波紋を作るようにそれはじわりと広がって、カエルラの中に染み込んだ。恩義。楽園。お師様。頭の中をぐるぐると言葉がめぐり、カエルラの血肉に変わってゆく。

「――もちろん、楽園の王として君臨する師のお姿を見るまでは果てるつもりはありませんけれど」

とどめのように微笑《ほほえ》んで、頬をむにっと掴《つか》んでやれば、カエルラはぱちぱちと瞳を瞬かせ、くしゃりと笑った。

「あー、もう。さすが兄様！　決意のほどのレベルが違う！」

「落ち着きましたか？」

「落ち着きましたとも―」

カエルラは赤くなった頬をそのままに肩をすくめ、ふたりのやり取りをオロオロと見守っていたウィリデを手招くと、その口に小さな焼き菓子を放り込んでやった。

「やだやだ、柄にもなく鬱々しちゃった！　そんなことより今はこの猫のことだったわ！」

からりと笑い、カエルラは再び檻を、つま先で蹴る。

「こいつが『要石の核』だって、とりあえず信じることにするわ。――そうだ、こいつを連れ帰ってくる時、ついでにあの霊廟《れいびょう》の周りにお師様の石を埋め込んできたけど、あとはどうすればいい？」

気恥ずかしいのをごまかすように、ぱくぱくと菓子を口に運ぶカエルラの正面に座り直し、ルーベルもまた茶器に手を伸ばす。

「あの霊廟の地下に要石があることは魔眼の力で分かっています。ですからそこに忍び込み、核を要石の上に戻して我らの魔力と大地の力を注ぐのです。過剰な魔力を注がれた妖精は、外見を維持できずに純粋な魔力の塊《かたまり》になるといいます。――あの地にあるであろう要石は、この魔眼で見る限りほとんど空の様子でした。要するに飢えた獣のようなもの。そこの上に純粋な魔力を置くとどうなるか……あとは分かりますね？」

ルーベルの赤い瞳が、ステラを映して三日月のように禍々しく細められる。カエルラも檻を見やったが、聞こえているのかいないのか、ステラは耳とヒゲをぴくりと動かしただけで彼らを見ようともしなかった。

「この暴れん坊な猫がそういうこと聞くかな？　要石の上に置いたところで逃げられそうだけど」

「問題ありません、忍び込む前にたっぷり、我が魔眼の力を注ぎ、力を削いでおきましょう。――あの子どももそこそこ甚振《いたぶ》りましたし、目覚めるのは数日先のことになるでしょうが、霊廟の警備を強化されると厄介です。早々に向かいましょうか」

「じゃあもう今晩あたり行っちゃう？　兄様、魔力は大丈夫？」

「ええ、十全ですよ」

薄い唇を吊り上げて、ふたりはよく似た顔で笑う。

室内はようやく穏やかな空気になって、ほっとしたウィリデは拾った小魚を口にくわえた。

「――失礼致します！」

しかし。

ようやくの静穏を掻《か》き消す高いノックの音とともに焦りの足取りで飛び込んできたのは、この屋敷の主、商家を切り盛りする魔法使いだった。

「そんなに慌ててどうしました」

落ち着きなさいとルーベルは静かに声を掛けるが、家主は動転しきった様子でとても落ち着けない風情である。彼は動揺なく長椅子から動かぬ三人の魔法使いに表情を強張らせながら、泡を食ってこう叫んだ。

「た、大変です！　る、ルーベル様とあまりにもよく似た人相書きが、『領主様の愛猫の誘拐犯』として、街中に貼り出されております……！」

※

「……まさに生き写しだわ」

鳥の子色の画用紙を宙に掲げ、アウローラは感嘆の声を漏らした。

『見事なものだな。ラエトゥス邸とアルカ・ネムスで見たあの男と、寸分違《たが》わぬように見える』

美しい月がぽっかりと丘の上に浮かび上がった、子どもはそろそろ眠る時間という頃合い。

アウローラはレオが静養する客間で通信鏡を抱えながら、レオの描いた絵を眺めていた。

彼女が掲げる画用紙に描かれているのは、ルーベルたちに隠れ家を提供した商人に悲鳴を上げさせた、街中に貼り出された手配書の原画――もはや目で見たものをそのまま写し取ったかのようなルーベルの肖像画である。

描いたのはもちろんのこと、目撃者であり被害者でもあるレオその人だ。

『絵心のない私には、この絵を生み出す工程こそ、何かの魔法と思えて仕方ないが』

そう応えるフェリクスは今、この場にいない。彼は犯人たちを待ち伏せるため、己の小隊員とクラヴィス騎士団の騎士を連れて星見の丘に陣取っているのだ。

「本当に。目の前でどんどんできていくんですもの、まるで魔法のようでしたわ」

次々に褒めそやされたのが面映ゆかったのだろうか。例のタイを身に着けたまま寝台の上でぐったりと力なく横たわっていたレオは、顔を真っ赤にして毛布の中に潜ってしまった。

※

『……ステラを連れていったやつは、こんな顔でした』

あの後、無理をするなと叱られながらも『ペンと紙をください！』と譲らぬレオに、根負けしたフェリクスが鉛筆を差し出した。それを握ったレオが猛然と描き出したのは、長くまっすぐな白い髪と、妖しく輝く魔眼を持った美貌の男の顔だった。

レオの怒りが画帳に宿ったのだろうか、絵の男の髪は怒れる猫のようにぶわりと膨らみ震えていたが、その整った顔貌《かおかたち》は間違いなく、アウローラたちが何度も遭遇してきた赤い瞳の魔眼使いそのものである。

『やっぱりあいつか！』

出来上がった絵を見た王太子は小さく叫び、覗き込んだセンテンスもまさかと唸る。

『守りの固いこの屋敷にまで魔の手を伸ばしていたとは……。あのカーヌスとかいう男の力で忍び込まれたのだろうな……』

『こいつにさらわれたとなると、狙われたのはやはり星見の丘の結界か。――どうもタイミング的に、王都に出たネズミとも繋《つな》がりがありそうだな』

くそ、口汚く口走って王太子は癖のある髪を掻き回した。

『……あの、おれ、孤児院で、この男に連れていかれそうになったことがあるんです』

『なんだと？』

ぽつりと口にされた言葉に、フェリクスの声が錐《きり》のように尖る。レオはひっと息を呑んだが、促《うなが》されて口を開いた。

『孤児院のうらで絵をかいていたらやってきて、頭の中をおかしくされそうになったんです。その時ステラが来てくれて、こいつを引っ掻いてくれたんだけど……』

『今回は引っ掻かなかったのか？』

『それはたぶん、おれがあいつらに、つかまったから……』

レオの瞳に薄い涙の膜が張る。寝台の上にうつむけば、そこからぽたりと一粒雫《しずく》が垂れ、リネンに薄灰のシミを作った。

『……木の根っこをあやつるちいさい子がいて、おれ、その根っこにつかまって……。逃げたらおれを殺すって言われたから、ステラは逃げられなくて。なんだか気持ち悪い鳥かごみたいなやつにつかまってしまったんだ。おれがいなかったら、ステラは逃げられたのに……！』

溢れるものを手の甲で拭い、レオはフェリクスを見上げ、声を張り上げた。

『二回も助けてもらったんです。おれがステラを助けるためにできること、何かありませんか！』

『――ならばレオ、この絵を借りてもいいか』

しばし考え込んだフェリクスは、寝台の上に置かれた白髪の男の絵を手に取り、そう言った。

『は、はい。こんな絵でよければ……』

『この絵の力で、ステラを見つけ出せるかもしれないと言ったら、君は驚くか？』

レオはぱちくりと目を見開き、こてんと首を傾ける。フェリクスは柄にもなく、口の端をにやりともたげた。

※

あまりにもよくできた似顔絵を見たフェリクスが考えついたのは、レオの『原画』を複製して『猫誘拐の指名手配犯』として街中に掲示することで、彼らをあぶり出そうというものだった。

『……指名手配犯の似顔絵というのは、被害者の記憶をもとに描かれるために、似ていない例も多いのだ。だがこれほど似ているのであれば、そう日をおかず目撃情報が集まるだろう。目撃情報がすぐに出なくとも、顔が割れるのは時間の問題と見て焦って行動に出るはずだ』

というのがフェリクスの言い分で、なるほど！　とアウローラとレオは手を叩いた。

そして、街中に手配書が貼り出されたその日の夜、フェリクスたちはこうして、星見の丘の霊廟の前で魔法使いたちの出現を待っているのだった。

「月もだいぶ昇ってきましたけれど……なにか動きはありましたか？」

「ほ、本当に、あの絵を見て、男たちが出てくるのでしょうか……」

『まだ報告はないが、私が彼らならば、今晩にも動く』

きっぱりとフェリクスは断言した。

『商人たちは情報に敏《さと》い。今日の時点ですでに噂《うわさ》になっているはずだ。奴らがどこに匿《かくま》われているのかは分からないが、この都市に潜む限り商人たちの噂からは逃れられない。恐らくすでに本人たちの耳にも入っているだろう。――それに、占術でも「動きは早い」と出た』

「占術ではステラの居場所は分かりませんの？」

原画を掲げたまま、アウローラが首を傾げる。フェリクスは鏡の向こうでゆっくりと頭を振った。

『占術は万能ではない。よく知らぬ者を探す時は精度が低くなるし、結果が誤ることもある。ステラの居場所ならば割り出せるかと思ったが、ステラがこの街の守護妖精であることが災いした。彼女の力は街全体に散らばっていて、一箇所を特定できないのだ』

ペンデュラムは地図上のあちらこちらで円を描き、話にならなかった、と嘆息する。

『何しろ、一番力強く反応したのがこの屋敷で、次が霊廟と丘の上、その次が猫の集会とやらが行われているらしい河港の広場だ』

川魚の漁のおこぼれ目当てだろうな、フェリクスはそうくつりと笑う。

「……ステラは本当に妖精なのかしら？　いえ、人の形に変身できる猫だなんて、妖精か精霊に決まっているのだけれど」

『私も時々、本当に妖精なのかと怪しむことがある』

アウローラが疑惑をこぼせば、フェリクスも鏡面の向こうで深く頷いた。夫婦の会話を耳にして、レオがふふふと小さく笑う。

『――失礼します』

『どうした』

ふと、鏡の向こうで別の人間の声がした。声に応えたフェリクスが立ち上がり、鏡からその姿が消える。静かになった鏡の向こうに耳を澄ませば、微かなざわめきが聞こえてきた。

『現れました』

静寂を裂いて告げられたのは、報告と言うにしてもあまりに端的な言葉で、アウローラとレオは目を瞬かせる。しかしそれですっかり分かったらしいフェリクスは、鷹揚《おうよう》に頷くと『では予定通りに』と返した。

人の気配が遠ざかり、鏡面に再び、フェリクスの姿が現れる。

『レオ、お手柄だ。奴らが動いた』

「ほ、ほんとうですか！」

レオの頬に紅が散る。ぱっと表情を輝かせた少年に向かって、フェリクスは鷹揚に頷いた。

『本当だ。――お前の絵はすごいな』

ひとかけらの照れも気負いも媚もなく、あまりにもすんなりと告げられた言葉に、レオがぱかんと口を開く。その頭を撫《な》でてやり、アウローラは通信鏡を抱え直すと、丁寧に腰を折った。

『それでは行ってくる。ローラの刺繍も初陣だな。――後を頼むぞ』

「はい。ご武運を」

鏡の向こうのフェリクスが、胸元を彩るタイを指先でひと撫でする。アウローラはぎゅっと心臓を握られたような気分になった。

（レオの体調不良には、効果があったようだけれど――魔法使いと戦う時、わたしの刺繍はほんとうに効果を発揮できるのかしら。……目で見て分かる力があればいいのに！）

もし、刺繍に何の効果もなかったら。

当てが外れたと言われたら。

何の力もなく、誰かが怪我でもしたのなら。

（……そんなことになったら、わたしの刺繍に何の価値があるというの？）

刺繍というものは本来ならば、糸を巡らせることで生地を丈夫にし、柄に意味を持たせたり、見る人や持ち主の目を楽しませて、華やぎを演出したりするものだ。最も価値のある刺繍とは何かと問われれば、いつものアウローラであれば『持ち主が気に入ったものが一番だわ』と答えたに違いない。だと言うのに、今ばかりは己の存在価値を問われるような気分になって、後ろ向きなことばかりが脳裏をよぎってしまう。

心臓が激しく波打つのと同時にこみ上げる不安に、アウローラの背を冷や汗が伝った。

（……だめだめ、最悪の事態ばかり想定して何になるというの。それにこれから戦いに向かう方を不安にさせるような顔をしてはいけないわ）

アウローラは左右に小さく首を振ると精一杯の笑みを浮かべてもう一度、優美な貴婦人の礼をした。

「いってらっしゃいませ、フェル様。無事のお早いお戻りを、心からお待ちしております」

『すぐ戻る』

短い言葉が終わると、鏡面にはアウローラの顔が映った。通信が切れ、ただの鏡に戻ったのだ。

消えた鏡面に口づけると、アウローラは胸元で指を組み、膝をついて空に祈った。

(ああ、古《いにしえ》の魔女様、精霊様に妖精様。どうぞお力をお貸しください。皆様に危険がありませんように。——わたしの刺繍がちゃんと、フェル様たちの力になりますように……!)

†7　丘の上の決戦

「なぁんか、空気がザワザワしてると思ったら……兄様、騎士の姿が見えるよ」

「向こうも馬鹿ではないのでしょう。――ここまで来て怖気《おじけ》づきましたか？」

「……まっさか！」

夜風と夜露の冷たさが深々と身に染みる、晩秋の宵の口。

冴え冴《さざ》えとした青い月が皓々《こうこう》と輝く夜空は晴れ渡り、金剛石にも似た無数の瞬く星々が今にもこぼれ落ちてきそうなほどに澄み切っているが、空気は耳鳴りがするほどに冷え込んでいた。短く応えたカエルラの口の端から溢《あふ》れた呼気が、瞬時に真白に変わって天へと昇る。

――顔が知れ渡る前に決行しなければ、成功は危うい。そう考えたルーベルはフェリクスたちの読み通り、手配書が貼り出されたその日の太陽が沈むとすぐ、霊廟《れいびょう》へと向かったのだった。

「騎士とお貴族サマが怖くて、魔法使いができるかってーの！」

「そうですね。……それにこちらも、数はそれなりに揃《そろ》えました」

ちらりと後ろを振り返り、ルーベルは不敵に笑った。

先頭を行くルーベル、カエルラ、ウィリデの後ろには、よくある黒い魔術師のローブを目深《まぶか》にかぶった男たちや、屈強な肉体の騎士が幾人も続いている。協力者や信奉者を引き連れて潜伏先を抜け出したルーベルたちは遺跡への道すがら、街を守る騎士たちの幾人かを洗脳しながらここまで進んできたのだ。丘の麓《ふもと》に辿《たど》り着いた今では、ちょっとした団体の規模になっている。

「まあ、どーしたってアッチの方が人数は多いし、例のデンカの周りが超エリート揃いで固められてるのはちょっと気がかりだけど。――王族の護衛と侯爵家の騎士団が揃ってるとか、ぞっとしないよね。この人数で勝てると思う？」

「なに、我らが武力で相手を圧倒できずともよろしいのです。そもそも、どうすれば勝ちと言えるのか、その条件が彼らと我々ではちがうのですから。――わたしたちが結界を作動させる時間さえ作ることができれば、我々にとってはそれが『勝利』です」

ぼやいたカエルラに、ルーベルが酷薄に応える。瞬間、彼の瞳は鮮血のように赤く光って、闇夜に神々しいほどの笑みが浮かび上がった。

「――そうでしょう、みなさん？　頼みましたよ」

「応ッ！」

その笑みはまさしく堕ちた精霊のよう。赤い瞳の直撃を受けた後続の一団は熱に浮かされた狂信者のように、己《おの》が踏み台となることをひとつ返事で了承する。

その一糸乱れぬ応答に満足したのだろう。ルーベルは三日月のように口の端をもたげると、戦利品のごとく掲げた赤錆《あかさび》の檻《おり》を陣太鼓のようにガンガンと叩《たた》いた。一団が雄々しい鬨《とき》の声を上げる中、檻の中ではぐったりと、白い毛皮の猫が横たわっている。

「大人しくなったねェ」

「ええ、想定よりも時間は掛かりましたが、魔眼の力が効いたようで何よりです。これなら上手くいくでしょう。――さあ、行きますよ」

赤い瞳を輝かせ、ルーベルが周囲を一瞥《いちべつ》した。

「――露払いはお任せください」

赤い瞳に浮かされた男がルーベルの前に、貴婦人にひざまずく騎士のように膝《ひざ》をつく。

「迫りくる敵は必ずや殲滅《せんめつ》致しましょうぞ」

「期待していますよ」

ルーベルは不敵な笑みを浮かべて目を細めた。

するとルーベルの足元から、蛍のように小さな光の粒がふわりと複数立ち上った。まるで祭りの飾りのような眩《まぶ》しさだが、光の粒は彼の瞳に映り込むと、ひとつ、またひとつと眼差《まなざ》しに吸い込まれるように消えていく。

そうして光が収まれば、ルーベルの瞳は先ほどまでよりより一層、不吉なほどに赤く輝いている。

「――さあ皆さん、今こそ貴方《あなた》方の持つ『魔法』の素晴らしさを、理解しようとしない愚かなる者共に知らしめる時です！　追手に鉄槌《てっつい》を下してください！」

「お任せを！」

ルーベルが朗々と声を上げれば、それに呼応する野太い声が響いた。

「お弟子様方をお守りしろ！」

「我らの力、見せつけてやれ！」

カーヌス直属の弟子たる三人を守るように、崇拝者たちは後ろに散らばっていく。

「……カエルラ、魔石は作ってありますか？」

「爆《は》ぜるやつならどっさりあるよ」

「ウィリも、どんぐり、まく！」

「――さすがは師の弟子。さあ、行きますよ！」

三人は集団から飛び出し、霊廟めがけて走り出す。

魔法使いたちは赤い瞳に命じられるまま魔法の力を奮って、霊廟を守る騎士へと襲いかかった。

※

月光の注ぐ丘の上、瀟洒《しょうしゃ》な霊廟の周りは土煙と火花が上がり、人々の怒号と悲鳴が入り混じっている。銀糸の刺繍《ししゅう》が濃紺の生地の上で銀河のように瞬く近衛の隊服を身にまとい、ネコ科の獣のようなしなやかさで武器を振るうのは、夜に紛《まぎ》れても隠しきれないとびきりに姿形の整った男たち――フェリクスとユールのふたりである。

彼らはクラヴィス騎士団と連動し、ルーベルたちを捕らえるべく霊廟に向かったところで、魔法使いの集団の襲撃に巻き込まれたのだ。

「――くそ、何人いるんだ⁉」

『拘束せよ罪人を《ざいにんを》！』

月光に黄金の髪を遊ばせながら風のごとくに疾走するユールが、行儀の悪い舌打ちとともに人の背よりも高く跳ぶ。迫り来る魔法使いの肩を関節が外れるほどに蹴り飛ばせば、フェリクスが銀の光のように現れて『力ある言葉』を放った。

「……やったか？」

「ルーミス！」

「うわっ!?」

術を食らって倒れ伏した男の顔を改めようと覗き込んだユールの眼前に、倒れた男の喉から飛び出した火花が散る。奥歯に仕込まれた魔道具で、相手をもろとも倒そうという魂胆だったものらしい。フェリクスによって引き剥《は》がされたユールは事なきを得たが、喉の奥が焼けたらしい男は、ひゅーひゅーと荒い息をしながら地に伏せた。

「な……なんなんだこいつら……！　正気じゃない……!?」

顎《あご》へ滑り落ちた汗を拭《ぬぐ》い、ユールが顔をしかめる。

彼らが無力化を試みた男たちの多くは打ち倒されてなお立ち上がり、魂を削るように術を行使するのである。その姿はまるで屍兵《ゾンビ》のようだ。

「狂信者に正気を問うても仕方あるまい」

剣を構え直しつつ、フェリクスは険しい表情で奥歯を噛《か》みしめる。

「恐らく、何らかの洗脳を受けているのだろう。……残念ながら中にはうちの騎士もいるようだが」

「おいおい、大丈夫なのかクラヴィス騎士団は？　――っと」

構えるふたりの足元で、地面が爆ぜて木が生えた。木の枝はまるで蔓《つる》植物のようにしなって追いすがり、フェリクスを絡《から》め取るべくその背を襲ったが、そこに届く半歩手前でフェリクスの狭域結界に阻まれ地に落ちた。その効果にユールが目を見張る。

「魔法が弾《はじ》けるようになったのか!?　いや、この効果はまさか……女神のタイ、すごいな!?」

「ああ、想像以上だ。このタイなしで結界を張る時と比べ、明らかに魔法を弾いている」

フェリクスは胸を張ってタイを見せびらかす。

魔法騎士たるフェリクスは、士官学校生の頃から結界を張る魔術を得意としている。しかし、魔法と魔術は似て非なるもの、魔術による結界では魔法は弾ききれないことも多いし、逆も然《しか》りなのだ。だが、このタイを身に着けてからのフェリクスの結界は、見えざる敵の攻撃を尽《ことごと》く弾いた上に、ユールの身さえ守っていた。

「あのような心根の美しさと慈悲深さ、類《たぐい》まれなる見事な足を持つ上に、斯様《かよう》な能力まで持ち合わせているとは……さすがは女神というところか」

「二度と踏ませはせんぞ。……それに、素晴らしいのはそれだけではない。このタイからまるでローラ自身のような、私の身を案じる温かな魔力を感じるのだ」

走る速度は緩めぬままに、フェリクスは己の胸元で夜風に揺れるタイを愛《いと》しげに見下ろした。彼の最愛が寝る間も惜しんで針を動かしたモノクロームの刺繍は、月光を浴びて銀糸のように輝いている。

「もしそれが全身に刺繍されているのなら、どれほど力を発揮するんだろうな？」

「結界不要で術を跳ね返すような力を発揮した可能性もあるな」

おとぎ話のようなことを呟《つぶや》くフェリクスを、しかしユールは珍しくも笑わなかった。何か琴線に触れるものがあったらしく、目を細めて月を見上げる。

「――まるで竜の息吹を跳ね返す妖精の衣だ」

「古《いにしえ》のおとぎ話は案外、事実を語っているのかもしれんな」

大陸の北部に伝わる、悪竜と戦った騎士の物語。騎士が妖精の乙女から授かった聖なる衣で悪竜の息吹を打ち消すシーンは、身分を問わず年端もいかない少年たちの心を熱くするクライマックスだ。

それはこのふたりにとっても、馴染《なじ》みのある物語だったらしい。

「竜の息吹をも遮るタイか。僕の分も早々に支給をお願いしたいが、女神のお身体《からだ》の健やかさが一番だからな……」

「ならお前の分は私の古着でいいな」

「それはさすがに酷《ひど》いだろう⁉」

思わず噛み付くユールにフェリクスが喉の奥で笑いを噛み殺す。

「冗談だ」

「貴様が冗談を言う日が来るとは。婚姻してからの貴様はまるで別人のようだな」

「妻と出会う以前の自分がどうやって息をしていたのか、もはや思い出せん」

「……本当に別人のようだな」

呆《あき》れとも羨望《せんぼう》ともつかぬ、苦いものでも噛み砕いたような表情を月光に晒《さら》したユールに、フェリクスは片眉をもたげた。しかし、フェリクスが口を開こうとしたその時、周囲に張り巡らせた結界の端に小さく火花が散って、『雑談』は強制的に中断される。

闇夜に散った緋色《ひいろ》の向こうに、待ちかねた人影が現れたのだ。

「クラヴィス、来たぞ！　……ってなんだありゃ⁉」

「あれは……」

ほのかに赤く光る、大きなカンテラのようなものを捧《ささ》げ持った白い男が歩いてくる。

月光を受けて輝く雪のように白い髪、噴き出したばかりの血のような瞳。

身にまとう、聖職者のそれにも似た高い襟の衣装と魔術師のローブも、一切の差し色のない白だ。

しずしず、しずしず。

音のない足取りで一歩一歩、地を踏みしめて歩く男の後ろには、同じような彩りの髪と衣装をした女と子どもが、神官の行列のように神妙な顔をして続いている。

それはまるで、神を祀《まつ》る神官の儀式のようだった。

しかし、異様な光景を生み出しているのは、それればかりではなかった。

「周囲に……近づけない？」

ともすればのんびりと見えるほどゆったりと歩いてくるルーベルたちの周囲には、ぽっかりと黒い空間が口を開けていた。月の光さえ吸い込むような黒い影は、三人が歩めば同じようについてくる。

勇敢な騎士が剣を手に振りかぶるが、刃は黒い影にずぶりと吸い込まれてルーベルたちには届かない。

『射抜け《ひょ》！』

ならばと一行に向かい、フェリクスが小さく剣を振りかぶって、刃のように尖《とが》らせた氷の礫《つぶて》を叩きつける。しかし、氷は彼らに届くことのないまま、黒い空間に吸い込まれて消えた。

「術が、吸われた……？」

「あれは恐らく、カーヌスとやらの術だな。三人とも手に、黒い石のようなものを持っているようだ。多分それが、カーヌスの術の『領域』を作っている『核』だな。ほら、ラエトゥスとアルカ・ネムスで文字の彫られたコインのようなものを見ただろう？」

その時、愕然《がくぜん》として黒い闇を見つめたふたりの背後から、ここで聞こえるはずのない、聞こえてはいけない声が聞こえた。

「で……殿下!?」

「やあ」

霊廟の横の林からひょっこりと姿を現したのは、菫色《すみれいろ》の魔力を立ち上らせた黒いローブ姿の魔術師――この国の王太子、テクスタスである。

「やっぱりいてもたってもいられなくってさ。来ちゃった」

「お、御身をなんと心得ておられるのか！」

術が吸われた時以上の驚愕《きょうがく》に、フェリクスが叫ぶ。

今回の作戦を立てた際、王太子は己の持つ魔力が非常に高いことに加えて、ここしばらく魔法について調べていたことやアルカ・ネムスでの経験などを盾に、自分も作戦の人員に加えるべきだと訴えていたのだ。

しかし、彼は腐っても王太子だ。

しかも、テクスタスは政争の末にようやく決まった王太子である。

彼がつつがなく王位を継ぐことは今のウェルバム王家にとっては非常に重要なことで、更に、議会の二大派閥に属さない家柄の娘を妃にした彼の子どもが次代の王になることは、近年の派閥争いに疲れ果てた穏健派や中立貴族の宿願でもあった。

――つまり、うっかりでもなんでも、こんなところで死なれるわけにはいかないのである。

「アウクシリア副隊長！」

そう切々と訴え、なんとか今晩の作戦から外したはずの男の登場に、さすがのフェリクスも悲鳴を上げた。王太子の専属護衛であるところの先輩を咎《とが》める声色で呼ばわれば、返ってきたのは「すまん！」なるいかんともしがたい言葉である。

「やっぱり行きたいと強硬に仰《おっしゃ》られ、――その、止めるのは無理だった！」

「部下が必死に戦っている時に、己が最大戦力になりうると分かっていて引きこもっているのはどうもね。一応、俺を超える魔術師を出せるならいくらでも籠もってやると言ったんだけど。――さて、俺も最大出力で攻撃してみよう」

そう不敵に笑う王太子の両の手を、ばちりと紫電が駆け抜ける。

それは魔術師としても優秀なフェリクスの放つ術より一回り以上の力強さを持つもので、雷光を目《ま》の当たりにしたユールは、ぼそりと隣の同僚に呟いた。

「……ひょっとして、殿下を超える力を持つ魔術師って『魔導院』、いや『塔』ぐらいにしかいないんじゃないか？」

「『塔』にとて幾人もいまい。全くこの御方は……」

ふたりの会話が掻き消えるほどの雷鳴が轟《とどろ》き、紫電が駆けて視界を真っ白に染める。鼓膜が震え、びりびりと鳴った。

その威力を目の当たりにして『己が不甲斐《ふがい》ない』とフェリクスはぼやく。

いくら強力な魔術師だと言っても、国の未来を繋《つな》ぐ存在である王太子を危険に晒すことは、近衛の部隊を預かる身としては処罰ものの事態である。守るべき主が部下たちを心配して出撃するなど、本末転倒だ。

「私が殿下ほどの魔術を持てていれば……」

「そう落ち込むな。殿下の魔術は宮廷魔術師クラスだし、そもそも特別小隊には『突発的に外出したがる王太子に同行し、でき得る限りの便宜をはかる部隊』であるという側面もある。……まあ、それを悪用されたとも言えるが」

顔に出さずに落ち込むフェリクスの肩を、センテンスがぽんと叩いた。

「王女殿下が特別小隊の設立を許可されたのは、このような場面を想定してのことだったのでしょうか」

「間違いなくそうだろうよ」

ふたりの視線が、生き生きと両手を振るう王太子へと向けられる。

「……最近、全力で魔術をぶっ放せるような場面ってなかったからな。鬱憤ばらしに丁度いいとか思っていそうでもあるが」

「それにしても凄《すさ》まじい威力ですが」

王太子の指先には先ほど放った紫電よりも大きな光がまとわりつき、ぱちぱちと閃光《せんこう》を放っていた。

その魔力の巨大さは確かに宮廷魔術師と遜色のないレベルのもので、フェリクスは素直に舌を巻く。

「ほう、耐えるか！　……これなら、どうだ！」

物語の魔王のセリフのような言葉を口にして、王太子は次発の紫電を打ち込む。

それは丘全体を真っ白に染めるほどの勢いで、巨大な隕石《いんせき》でも落ちたかのような衝撃をもたらした。

大地がごうと揺れ、肌がびりびりとしびれる。これにはさすがに堪《こら》えきれないのか、ルーベルたちの歩みが止まり、彼らを取り巻く影の部分も小さくぶれた。

「……これはいけるか？　フェリクス、マンフレート、お前たちも加勢しろ。あの黒い影が魔力を吸い込む速度を上回るだけの魔力を込められれば、攻撃が通るかもしれ――」

王太子の命に頷いたフェリクスとマンフレートが、己の術を練り始める。

「――皆々様！」

その時、場違いなほど朗々としたルーベルの声が、戦いの場に響き渡った。

「どうかその身で、わたしのために、ひと時道を開いてください！」

おそらくは声帯に魔力を宿しているのだろう、男の声はありえぬほどによく通る。

「我らはここで負けるわけにはいかない。不遇をかこつ仲間たちを救済するためには、必ずや『楽園』を築かねばならないのです！」

――『楽園』。その言葉が、洗脳時におけるひとつの『鍵』であったらしい。

あるものは膝をつき、あるものは倒れ伏し。様々に力尽きていた魔法使いたちが、それこそまさしく屍兵のように表情もなく起き上がると、まるで一体の生き物かのように、同じ動きを取り始めた。

各々の手に小さなコインを握りしめ、一斉にひとつの魔法を放ったのだ。

「げえ……」

ユールがぽつり、心底厭《いや》そうな声を漏らすが、フェリクスもまた呆然《ぼうぜん》と男たちを見上げた。

目の前に居並んだ表情のない男たちは、大地から引き出された魔力と一体となり、みるみるうちにその気配を変質させていく。

「人間の盾、だと……⁉」

術を放つ寸前だった王太子が慌《あわ》てて魔力を霧散させる。

魔法使いたちの放った術、それは己の持つ魔力と大地の力を限界まで全身に受け、その身を盾に変えるという捨て身のものだった。似たような術は魔術にもあるが、あまりに非人道的であるとして禁術とされている類のものだ。

「なんてことを……」

「邪魔をするから悪いのよ。アンタらが邪魔しなければ、アタシたちだってあんな術を使うこともなかったのにね？」

立ちはだかる壁に愕然とする一同の背後で、甲高い女の声がした。

同時に鋭い閃光が炸裂《さくれつ》し、耳をつんざく爆音とともに男たちの足元が唐突に抉《えぐ》れる。

『散《よ》らせ！』

とっさに互いの身を離し、もうもうと立ち上った土煙をフェリクスが払う。晴れた煙の向こうに現れたのは、ルーベルたちの殿《しんがり》を務めていたはずのカエルラだった。

それを認識した瞬間、フェリクスの踵《かかと》は地を打っていた。その素早さはまさに夜風のよう、はやぶさのような勢いで肉薄し、次の刹那《せつな》にはカエルラを大地に打ち倒している。

しかし、喉元に剣を突きつけられながらも、カエルラは喉を鳴らして笑う。

「何がおかしい」

「これが笑わずにいられる？　だって、アタシたちにとっての勝利は、アンタらを倒すことじゃないんだから。――アタシの役目はほんの一瞬、アンタらの目を引きつけること」

「なんだと？」

「今この一秒が命取り、ってね！」

無邪気な少女のような弾んだ声を上げてパチパチと手を叩きながら、首に当たる刃が薄皮を断つのも気にせずに、カエルラが大きくその腕を振りかぶった。

「兄様、行って‼」

白い腕が、拳ほどの大きさの魔石を力強く放り投げる。

「しまった……！」

そう叫んだのは誰だったか。

言葉を失う一同の目の前で、魔石の襲撃を受けた霊廟の入り口が、ドンと爆ぜた。

※

「ふはは……勝った……勝ったぞ……！」

魔法使いとカエルラたちを犠牲にし、ようやく霊廟に到達したルーベルは、カエルラの魔石が爆発したことで崩れた霊廟の床下に、地下に続く空洞を見つけて高らかな笑い声を上げていた。

「ここまでくれば……、師の悲願は果たされたも同然……！」

妖しく笑いながら、ルーベルは空洞を這《は》って進む。

そうして彼は突き当たりにぽっかりと開いた、広い空間に辿り着いた。広さは霊廟そのものとほぼ同等でぐるりと白い壁に囲まれている。壁はそれ自体が発光しているのか、地下の空間には窓も明かりもないというのに、まるで昼間のように明るい。

そして、白い石が点々と並ぶ空間には摩訶《まか》不思議なことに、春の野の草花が咲き誇っていた。

「あった……！　あれが……要石《かなめいし》……！」

魔眼を艶《あで》やかに輝かせ、部屋の中央にあった大きな白い石から、うす青い魔力が漂っているのを見つけたルーベルは一目散にそこへと進むと、懐《ふところ》から師の術が刻まれた金属片を取り出した。

白い石を囲むように四方に並べ、魔眼の力を注ぐと、そこから朱金の光の柱が噴き出してルーベルごと周囲を覆《おお》う。

「ああ、さすがは師のお力……。なんとあたたかく力強い術か……！」

感極まったルーベルの頬を、一筋の涙が伝って落ちる。

要石を囲むように作動したそれは、カーヌスの一族に連綿と伝わる『魔法』で、魔術とは大きく系統の異なる『結界』だ。並大抵の魔術や魔力では破ることのできない、極めて強力なものである。

その結界の堅牢《けんろう》さを確認し、ルーベルは深い安堵《あんど》と満足感に包まれながら、足元の檻を持ち上げる。

逸《はや》る心が指を震わせるのを叱咤《しった》しながら、部屋の中央に据えられた乳白色の石の上にそっと乗せた。

檻の中、呪術の供物のように横たわるステラの上に、崩れた天井から月の光が降ってくる。

「これで……師の悲願が果たされる――師にとって最も有用な弟子はわたしだと、証明できる！」

天に向かって吠《ほ》えたルーベルの白い指が、横たわるステラの檻に触れた。


『――染まれ　染まれ　染まれ……』


幾度も繰り返されるそれは、歌うような声色だった。

狂ったような歓喜に塗《まみ》れた言の葉が、ルーベルの口から飛び出し大地を覆う。

いつしかルーベルの血のように赤い瞳は、血よりも赤くなり、白目までもが赤く染まった。瞳の放つ輝きは真昼の太陽のように傲慢で力強く、檻へと伸ばした白い手のひらからは赤い魔力がまるで鮮血のように滴《したた》っている。

瞳から、手のひらから。赤い魔力はステラに向かい、豪雨のように降り注いだ。

『染まれ……染まれ……染まれ――！』

次から次へと注ぎ込む赤い魔力に、ステラのまとう青く美しい光は抗《あらが》うように明滅した。

しかし、遂に耐えきれなくなったのだろう、端の方からじわじわと血に塗れたように変化し始め、いつしか白く美しい毛並みは、赤黒く染まっていた。

「ああ師よ、御覧ください！　今こそあなたの悲願が果たされます……！」

両手を高く天に伸べ、ルーベルの歓喜の雄叫《おたけ》びが響き渡る。

その時、ステラを包む光は完全に赤くなり、爆発するように膨らんで丘を充たした。

※

「ステラ！」

カエルラを他の騎士に押し付けて崩れた霊廟に駆けつけたフェリクスは、幾つかの瓦礫《がれき》を取り除《よ》けた瞬間に霊廟から噴き出した、赤黒い魔力の禍々《まがまが》しさに息を呑《の》んだ。

瓦礫の陰の隙間《すきま》から慌てて中へと潜り込めば、ほんの数日前に訪れた際に感じた清浄な魔力はもはや欠片《かけら》も見当たらず、周囲に充ちた赤黒い魔力はまるで取り出されたばかりの心臓のように、どくんどくんと波打っている。

「これは……まずいな」

フェリクスの後ろを追って潜り込んできた王太子が、息を切らしてそう呟く。フェリクスは無言で歩みを進め、突き当たりの間に辿《たど》り着いて息を呑んだ。

「結界が機能を取り戻しかけているのか……？」

春の温かな光を見せていた白い空間は、完全に様変わりしていた。

地面に咲いていた春の草花は見る影もなく枯れ果てて、周囲の星図の上に並ぶ白い石は、焼けた鉄のように赤く輝いている。そして、中央の石は血に塗れたように赤く染まり、その表面には古代文字の中でも特別に古い魔術文字が、脈動するように明滅していた。

その石の上に、力なく横たわる白い毛皮の姿が見え、フェリクスは小さく叫んだ。

「ステラッ!!」

そして、その傍らには、白い男がひとり。

彼は赤黒い魔力を放ちながら、朱金の結界に包まれて、天に向かって手を伸べていた。

「……一体あの男は何を？」

センテンスとともに王太子を追ってきたユールが、部屋の中央で両手を天に差し出す男の姿に首をひねる。

「おそらくだが、あの白猫の妖精をこの結界の『核』に戻そうとしたのだろう」

「あの猫を核に？　そんなことが可能なのです？」

「分からない。ただ、妖精は魔力でできている生き物だし、あの白猫妖精は、人の姿にも形を変えられるよね。魔力は未《いま》だにそのありようが判明しきっていないものだし、魔力そのものに戻すことも可能なのかも……。何にせよ、止めないとまずい！　この遺跡が作動してしまう！」

王太子が手のひらを繰り、紫電の矢を解き放つ。

それは闇夜をつんざく轟音《ごうおん》を上げて結界の表面で炸裂したが、そのまま赤に溶けて飲み込まれた。

「くそ、あの黒い結界と同じ質のものか……」

「かくなる上はこの霊廟ごと吹き飛ばすしかないのでは？」

「いやいやいやいやこの霊廟は歴史的にも国の遺産的にも魔力的にも妖精的にもものすごく重要なものだから!?　そんな簡単に吹き飛ばしたら駄目だから!!」

センテンスが物騒なことをぼやき、王太子が叫ぶ。

「ですが人民の命が掛かっているのでしょう？」

「そうだけど……!!」

ああもう！　王太子は頭を掻きむしり、「どうしろっていうんだ！」と吠えた。

「……この結界もあのカーヌスなる人物のものでしょうか」

「そうだと思うけど……ああ！」

王太子の答えを聞くより早く、フェリクスはアウローラの刺繍のタイを首から外すと拳に巻きつけた。そして、王太子が目を見張るその前で、拳で結界を殴りつける。

それまでぴくりともしなかった結界が、ぶるりと震えた。

「いける……！」

「だめー！」

フェリクスが確信に充ちて再び壁に殴りかかろうとしたその時、彼のいる丁度後ろの柱から、白い衣類をまとった小さな幼子が飛び出してきた。どうやらルーベルの後をつけてこっそりと地下に潜り込んでいたらしい、ウィリデである。

「えいっ！」

その手のひらに握られていた無数のどんぐりがフェリクスに向かって投げつけられ、転々と大地を転がって足元にばら撒《ま》かれた。

「――しまったッ」

どんぐりを燃やしつくそうと、王太子が炎を振りかぶるがすでに遅い。

それより一拍早く、ウィリデのぷっくりとした小さな手が、月光のもと夜風にひらめいた。


『てんをつらぬけのびよもくりゅう！』


ぞろり。

ウィリデの言葉を受けたどんぐりから、目を疑うような速さで木の芽が生えた。

どんぐりから芽生えた瞬間は白く細い糸のようだったそれは、フェリクスが結界を張り直そうとするより早く、子どもの胴ほどの太さに膨れ上がる。横から伸びてきた根と枝は無数の蛇が絡まるように大地をうねり、鎌首をもたげた。

「これはまた、禍々しい……」

もたげた鎌首、その高さはフェリクスの三倍はあるだろうか。

鱗《うろこ》の代わりに木肌を持つ、歪《いびつ》な木の根と枝が絡まって生まれたそれは、まるで生きているかのように地をのたうち回るおぞましい魔物の姿だった。

「大蛇、か……？」

「へびじゃないもん！　りゅうだもん！」

フェリクスの呟きに機嫌を損ねたらしい、ウィリデは丸い頬を栗鼠《りす》のように膨らませ、不満一杯の表情で腕を組んだ。ウィリデの感情に呼応するように、『もくりゅう』も咆哮《ほうこう》する。

確かにそのあぎとは蛇のものと言うには厳《いか》つく、毒蛇よりも鋭い牙がずらりと並んでいた。

「……まさか『木』『龍』か？」

「言われてみれば東の神獣だという、『龍』に見えなくも……うわあっ！」

「『もくりゅう』、いっけえ！」

まるで新しいおもちゃを手に入れた子どものように歓声を上げて、ウィリデの両手が振り回される。木龍はその動きに連動して首を振りたくり、男たちに襲いかかろうと鎌首を振り上げた。

「あれ……？」

しかし。牙から滴る毒液が降り掛かりそうなほど近くに迫った木龍の首が、フェリクスの眼前でピタリと止まった。剣を構えていたフェリクスはその瞬間を見逃さず、剣に氷をまとわりつかせ一刀両断に切り捨てる。龍の生首は吹き飛んで、地に落ちるとただの木塊になった。

「うごかない」

それはどうやらウィリデにとっても予想外のことだったらしい。ウィリデは小さな手を見つめて目を白黒させ、再び大地にこぼれ落ちていたどんぐりから芽を伸ばそうと力を注ぐが、双葉が生えたところで止まってしまう。

「なんでー！」

「おっと！」

癇癪《かんしゃく》を起こしたウィリデは、地に転がってばたんばたんごろんごろんと手足を動かす。それをすかさずユールが羽交い締めにして捕獲した。

しかし、フェリクスの目はその間ずっと、ステラの姿に固定されていた。

『るんだから……』

ぽつりと小さな少女の声が、彼の脳裏に届いたのである。

「ステラ……？」

フェリクスが思わず名を呼ぶが、一方的に届いていると思《おぼ》しき声は、悲しいかな届かない。

「どうした」

「今、ステラの声が聞こえたのですが……」

王太子やセンテンス、ユールも一斉に赤黒い魔力の塊を見た。黄金の壁の向こうで天を見上げて動かぬ男の前に置かれた白い生き物は、赤黒く染まった身体で力なく横たわっている。そこには生命の息吹があるようには見えない。

『ステラ、まもるんだから……』

『ここは、ステラが』

『ステラが、まもるんだから』

だと言うのに、自己暗示のように繰り返される言葉が、フェリクスの脳裏に木霊《こだま》した。

「もしかしてお前、この地に生まれたものとして、あの子の加護を受けているのではないか？　それならば妖精の愛し子として、その声が聞こえることもあるだろう」

「そうかもしれませんが、それにしては声色が緊迫して……」

フェリクスが眉根を寄せた、その刹那。


『ちからが　おさえらんない！』


檻の中のステラに異変が生じた。

赤黒い魔力に染まりきっていたステラのもとに、あらゆる色の光が注ぎ込み始めたのである。

「な、なんだ……!?」

ウィリデの緑、王太子の紫。フェリクスの青に、センテンスの鳶色《とびいろ》、マンフレートの青緑。果ては要石を取り巻いていた朱金の結界まで。

各人の魔力が吸い上げられ、ステラに向かって注ぎ込む。世界は万華鏡の中のように激しい彩りで明滅し、赤い光を打ち消すように膨れ上がった。

「これは……!?」

魔力とは、生命力と密接に関わるエネルギーである。それを急速に吸われた一同は、がくんと膝をついて遺跡を見上げた。結界の中のルーベルもいつの間にやら力尽きたらしく、倒れ伏している。

「――まずい、暴走するぞ！」

王太子が叫ぶが、魔力の流れは収まらない。

コントロールを失った力に呆然とする人々の前で、ステラだったものはどんどんと光を吸い込み、肥大する。ぬいぐるみほどの大きさだったそれは、いつしか成獣より大きくなり――むくむくと膨らんで、遂には小山のようになり。

「ふぎゃあああああああああああお!!」

まるで竜のような巨体となって、天地を貫く咆哮を上げたのだった。

※

「……あら？」

丘の上の騒動が、なんとなくざわめきとして伝わってくるせいだろうか。

夜半を過ぎたというのにちっとも寝付けず、光を失った通信鏡を傍らにひとり居間で針を動かしていたアウローラは、己の手元がぼんやりと光ったことに気がついて手のひらを見下ろした。

「……なんだろう。あ、指輪、かしら？」

寝間着をまとうこの時間、アウローラの身を彩る装飾品は、フェリクスに捧《ささ》げられた婚礼の指輪のみ。右手に刺繍枠を持ったまま、アウローラは己の左の薬指をじっと見つめた。

「……あ、また」

婚礼に際し、フェリクスがアウローラに贈ったアウローラのためだけの指輪には、アウローラの身の安全を願うフェリクスの魔力がこれでもかと注がれている。しかし、物としてはフェリクスと出会ったきっかけの指輪と同じ、魔道具ですらないただの指輪だ。

「……そういえば、フェル様が投げた指輪の最初の主って、初代様とルーツィエ様だったのかしら」

そう考える間にも、薬指の青い光は星のように輝き続ける。

左手を掲げ、アウローラはその美しい青に見入った。

（ああ、なんてきれいな色だろう……）

その色はまさに、フェリクスそのものだ。

指輪の上で輝く光はほんのり淡く、冷たくて優しい。藍玉のような淡い青から濃い青、青玉のようなわずかに紫がかった青と、瑠璃《るり》のような深い青。見事な色合いにくるくると移り変わってゆく。

（魔力の質は、その人の質をもあらわすと言うけれど……こんなに美しい魔力を持つ人って、珍しいんじゃないかしら……）

しかし、そんなことを考えている間にも、指輪に宿る魔力はどんどんと光量を増してゆく。いつしかそれは、目を焼くような強い光を放ち始めた。

「えっ、ま、まぶしい……！　……も、もしかして、霊廟でなにかあったのかしら」

にわかに湧き上がる不安に、アウローラは己の羽織っていたストールの前を掻き集め、窓辺に走り寄った。光を通さぬ分厚いカーテンを開け、そして息を呑む。

いつもであれば星や月、警戒の騎士のカンテラの明かり以外には何も見えない窓の外が、なにやら万華鏡の如くまばゆく光っていたのである。

「な……何あれぇ⁉」

その上、まるでその光と連動するかのように、指輪の光もどんどんと眩《まぶ》しくなっていく。遂には目を開けていられないほどに眩しくなったそれに耐えられなくなり、アウローラはどさりと床に尻もちをついた。指輪を外そうにも、指で触れるとどうやら熱を持っていて、思わず右手を離してしまう。

窓辺の壁に背をもたせ、膝を抱いてひとりおろおろとするアウローラの目の前で、指輪の上に強い光が三つ、現れた。

「――待って、この三つの光って」

はたと気づき、アウローラは目を見開いた。この光は、アルカ・ネムスで感じた転移の前兆と同じものではないか。

「若奥様⁉」

「っ、クレア、来てはだめっ！」

アウローラが尻もちをついた音でも聞こえたのか、控えの部屋で眠っていたはずのクレアが飛び込んでくる。しかしアウローラは慌てて、クレアから距離を取った。

何しろ転移の術というのは難易度の高いものである。アウローラひとりを対象としているだろうところに別のものを巻き込めば、転移そのものが失敗する可能性が極めて高い。

どこにも転移できずに終わるぐらいならまだましで、ひどければ全く知らないところに飛ばされたり、最悪の場合は、転移先に出現したところ肉体が欠けていたという恐ろしい例もあるという。

「アウローラお嬢様ッ！」

「来ちゃだめ‼」

アウローラが叫んだその途端。

『うわあああん！　アウローラ！　ししゅう、たすけてえええええ‼』

（なにそれ⁉）

あの日の裏庭の悲鳴のように、脳に言葉が木霊する。

しかしそれの指し示すところを理解できぬまま、アウローラの身体は青い光に飲み込まれ、愕然とするクレアの目の前で、夫婦の居間からかき消えたのだった。

※

「あいたたた……」

転移の術というのはどうしてこうも、『出現時の落下』に対応できていないのか。

叫びを聞いた次の瞬間、空間から放り出され、前回同様にごろごろと地を転がる羽目になったアウローラは、ぶつけた腕をさすりながらのろのろと起き上がった。

「……うっ、寒い」

見上げれば廃墟のような部屋の中、ぽっかり開いた屋根から見える、瑠璃色の夜空に満天の星。雲ひとつないのは風が強いからだ。

晩秋の深夜、風の抜ける廃墟の中。間違っても寝間着にストールで現れてよい場所ではない。

「一体どこに飛ばされて……」

「ローラ!?」

「――えっ？　フェル様!?」

よいしょと起き上がったアウローラは、掛けられた声に驚いて飛び上がった。アウローラが振り返るより早く、駆け寄ってきたフェリクスがアウローラを抱き起こす。

「ど、どうしてフェル様がいらっしゃいますの⁉」

「それはこちらのセリフだ！　その格好からして、寝室にいたのだろう？　何があった⁉」

「わ、分かりません。部屋におりましたら突然、指輪が光りだしたのです。そうしたら不意にステラの声が聞こえて、突然ここに」

「まさか……ステラに呼ばれたのか？」

「一体何があったのです？　例の男たちはまだ捕まっていないのでしょうか？」

「なんてことだ――こんな危険なところに！」

「危険？」

しかし、現状を把握しようと周囲をぐるりと見回した彼女は、衝撃にそのままよろめいた。

「ひいっ」

――何か、いる。

思わず目を閉じたアウローラが恐る恐る目を開ければ、そこにいるモノの姿が段々に見えてくる。

血の滴るような赤黒い毛並みを逆立たせた、ばちばちと火花を散らすあらゆる色の混じった混沌《こんとん》とした魔力を持つ巨大な生き物だ。

（まさか、ま、魔獣……⁉）

「ローラ、私の後ろに」

アウローラは息を呑み、剣を構えるフェリクスの陰に隠れた。見ればユールや王太子、センテンスなどもそれぞれに武器を持ち、よろめきながら魔獣に向かって構えの姿勢を取っている。

「一体なにが……」

アウローラは愕然としたまま周囲を見て、言葉を失った。

（……天井がないし、散々な状態だけれど、ここ、まさか、霊廟の、地下⁉）

天井は崩れ落ち、春の野草は枯れ果て、星の形に並べられていた白くつややかな石は赤黒く濁り。静謐《せいひつ》な『精霊の生まれるところ』の雰囲気はどこにもないが、そこは確かに、数日前にアウローラが見たあの霊廟の地下の空間だった。

（う、運よくご先祖様たちのお墓の部分は崩れていないようだけど……）

それでも、ご先祖様の眠りは妨げられているどころの騒ぎではないだろう。

アウローラは遠い目になりつつ、夫の背中から目の前の巨大な影をのぞき見て、身ぶるいした。

（こ、こんなところにどうして、魔獣――それも突然変異体レベルの大きさの魔獣がいるの……？）

魔獣とは、魔力を持った生き物の総称である。もっとも、ほとんどの魔獣は一般の獣とさほど変わらず、魔力による攻撃手段を持っている以外は、他の獣たちとそう変わらない生き物だ。

しかし、魔獣には時々、膨大な魔力を持って生まれてくる『突然変異』の個体が存在する。一般個体の数倍、時には百倍もの魔力を持って生まれる彼らは、その肉体も巨大ならば攻撃方法も多種多様という、なかなか厄介な存在だ。

その力や長い寿命をもって辺りの獣を従えるので、漁師や猟師たちからは『王』や『主』と呼ばれ、地域の民話や伝承に現れる『森の主』やら『沼の王』やら、巨大な生物の伝説のほとんどが彼らのことだと言われている。

とはいっても、辺境地域は魔獣の生息数が多く、したがって突然変異種もそれなりに発生するので、アウローラも何度か、討伐された姿を見たことがあった。

（あの時見たのは、小屋くらいの大きさの鹿だった。……でも、あれは、もっと大きいような……）

襲われればひとたまりもあるまい。ぶるりと全身が恐怖に震える。アウローラはかたかたと鳴る奥歯を噛み締めながら胸元のストールを掻《か》き抱《いだ》いた。

「ま、まさか、ここは魔獣を封じている場所だったの……？」

「違う。あれはステラだ」

「――えっ？」

思わず漏れた呟きに、しかしフェリクスはそう答えた。

一体何を言っているのか。アウローラが目を見開いて夫を見れば、彼はまた頭を振る。

「あれは、ステラだ」

そんなバカな。内心そうこぼしながら、アウローラはまじまじと目の前の魔獣を見つめた。

「……あっ？」

ツンと尖った耳、極上の手触りの滑らかな毛並み、ふさふさと優美な長いしっぽ。子猫のような肉球と、金の星が散った瑠璃のような瞳。

言われてよくよく見てみればそれは確かに、ステラの特徴だった。

――ただし、いつものステラの数百倍はあろうかという大きさである。どう見ても猫の範疇《はんちゅう》に収まるサイズではなく、ネコ科の大型獣どころか伝説のドラゴンのような、とんでもない巨体だ。

「ど、どうして」

「どうも、悪い魔力を注がれたことに周囲の魔力を吸収して対抗しようとし、魔力の増幅に歯止めが効かなくなっているようだ。――ローラを呼んだということは、意味があるはずだが」

「わたくしは魔法も魔術もほとんど使えないのだけれど……」

（あんな大きさになってしまったものに、どう対抗すればいいというの……？）

途方に暮れて、アウローラは宙を睨《にら》んだ。

（ステラは、なんて言っていたかしら。ええと確か、アウローラ、ししゅう、たすけて……）

刺繍。

アウローラははたと目を見開いた。

そうだ。己の力が求められるなら、それはこの刺繍の力に決まっているではないか。

アウローラは己が肩から羽織っていたストールを外し、しげしげと眺めた。

「……これだわ」

「ローラ？」

不思議そうに妻を振り返るフェリクスに、アウローラは頷いてストールを掲げた。

「わたくしをここに呼んだステラの叫びは、刺繍、と言っていました。あれほどの状態になってしまったものにどれだけ効果があるものか分かりませんが、ステラはこの状態を収める効果をわたくしの刺繍に認めたのかもしれません」

「確かに貴女の刺繍のタイは、あの男共の魔法を尽く弾いたが……」

そうこうしている間も、ステラの呻《うめ》き声は収まらないどころか、一層ひどくなっている。

己の中で荒れ狂うものを抑え込むことに必死なのか、その足の爪は大地を深く抉り、全身の毛は逆だって、尾は全力で天を向いている。暴れたい衝動に抗って身体を地に押し付け、必死で踏ん張っているようだ。

（な、なんとかしてあげなくっちゃ！）

アウローラは己の身に着けているものを見下ろした。

冬の始まりの季節にぴったりな、初雪のモチーフの刺されたブランケットほどの大きさもあるストールは、冬の厳しい雪に変わる前、雪が静かに大地を覆う頃をイメージした柔らかいデザインだ。

そして一方寝間着はというと、肌の当たりがよいようにとびきり柔らかい生地に同じく柔らかい刺繍糸で、肌に当たらぬ部分にだけ控えめに、幸せな眠りが訪れるようにと祈ってよい眠りを招くというハーブの花を刺繍したもの。

確かにどちらも、鎮静効果があるかもしれない。

「今あるものは、このストールと、着ている寝間着くらいのものですけれど、わたくしがこれを持ってステラに抱きつけばもしかして効果が……」

「いや、それはさすがに危険がすぎる。そのストールを持って、私が行こう」

無鉄砲なことを言いだした妻を制し、フェリクスがアウローラの刺繍をそっと奪った。

フェリクスの手に移されたストールは、この混沌とした赤黒い場においてに奇妙なほどに清廉《せいれん》な空気を漂わせている。

「……大丈夫ですか？」

「ステラはクラヴィスの守護妖精だ。ああいう状態になる前にも、自分がこの地を守るのだと繰り返していた。――クラヴィス直系である私が害される可能性は低いだろう」

アウローラのストールを手に、フェリクスがステラに歩み寄る。

ブランケットほどもある冬用の大判のストールだが、胴体に巻けるほどの面積はない。固唾《かたず》を呑んで見守る一同の前でフェリクスはストールを広げ、ステラの尾にリボンのごとく結びつけた。

――その時、影が動いた。


「――フェル様ッ！」


瞬間、アウローラは飛び出していた。何も考えず、ただ身体が動くに従って。

後に彼女は、『あまりにもとっさのことで、自分でもどうしてそうしたのか分からない』と供述している。それほどに無意識に、アウローラは影の前に飛び出していた。


「――ローラ⁉」


魔力を吸いつくされたはずなのに、起き上がれるほどの力が残っていたのか。動いた影は、もはや騎士たちでも気配を察せぬほどにボロボロになっていた、ルーベルだった。一体どこにそんな力が残っていたのか、彼は己の手にカエルラの魔石を握りしめ、せめて最後にとステラとフェリクスに向かって突進したのだ。

そしてその眼前に、アウローラが躍《おど》り出たのである。

アウローラの登場は予期していなかったらしきルーベルが怯《ひる》んだその刹那、フェリクスが簡易結界を張り巡らせたが、ほんの一瞬間に合わない。

バァンと大きな音がして、アウローラの腕を魔石の爆発がかすめた。

柔らかな絹の生地が裂け、白い肌に赤い筋が滲《にじ》んだ。

「いっ……」

「ローラ！」

二の腕を押さえ、蹲《うずくま》ったアウローラを抱え上げ、フェリクスが悲鳴を上げる。

まるで死にゆく人間を縫い止めようとするかのように、頬を擦《す》り寄せ、掻き抱く。

「フェル、さま……」

（い、痛いけど、多分、大したことないです……！）

おそらくは袖に施されていた刺繍の力で、周囲が思うよりもダメージは受けていない。

そう言いたいが、ギュウギュウに抱きしめられては言葉にならない。その絞り出すような声をどう聞いたのか、フェリクスのまとう気配はどんどん冷え込んで、痛いほどの冷気が漂い始めた。

触れたもの全てを凍らせる絶対零度の眼差《まなざ》しが、力尽き掛けている男に向けられる。

フェリクスはアウローラをそっと降ろし、ゆっくりとルーベルに歩み寄った。

「……貴様……！　……一度ならず二度までも、我が妻を……！」

ラエトゥス邸でアウローラが襲われたことを思い出したのだろう。

フェリクスの怒りは、青い炎となって天を焦がすほどに燃え上がった。そして炎はそのまま氷へと姿を変え、ばきんばきんと音を立てて大地を凍りつかせる。それはあっという間に霊廟の地下の間全体を覆い尽くした。

「ぶにゃあああああん……」

凍れる床に、巨大な白猫が吠えた。

どうやらアウローラの刺繍に触れて正気を取り戻したらしく、その瞳にフェリクスそっくりの怒りを燃えたぎらせて、大地で爪を研いでいる。

「我が妻を傷つけた罪、万死に値する――」

「にゃあああああご……」

青く光る氷の城に、美貌の冬の王とその使い魔が君臨する――そうとしか見えない光景は美しく、アウローラであれば刺繍を、レオであれば絵を描き始めただろう眺めだったが、迫られる側は堪《たま》ったものではない。

「無論、この街を襲おうとした罪も、生半《なまなか》なものではない……！」

「ぶにゃあああああああご！」

ステラが再び吠え、ルーベルの前衛でドラゴンのような巨大なあぎとを開け放つ。

「ひっ」

その巨大な口に迫られて命の危険を感じたらしきルーベルは、尻もちをついたようにしゃがみ込んだまま後ろ手に後ずさるが、背後は氷の壁である。

無様に壁に張り付いたルーベルの真正面にゆらりと立ち、フェリクスは凍りついた長剣の刃を予備動作もなく滑らせる。

その素早さに、ルーベルは何一つ反応できなかった。

気がつけば首筋に刃が突きつけられ、手足は氷で覆われる。

「罪は、贖《あがな》ってもらうぞ」

「――――――師よッ！　申し訳ございませんッ！」

血を吐くようなその叫びが、その夜の幕切れだった。

†8　幕引きは、幕開け

「とんでもない目に遭ったものねえ」

アルゲンタム城の、領主一家の居間にて。

あの事件から三日後の夜、アウローラはアデリーネとともに、晩餐《ばんさん》後のひと時を楽しんでいた。

「もう身体《からだ》は大丈夫なの？」

「はい、血が出たので騒ぎになってしまいましたけれど、傷も残らないそうです」

アウローラはおっとりと微笑《ほほえ》んだ。寝間着の刺繍《ししゅう》は思った以上に効果を発揮していたようで、流血こそあったものの、傷そのものは彼女の腕の表面を少し傷つけた程度のものだった。未《いま》だに湯は少ししみるけれど、あと数日もすれば傷があることさえ忘れてしまうだろう。

「痕が残らないなら本当に良かったわ。ステラも元に戻ったし、ようやく一件落着ねえ」

「ほんとうに。ステラもすっかり元気になって、今日はレオと一緒に寝るそうです」

ほっと息を吐くアデリーネに、アウローラも胸を撫《な》で下ろす。

巨大な竜の如《ごと》くに膨れ上がり、その毛並みを赤黒く染めていたステラは事件のあと、アウローラのブランケットやフェリクスのタイ、果ては例の『ルーツィエの手による刺繍』などを大量にその背中に引っ掛けられることで、一昼夜掛けてなんとか元に戻ったのだった。

原因はフェリクスたちが推測した通り、ルーベルの魔力を己の魔力で跳ね返そうとした結果、霊廟《れいびょう》周辺の全ての魔力を吸い上げてしまい、制御がうまくできなくなったとのことで、本人もすっかりしょげて昨日は一日、レオの寝付いているベッドの下から出てこなかったほどだ。

「ご心配をおかけしてごめんなさい」

「うちの息子も過保護でごめんなさいねえ」

アウローラの怪我《けが》を見たフェリクスの姿を思い出したのだろう、アデリーネが笑い出す。

何しろフェリクスときたら、シュトルツァ医師の「ガーゼでも貼っておけばすぐ治りますよ」を信じようとせず、包帯を巻くべきではないか、縫合は不要なのか、治癒の魔術薬はないのかとあれやこれやと詰め寄って、女医を大いに呆《あき》れさせたのだ。

「――でもね、アウローラさん。ポルタ育ちの貴女《あなた》なら分かってはいるのでしょうけれど、あの子たちは騎士で、人を守るのが仕事です。その騎士を貴女が庇《かば》うようなことがあってはいけないわ。それはあの子の名折れになるし、何より深い後悔という、心に傷を与えてしまいます。愛する人を守れなかった騎士ほど、哀しいものはありませんよ」

「……はい」

アウローラは肩を落としてうなだれる。

まったくもってその通り。いくら無意識だったと言っても、アウローラのあの行動は褒められるべきものではない。一歩間違えばフェリクスの名誉と自尊心を傷つける行為だったのだから、反省することしきりである。フェリクスからも、二晩ほどに渡ってみっちりきっちりしっかりと、傷口への口づけ込みで説教をされたので、骨の髄まで染み込んだはずだ。

「まあ、心と頭で分かってはいても、身体は動いてしまうものよね。――わたくしもきっと、あの子が目の前で危険に遭えば、あの子が騎士だと分かっているのに飛び出してしまうでしょうね。ルミノックス君も心配したでしょう」

「――ええ、それはもう」

酒を控えているがゆえに、本来ならば誘われない、女性だけの場に招かれて茶を楽しんでいたルミノックスが苦笑する。

戦力にならないルミノックスはあの晩、ひとり客間で休んでいたので、朝が来るまで事態を知らなかったのだ。そして翌朝、妹の腕に大げさに巻かれた包帯（もちろんフェリクスが施した過剰なものである）を見ながらその顛末《てんまつ》を聞いて、卒倒したのである。

「子どもの頃から大変なお転婆でしたが、まさかこんなことになろうとは」

「魔法使いというのは、恐ろしいものなのねえ」

「全ての魔法使いが恐ろしいわけではありませんわ。レオの力も魔法使いのようなものですけれど、あの子の絵の力にはわたくしたち、今回助けられましたもの」

「そう言えばそうねえ。あの指名手配？　の絵は素晴らしい技術だったわ」

「ええ、ほんとうに。あれはまるで生きているかのように見事な絵でした」

アウローラがおっとりと言えば、アデリーネはぽんと手を叩《たた》いた。

「そうだわ、今度旦那様とわたくしの絵を描いてもらおうかしら！」

「素敵ですね！　わたくしもフェル様と一緒の絵を描いてもらおうかしら。兄さまもご一緒する？」

「新婚夫婦の肖像画にお邪魔する独り身の男ってなんの拷問だい？」

ルミノックスががっくりと肩を落とす。アデリーネとアウローラは同時に明るい笑い声を上げた。

「――楽しそうですね」

　笑い合う三人の間に、一息ついたらしいフェリクスがグラスを片手に現れる。彼は美しい切子《きりこ》のグラスに琥珀色《こはくいろ》の蒸留酒を揺らしながら、己の妻の隣に腰を下ろした。汗を流した後らしく、無造作に着込んだ白いシャツとその上に羽織ったガウンの隙間《すきま》から覗《のぞ》く肌が、ひどく艶《なま》めかしい。

　アウローラは思わず頬をそめ、アデリーネが口の端を吊《つ》り上げた。

「ふふ、アウローラさんとルミノックス君と、お前の話をしていたのよ」

「ローラたちにおかしなことを吹き込まないでくださいよ」

「まあ、信用のないこと」

　母の言葉に途端に顔を歪《ゆが》めたフェリクスに、アデリーネがころころと笑う。

「ふふ。しかしお前がここに来たということは、今、旦那様はおひとりなわけね」

「――父上はもう寝室に向かうと言っていました。夜会のない夜くらい、おふたりとも早くお休みになるべきです」

　立ち上がったアデリーネにフェリクスがぼやく。アデリーネは「そうするわあ」と笑いながら、夫の元へと去っていった。

「……まったく。母が申し訳ない」

　苦虫を噛《か》み潰したような顔をするフェリクスに、アウローラは苦笑する。明るく気さくで華やかで、生まれついての貴婦人らしいちょっとした傲慢さも愛嬌《あいきょう》に見えるのだから、なかなかに得難《えがた》い婦人である。

「いやいや、うちの母とは全く違う女性ですし、楽しいですよ」

「そうね、お義母《かあ》様は楽しい方ですわ。社交界の華と呼ばれる理由が分かります」

「……ポルタ伯爵夫人は騎士でいらっしゃるからな」

ポルタ夫人はアウローラやルミノックスと似た見目の、しかし格段に凛《りん》とした凛々《りり》しい夫人である。今でも現役の女性騎士で、当然ながらあの『貴婦人然』としたアデリーネと比べれば、全く別の人種と言えた。

「しかし、『夜会のない夜は寝るべき』というのは至言《しげん》ですね。——僕もそろそろ御暇《おいとま》します」

「あら、兄さまもう寝るの？」

「うん、医者によく寝るようにと言われていてね。——読みたい本もあるし」

「本は朝起きてからになさってね」

立ち上がった兄にアウローラは釘《くぎ》を刺す。ルミノックスは放っておいたら朝まで本を読み込みかねない本の虫だ。

「それじゃあ、おやすみなさいふたりとも」

妹の言葉に苦笑して、ルミノックスはふんわり微笑むと家族の居間を出ていった。

その背を見送った夫婦はどちらともなく顔を見合わせ、視線を絡《から》ませる。

「——我々もそろそろ戻ろう。今夜は折角《せっかく》、寝ずの番の担当でもないのだから」

「……はい」

差し出された手をとれば、手の甲を優しく指の腹で撫でられる。その仕草に含んだ色に、アウローラは頬を染めてゆっくりと立ち上がった。

※

「……ローラ」

寝室に足を踏み入れるなり、アウローラは背後から夫の腕に抱きしめられた。カチャリと鍵の締まる音がして、そのまま有無を言わさず抱え上げられる。

「フェル様？」

「ローラ」

数歩も行かず、背がふんわりとしたところに押し付けられる。寝台に降ろされたのだと理解するよりも早く、フェリクスの口づけが降ってきた。

「ん……フェル様っ？」

「ローラ………」

額《ひたい》に頬に唇に。

無数に優しく柔らかく。

ゆっくりと熱く、長く、しっとりと。

耳元に、首筋に、胸元に。

星の数ほど繰り返される口づけに頭の芯がぼんやりと揺らぐ。

長い夜の始まりを予見して、しかしアウローラはぱちくりと瞬いた。

口づけの長さに酔いしれて、思わず開いた瞳の向こうに見えたフェリクスの顔が、泣き出しそうに歪んでいたのだ。

「……フェル様？　どうなさいました」

目の前の頭を抱えて思わず撫でれば、フェリクスは歯の奥で呻《うめ》き声を漏らしてアウローラの横に突っ伏した。その瞳からぽろりと一筋、澄んだ涙がまろび落ちる。

「――生きていて、よかった」

「え？　ひゃあ」

フェリクスの腕が伸ばされて、アウローラの全身を抱きしめた。足を絡めて腰を押し付け身体中で熱を感じ、胸に耳を押し付けて心音を聞く。

「……貴女はどうして、無茶ばかりする」

ステラに呼ばれたあの時、思わず身体が動いてしまったことを言われているのだと気づき、アウローラは身を震わせた。

「その、無意識で……フェル様が危ないと思ったら思わず……」

「――分かっている。貴女は情の強い人だ。きっと相手が私でなくとも、危ないと思えば飛んでいってしまうのだろう。だがあの時――私は、私が死んだかと思った」

抱きしめる腕の力を弱め、フェリクスの指がアウローラの頬を撫でる。

「心臓が止まったかと思った。それほどの衝撃だった」

己のシャツの胸元を握りしめ、フェリクスは苦しげにこぼす。美貌が歪み、瞳が切なげに細められた。そんな表情をされたなら、アウローラの胸はぎゅっと締め付けられ、彼の全てを甘やかしたい気持ちにさせられてしまう。

「だから安全な場所に置いておきたいと思うのに――」

思わずその頭を撫で始めたアウローラの手のひらに、猫のように心地よさげに己を委《ゆだ》ねながら、フェリクスはぽつりぽつりと言葉をこぼす。

「私の気も知らず、貴女はいつも、危険な場所に現れてしまうのだから……」

「こ、今回の転移は不可抗力ですわ！」

「分かっている。貴女のせいではない。――でも、貴女が恨めしい。万物に愛されるが故に、引き寄せられてしまう貴女が」

「そ、そんな言い方はあんまりにも大げさだと思いますけれど……!?」

アウローラは目を白黒させたが、あいにくとフェリクスは本気だった。

「貴女の魂に刻まれるまで、何度でも言う。――貴女の命は、貴女ひとりの命と思わないでくれ。それは私の命と繋《つな》がっている。貴女は、私の命を握っているということを、忘れないでくれ――」

絞り出すような懇願に、アウローラは思わず頷《うなず》いた。そして、彼の耳元で返事をしようとして――

アウローラの答えは、フェリクスの唇に吸い込まれて消えた。


「失礼する！」

カンカン！

甲高い叩扉《こうひ》の音とともに届いた声に、アウローラは寝台の上でぎくりと身を強張《こわば》らせた。

フェリクスの方は廊下の気配に薄々気がついていたらしく、非常に剣呑《けんのん》な目をして己のシャツを整え、アウローラをその背に隠す。

「――ルーミス、どうした」

しかし、自ら立ち上がって出迎えたユールの出《い》で立ちが未だ近衛騎士の隊服のままであることに気がついて、フェリクスの表情がすっと真顔になった。ユールは軽く肩をすくめると、次の瞬間には騎士らしい凛とした空気をまとい、敬礼する。

「殿下からのお言葉だ。『緊急事態である、今すぐ騎士団詰め所に来るように』」

※

「フェリクス・イル・レ＝クラヴィス、参上致しました」

「ああ。こんな時間にすまないな」

隊服に着替える時間も惜しみ、私服のまま現れたフェリクスに、王太子は鷹揚《おうよう》に頷いた。

「いえ。――何か、ございましたか」

ほんの少し前まで寝室にいた気配をおくびにも出さず、フェリクスは無表情に敬礼して室内を見渡した。呼び出された詰め所には、センテンスや夜番のユールばかりか、険しい顔をしたクラヴィス騎士団長までもが揃《そろ》っている。そこに漂う緊張感は、ただ事ではなかった。

「王都から魔鷹《またか》が来た」

「――魔鷹ですか？」

「ああ。しかも、大至急の赤のリボンが足に結わえてあるやつだ」

手にした薄紙の伝書用紙をひらりとひらめかせ、王太子は厳しい顔で頷いた。

魔鷹は鷹の魔獣の一種である。ウェルバム王国軍において、特に急を争う伝言を伝えようとする時に使われる、所謂《いわゆる》『伝書鳥』だ。

鷹は本来昼行性の生き物だが、魔鷹は夜目が利《き》いて夜中の飛行も可能であり、その飛行速度も普通の鷹の比ではない。更に、人間の言うことをある程度理解するらしく、規定の都市間の往復しかできない『魔鳩《まはと》』とは違い、指定された特定の場所をめがけて飛んでいくことができるという、非常に賢い鳥である。王都とアルゲンタムの距離であれば半日ほどで片道を飛び、国の果てであっても一日二日もあれば届くという、国軍における情報伝達の要《かなめ》である。

しかし、魔鷹は数が少なく、また飼い慣らすことが容易でないため、ごく限られた場面でしか用いられない。それ故、魔鷹で届く知らせは、よほどの急を告げるものだというのが軍人たちの共通認識だった。

「一体何が」

「読め」

鋭い表情に変わったフェリクスに、王太子が薄紙を突き出す。

差し出されたそれをざっと眺めたフェリクスの奥歯が、ガリリと鳴った。

「この地の事件は陽動だったか……!?」

そこにはこう記載があった。

『神殿島に異変あり
神殿に入ること能《あた》わず
不穏な魔力の発動を確認
至急戻られたし
メッサーラ記す』

あとがき

こんにちは、茉雪ゆえです。今巻もお読み頂いてありがとうございました。

指輪の選んだ婚約者シリーズもなんとびっくり、ついに七冊目となりましたが、いかがでしたでしょうか。最後の最後がもどかしい感じではありますが、どんな時でもこのふたりは相変わらずなのでそこはご心配なく、ふたりといっしょに一息ついて頂けたら嬉しいです。

これを書いている間、世界は由々しき事態にあって、わたしの暮らしにも大きな影響がありました。今なお、大変な思いをされている方も少なくないかと思います。そんな方もせめて、本を読んでいる間くらいは浮世を忘れて、楽しんで頂けますように。

では最後に。いつも以上に素敵なふたりを描いてくださった鳥飼先生、今回もほんとうにもう大変お世話になりました担当様、支えてくれた友人たち、協力してくれた家族のみんな、本当にありがとうございました！

次巻でも無事に、皆様にお会いできますように。

二〇二〇年　梅雨の時期に　茉雪ゆえ

指輪《ゆびわ》の選《えら》んだ婚約者《こんやくしゃ》 7
騎士《きし》の故郷《こきょう》と騒乱《そうらん》の前夜祭《ぜんやさい》

2020年８月５日　初版発行
2022年８月15日　第３刷発行

著者　茉雪ゆえ

イラスト　鳥飼やすゆき

発行者　野内雅宏

発行所　株式会社一迅社
〒160-0022 東京都新宿区新宿3-1-13 京王新宿追分ビル5F
電話　03-5312-7432（編集）
電話　03-5312-6150（販売）
発売元：株式会社講談社（講談社・一迅社）

印刷所・製本　大日本印刷株式会社
ＤＴＰ　株式会社三協美術

装幀　小菅ひとみ（CoCo.Design）

ISBN978-4-7580-9274-6

Printed in JAPAN

おたよりの宛て先
〒160-0022 東京都新宿区新宿3-1-13 京王新宿追分ビル5F
株式会社一迅社　ノベル編集部
茉雪《まつゆき》ゆえ 先生・鳥飼《とりかい》やすゆき 先生